SPÄTE RACHE IM LUBERON

Ralf Nestmeyer ist Historiker und Reisejournalist sowie Autor von mehreren Reiseführern, vor allem über französische Regionen, zudem verfasste er ein Buch über französische Mythen. Er ist Mitglied im PEN-Zentrum Deutschland.
www.nestmeyer.de

RALF NESTMEYER

SPÄTE RACHE IM LUBERON

Provence Krimi

emons:

Bibliografische Information der Deutschen Nationalbibliothek
Die Deutsche Nationalbibliothek verzeichnet diese Publikation
in der Deutschen Nationalbibliografie; detaillierte bibliografische
Daten sind im Internet über http://dnb.d-nb.de abrufbar.

© Emons Verlag GmbH
Alle Rechte vorbehalten
Umschlagmotiv: Montage aus istockphoto.com/Adam Smigielski,
shutterstock.com/gyn9037
Umschlaggestaltung: Nina Schäfer
Gestaltung Innenteil: DÜDE Satz und Grafik, Odenthal
Druck und Bindung: CPI – Clausen & Bosse, Leck
Printed in Germany 2022
ISBN 978-3-7408-1244-7
Provence Krimi
Originalausgabe

Unser Newsletter informiert Sie
regelmäßig über Neues von emons:
Kostenlos bestellen unter
www.emons-verlag.de

EINS

»Trouvac, wo zum Teufel liegt dieses Trouvac?«

Laut fluchend hielt Capitaine Olivier Malbec am Straßenrand an. Sein Navigationssystem kannte den Ort nicht, der sich in den Bergen nordwestlich von Saint-Saturnin-lès-Apt befinden musste – so jedenfalls hatte man es ihm am Telefon beschrieben.

Zweimal war er bereits falsch abgebogen, jetzt versuchte er, den richtigen Kartenausschnitt auf dem Display auszuwählen. Vergeblich scrollte er nach oben und unten, zoomte sich an verschiedenen Stellen in den Bildschirm hinein, doch Trouvac konnte er nicht finden.

Genervt stöhnte er auf, griff ins Handschuhfach und zog die klassische Landkarte zurate, die er immer im Auto hatte. Vorsichtig faltete er sie auseinander und studierte sie gewissenhaft.

Glücklicherweise war auf seine alte gelbe Michelin-Karte auch in Zeiten modernster Navigationstechniken Verlass: Das an den südlichen Ausläufern des Mont Ventoux gelegene Dorf war mit einem Ruinensymbol gekennzeichnet. Malbec prägte sich die Route ein und fuhr weiter.

Wenig später entdeckte er an einer Straßengabelung einen unauffälligen Wegweiser. Mit weißer Farbe stand der Name Trouvac auf einem einfachen Holzschild. Er bog nach rechts ab und folgte der Markierung.

Erleichtert atmete er auf.

Die Abzweigung erwies sich schnell als holprige Piste mit mehreren Serpentinen und unübersichtlichen Engstellen, an denen er jedes Mal hoffte, dass ihm Gegenverkehr erspart blieb.

Dichtes Gestrüpp und bis an die Straße reichende Bäume erschwerten die Sicht. Malbec quälte sich den Berg hinauf, passierte zwei schmale, mit Steinmauern eingefasste Brücken, unter denen sich ein tiefer Abgrund verbarg. Der Motor röhrte, als er einen Gang tiefer schaltete.

Die Asphaltierung wurde schlechter und rissiger. Ein Schlagloch reihte sich an das andere. Da kein Dorf auftauchte, begann Malbec zu zweifeln, ob er sich auf dem richtigen Weg befand. Er war kurz davor umzudrehen, als sich die Straße hinter einer Rechtskurve verbreiterte, bevor sie schließlich hinter einem selbst gezimmerten Ortsschild als Sackgasse endete. Trouvac.

Er bremste leicht und registrierte mehrere Fahrzeuge, die schräg vor einem mit Steineichen bewachsenen Abhang parkten.

Zwar kannte er ein paar provenzalische Minidörfer wie Sivergues oder das sich an einen Felshang schmiegende Lioux, doch von einem Ort namens Trouvac hatte er noch nie gehört. Und das lag nicht daran, so versicherte er sich selbst, dass er aus Paris stammte und erst seit rund zehn Jahren in der Provence lebte.

Schweren Herzens hatte er Paris verlassen und war zu seiner zukünftigen Ehefrau Valérie in den Midi gezogen. Seine Ehe war längst gescheitert, aber Malbec war in der Provence geblieben, da er diesen faszinierenden Landstrich und sein gemäßigtes Klima ebenso wenig missen wollte wie die gute Küche und das heitere mediterrane Leben.

Im Schritttempo rollte er auf den provisorischen Parkplatz. Unter den Fahrzeugen waren ein weißer Kastenwagen mit blauem Querstreifen und der Aufschrift »Police municipale« und fünf Autos mit deutschen und französischen Kennzeichen, darunter ein alter Mercedes mit sternverzierter Kühlerhaube.

Einen Steinwurf entfernt, sah Malbec Dachziegel und Mauern durch das bereits in herbstliche Töne gefärbte Laub schimmern. Kieselsteine knirschten, als er neben dem Polizeiwagen hielt.

***

Malbec war auf dem Weg ins Büro gewesen und an der Stadtmauer von Calmont-les-Fontaines vorbeigefahren, als ihn der Chef de Police von Saint-Saturnin-lès-Apt angerufen und ihm von dem mysteriösen Todesfall berichtet hatte. Nicht ganz ohne Hintergedanken hatte er sich die Koordinaten von Trouvac durchgeben lassen und versprochen, sofort hinzufahren. Ein wenig unwohl war ihm dabei gewesen, da er befürchtet hatte, dass ihm der Fall seine Pläne für das Wochenende durchkreuzen könnte.

Zufrieden hatte er den Motor gestartet. Der Einsatz war ihm gelegen gekommen. So würde er eine von Commandant Louis Chevaline anberaumte Teamsitzung versäumen, auf die er sowieso keine Lust gehabt hatte. Schon im Vorfeld hatte er sich geärgert, dass Chevaline die Sitzung just auf Freitagnachmittag terminiert hatte.

Zu seinem direkten Vorgesetzten hatte Malbec, freundlich formuliert, kein gutes Verhältnis. Ihre Abneigung beruhte auf Gegenseitigkeit und hatte sich gesteigert, als Malbec von Chevaline bei den Ermittlungen zu den spektakulären Morden am Mont Ventoux von dem Fall abgezogen worden war. Commandant Chevaline hatte ihm vorgeworfen, er habe bei der Tatortsicherung Fehler begangen und sei mit der internationalen Dimension des Falles überfordert gewesen. Trotz einer eingesetzten externen Sonderkommission waren die Ermittlungen im Sande verlaufen. Chevaline wurmte es nach wie vor, dass Malbec eigenmächtig ermittelt hatte und es schließlich einzig seiner Hartnäckigkeit zu verdanken gewesen war, dass der Vierfachmord aufgeklärt worden war.

Soweit es in der überschaubaren Dienststelle in Carpentras möglich war, versuchte Malbec seither, gemeinsame Berührungspunkte mit Chevaline zu vermeiden. Ein paarmal hatte er einen Versetzungsantrag in Erwägung gezogen. Und schon am Morgen, als er den Anruf erhalten hatte, war ihm klar gewesen, dass sich die Ermittlungen bis in den späten Nachmittag hinziehen würden.

***

Er stieg aus und stützte sich mit den Ellbogen auf dem Autodach ab. Das war nun also Trouvac. Insofern er es beurteilen konnte, handelte es sich um einen unscheinbaren Weiler, der sich am

Rande eines Hanges in ein kleines Tal duckte. Ein kalter Wind wehte von den Bergen herunter.

Malbec fröstelte und griff nach seiner Jacke, die er auf den Rücksitz geworfen hatte, und machte sich auf den Weg.

Eine eigenartige Stille lag über dem Ort. Zwei Müllcontainer standen in einer in das Gebüsch geschlagenen Ausbuchtung. Malbec warf einen Blick auf eine Holztafel, an die drei laminierte Blätter gepinnt waren: Hinweise auf die sommerliche Waldbrandgefahr sowie die Markttage in den umliegenden Dörfern, daneben hing ein vergilbter Flyer, der eine Kunstausstellung bewarb.

Auf einem von halbhohen Bruchsteinmauern gesäumten Feldweg ging Malbec bedächtig zu den ersten Häusern des Dorfes. Instinktiv beschlich ihn der Eindruck, dass dies kein gewöhnliches provenzalisches Dorf war. Schnell fühlte er sich bestätigt: Zu sehen waren weder großzügige Ferienhäuser mit blau leuchtenden Swimmingpools wie an den Hängen des Luberon noch dekorative Lavendelsträucher und Blumenrabatten, aber auch kein beschauliches Café und schon gar kein Souvenirshop, der bunte Seifenblöcke, Olivenöl, Lavendelhonig und Kräuter der Provence an Touristen verkaufte. Zu seiner Überraschung entdeckte er nicht eine einzige Satellitenschüssel auf den Dächern, die sich über alle provenzalischen Dörfer längst wie Eiterbeulen ausgebreitet hatten. Einzig die einfache, mit Holzbalken umrandete Boulebahn, die neben dem Parkplatz angelegt worden war, schien ein Zugeständnis an die südfranzösische Kultur und lud zum Pétanque-Spielen ein.

Er blieb erstaunt stehen: Bis auf ein dezentes Blätterrauschen herrschte vollkommene Ruhe. Er meinte sogar, die Kontaktrufe eines Pfaus gehört zu haben. In welche verwunschene Dorfidylle war er geraten? Wo steckte Charles Monod?

Malbec ließ das Ensemble auf sich wirken. Weder größere Häuser noch ein Kirchturm waren auszumachen. Der ganze Ort war eigenartig verlassen, obwohl er einen halb abgeräumten Tisch auf einer Terrasse gesehen hatte.

Er stieg drei Treppenstufen hinunter. Auf einmal spitzte er die Ohren: Wasser plätscherte. Ein schmaler Bachlauf bahnte sich von den Bergen kommend seinen Weg ins Tal und füllte unterhalb der Ansiedlung ein gemauertes Becken. Forellen tummelten sich in dem Naturpool. Bunte Handtücher flatterten an einer Leine im Wind.

Malbec rieb sich verwundert die Augen. Die Atmosphäre mutete wie eine Zeitreise ins neunzehnte Jahrhundert an. Alles wirkte auf eine liebevolle Art verwildert. Eine provenzalische Ortschaft wie im Dornröschenschlaf. Pflanzen rankten über das Mauerwerk, das aus geschichteten Steinen bestand. Dorf und Natur schienen untrennbar ineinander verschlungen zu sein.

Gleichzeitig irritierte ihn die Szenerie. Schließlich sollte er in einem ungeklärten Todesfall ermitteln.

Als es neben ihm im Gebüsch raschelte, hielt er inne und tastete mit der linken Hand nach seiner Dienstwaffe. Er lauschte regungslos. Keine Menschenseele weit und breit, dafür schlich eine schwarze Katze in sicherem Abstand an ihm vorbei.

Er grummelte vor sich hin und ging auf zwei Steinhäuser zu, die so dicht nebeneinanderstanden, dass sich zwischen ihnen nur eine enge Gasse bildete. Wohin war Charles Monod verschwunden?

Zu früher Stunde hatte der Chef de Police von Saint-Saturnin-lès-Apt Malbec über einen Toten in einem Weiler seines Gemeindebezirks informiert. Monod hatte Malbec gebeten, nach Trouvac zu kommen, da er aufgrund der Umstände ein Kapitalverbrechen vermutete. Obwohl sich Malbec sofort auf den Weg gemacht hatte, war bis zu seiner Ankunft weit über eine Stunde vergangen.

Orientierungslos blieb er stehen. Wo befand sich der Tote? Und wo trieb sich Monod herum? Malbec hatte seinen Dienstwagen auf dem Parkplatz gesehen. Charles Monod schien sich in Luft aufgelöst zu haben.

Malbec stolperte bei seinem Rundgang über das unebene, mit Moos durchsetzte Pflaster des schmalen Weges. Die Steine glänzten speckig. Links und rechts gab es nur ein paar Abzweigungen, die über Steintreppen zu höher oder tiefer gelegenen Häusern führten. Sich zurechtzufinden, war nicht einfach, da kein Dorf- oder Marktplatz existierte.

Er überlegte, ob er laut nach Monod rufen sollte. Unwillkürlich hielt ihn die beschauliche Ruhe, die sich über dem Dorf ausgebreitet hatte, davon ab. Stattdessen griff er zu seinem Portable, um den Chef de Police zu kontaktieren.

Kein Empfang! Das Display zeigte keinen einzigen Balken an. Ein Funkloch hatte ihm gerade noch gefehlt.

»›Orange und SFR‹ sollten für ihre hohen Gebühren endlich mal die Lücken in ihren Mobilfunknetzen schließen«, fluchte er leise vor sich hin. Andererseits passte dieser Umstand perfekt zu der aus der Zeit gefallenen Dorfstimmung.

Plötzlich fuhr er erschrocken zusammen: Wie aus dem Nichts stand ein Mann, der ihn an einen Waldschrat erinnerte, vor ihm. Er war fast einen Kopf kleiner als Malbec, hatte struppige Haare und trug einen dichten grau melierten Vollbart, der einem modernen Hipsterbart ähnelte, nur dass er in seinem verschmutzten Flanellhemd ziemlich ungepflegt wirkte. Ein wässriges Augenpaar funkelte über einer geröteten Nase, ein feines Netz aus geplatzten Äderchen überzog die speckigen Wangen.

Länger als üblich musterte der Mann Malbec von oben bis unten und sagte auf Englisch: »*Please, follow me.*«

Erstaunlich leichtfüßig lief er mit seinen mit getrockneten Lehmresten besprenkelten Wanderstiefeln voraus. Er schlug zwei oder drei Haken und führte Malbec schließlich an das andere Ende des Dorfes. Nachdem er um die Ecke des letzten Hauses gebogen war, blieb er abrupt stehen und streckte wortlos den Arm aus.

Malbec blickte in die angedeutete Richtung. Als er sich bedanken wollte, war der Mann bereits verschwunden. Zielstrebig ging er bis zum Rand einer halbhohen Steinmauer, die von Ginstersträuchern gesäumt war, und beugte sich zu einer Terrasse herab. Augenblicklich erstarrte er angesichts eines männlichen

Unterleibs. Er zweifelte nicht daran, den von Monod übermittelten Toten vor sich zu haben. Der Körper wirkte seltsam verrenkt, ein Bein schien ungewöhnlich abgewinkelt, und in Höhe der Wade war das Hosenbein aufgerissen. Der Leichnam lag auf dem Bauch und hatte einen Schuh verloren, dunkelrote Wollsocken spitzten hervor.

Über eine bemooste Treppe stieg Malbec hinunter und ging in die Hocke, um sich einen genaueren Eindruck zu verschaffen. Der Boden war noch feucht vom morgendlichen Tau, wie er an seinen Schuhen sehen konnte.

Der Tote war ein älterer Mann. Im Bruchteil einer Sekunde zogen vor Malbecs innerem Auge ganze Bildsequenzen vorbei. Erlebnisse, die sich tief in sein Gedächtnis eingebrannt hatten.

Da war der zwölfjährige Junge, der auf dem Rückweg vom Fußballtraining entführt und missbraucht worden war – es war der erste Mordfall gewesen, in dem Malbec zu einem Ermittlerteam gehört hatte. Als wäre es gestern gewesen, erinnerte er sich daran, dass der Junge ein weiß-blaues Trikot von Olympique Marseille mit der Rückennummer 10 und dem Namen Gignac getragen hatte. André-Pierre Gignac – so hieß der bullige Mittelstürmer, der mehr als fünfzig Tore für Olympique Marseille geschossen hatte. Für viele Kids in der Provence war er ein Idol, und sein Trikot war der meistverkaufte Artikel im Fanshop von »l'OM« gewesen.

Der Junge hatte ohne Hose und Schuhe halb nackt im Straßengraben gelegen. Er war hellblond gewesen und hatte ein Engelsgesicht gehabt. Dank einer aufmerksamen Zeugin, die die beiden zuvor an einer Bushaltestelle gesehen hatte, hatte sein Mörder schon bald identifiziert und verhaftet werden können. Doch die ersten Sekunden am Tatort würde Malbec wohl zeitlebens nicht mehr vergessen.

Seither war er mehr als ein Dutzend Mal an einen Tatort gerufen worden, darunter waren auch vermeintlich unspektakuläre Mordfälle gewesen, wie der erschossene Mann, der in der Sorgue getrieben und dessen schnell aufgeklärter Tod mit einem der Vergessenheit anheimgefallenen Ereignis aus der Geschichte der Résistance zusammengehangen hatte.

Doch auch die jüngsten Fälle, darunter die schrecklich zugerichtete junge Frau im Melonenfeld bei Cavaillon und die vier Toten, die er an einem Parkplatz am Mont Ventoux von Schüssen durchsiebt vorgefunden hatte, drängten sich mit all ihren Details in Malbecs Gedächtnis, wenn er mit einer neuen Leiche konfrontiert war. Glücklicherweise verfolgten ihn diese Bilder immerhin nicht bis in den Schlaf.

Er atmete tief durch und versuchte sich zu konzentrieren. Der Kopf und der halbe Oberkörper des Toten steckten in einer von drei gemauerten Nischen, der restliche Körper ragte auf eine Art Wiese heraus, die linke Hand war von seinem Bauch verdeckt. Auf der Stirn waren unter dem Staub und gebröseltem Mörtel Abschürfungen erkennbar, das lockige graue Haar war am Hinterkopf blutverkrustet. Neben dem Schädel und den Schultern nahm Malbec behauene Steine wahr. Ameisen und Käfer krabbelten über die Hände und Arme, zudem schwirrten schon die üblichen Schmeißfliegen herum, die einen Platz für ihre Eier suchten.

Die Leichenstarre war bereits eingetreten. Malbec vermutete, dass der Mann gegen Mitternacht gestorben war. Der Gerichtsmediziner würde das genauer untersuchen, wenn die Leiche auf dem Seziertisch lag.

Trotzdem war es Malbec wichtig, sich selbst einen genauen Eindruck zu verschaffen: Der rechte Handrücken war mit Altersflecken besprenkelt; am Hals sowie rund um Mund und Augen war die Haut faltig. Auffällig war der Wundschorf auf den Fingerknöcheln und am Kinn, der auf eine ältere Verletzung hindeutete. Unterhalb des Kinns fielen Malbec längere Bartstoppeln auf – entweder war dem Mann das Rasieren nicht so wichtig gewesen, oder er hatte nicht mehr gut gesehen.

Malbec schätzte ihn auf Mitte siebzig. Er war überdurchschnittlich groß und hatte breite Schultern und eine kräftige Statur; auch seine Hand war ein Indiz dafür, dass er körperliche

Arbeit gewohnt gewesen war. Eine breite raue Hand, die anzupacken gewusst hatte. Ein Landwirt? Nein, das passte nicht zu seiner Kleidung und zu seinen grauen Haaren, die er trotz seines Alters schulterlang getragen hatte. Ein auffällig gemusterter Schal war ihm vom Hals gerutscht. Malbec dachte bei seinem Anblick an einen exzentrischen englischen Landadeligen.

Hoch konzentriert inspizierte er den Fundort von verschiedenen Seiten. Er beugte sich tief hinunter, um sich die Szenerie bis ins kleinste Detail einzuprägen. Ein stummer Dialog mit dem Toten, um den Ablauf der Ereignisse zu rekonstruieren und das Geheimnis seines Todes zu lüften. Manche Eindrücke, die er am Tatort aufgesogen hatte, lösten erst Tage später eine ganze Assoziationskette aus.

Malbec atmete tief ein. Als er aufstand, blinzelte er, da erstmals an diesem Tag ein paar Sonnenstrahlen durch die Wolken brachen.

Bislang wies nichts auf einen Mord hin. Ein tragischer Unfall? Der Tote konnte ebenso einen Schlag- oder Herzanfall erlitten haben und bewusstlos über die Mauer gefallen sein. Eventuell war er auch gestolpert und unglücklich gestürzt.

Malbec untersuchte die mit Flechten übersäte Bruchsteinmauer, es fehlten Hinweise auf einen Sturz, um die auffällige Kopfverletzung zu erklären. Ebenso unklar war, ob ein Sturz überhaupt als Todesursache in Betracht kam. Schuss- oder Stichverletzungen waren nicht zu erkennen. Dennoch war sich Malbec sicher, dass es kein natürlicher Tod gewesen war. Die Obduktion würde darüber hoffentlich genauer Aufschluss geben.

Er ließ die Szenerie gründlich auf sich wirken. In dem vom Regen der letzten Tage weichen Boden waren Druck- oder Schleifspuren ersichtlich. Zudem gab es mehrere deutliche Fußabdrücke. Und um die beiden durchnässten Zigarettenstummel, die er auf dem Grasboden gesehen hatte, würden sich die Kriminaltechniker der Spurensicherung kümmern.

Malbec streifte sich ein Paar dünne weiße Latexhandschuhe

über und ging erneut in die Knie. In den Taschen war kein Geldbeutel, Ausweis oder Ähnliches zu ertasten.

Nachdem er sich wieder aufgerichtet hatte, hörte er ein Geräusch, das er als leises Schniefen interpretierte. Neugierig wandte er sich um. Direkt hinter ihm stand ein Mann, der sich ihm still genähert hatte. Mit vor dem Körper gefalteten Händen blickte er fassungslos auf den Leichnam und murmelte unverständlich vor sich hin. »Tragisch« war der einzige Wortfetzen, den Malbec verstand.

»Sie kannten den Toten?«

»Selbstverständlich«, antwortete der Mann mit hörbarem deutschem Akzent und starrte ungläubig ins Leere.

»Kennen Sie seinen Namen?«

»Dédé«, sagte er mit einer Betonung, die zwischen Überheblichkeit und Verwunderung changierte, während er Malbec ansah, als wäre er weltfremd und hätte sich nach dem Namen des französischen Präsidenten erkundigt. »Sein richtiger Vorname war Dieter.« Er strich sich über seinen struppigen Bart. »Aber alle nannten ihn nur Dédé – klingt in französischen Ohren auch besser als Dieter, wenngleich Dédé die Abkürzung von Dieudonné ist.«

»Waren Sie mit ihm befreundet?«

»Selbstverständlich, wir kennen – äh, wir kannten uns seit Jahrzehnten.« Sichtlich erschüttert hielt der Mann seine Hände vor seinem Bauch gefaltet. Seine Halsschlagader zuckte.

Respektvoll schwieg Malbec, dann erkundigte er sich nach dem vollständigen Namen des Toten.

»Dieter Steger.«

Er ließ sich den Namen buchstabieren, notierte ihn und musterte den Mann, der neben ihm stand. Er war knapp siebzig Jahre alt, trug eine Hornbrille, sein weißes langärmeliges T-Shirt und die blaue Latzhose waren ebenso wie die festen Arbeitsschuhe mit bunten Farbklecksen besprenkelt.

»Und wer war Dieter Steger?« Malbec nickte mit dem Kopf, um ihn zum Weitererzählen zu ermuntern.

»Jeder, der jemals in Trouvac gewesen ist, kennt Dédé. Er ist …«, der Mann stockte und schob seine Brille nach oben, »… er *war* Trouvac. Ohne Dédés unermüdlichen Arbeitseinsatz bestünde das Dorf heute immer noch aus einer Ansammlung von Ruinen, deren brüchige Mauern in den provenzalischen Himmel gähnen würden. Es war Dédé, der zusammen mit seiner Frau Vivienne diesen Ort zum Leben erweckt hat.« Er beäugte Malbec. »Und Sie, Sie sind von der Gendarmerie nationale?«

Malbec stellte sich mit seinem Dienstrang vor. »Wohnen Sie im Dorf?«

»Nein, ich wohne in Deutschland, Monsieur le Capitaine, aber ich komme seit vielen Jahren für ein paar Wochen hierher. Als Rentner verbringe ich meist den Sommer und Spätherbst hier. Ich liebe dieses Dorf und seine einzigartige Atmosphäre. Nur im Winter ist es mir in den Bergen zu kalt und unwirtlich.«

»Und Sie heißen …?«

»Mein Name ist Klaus Schröder, ich bin ein langjähriger Freund der Familie.« Er streckte Malbec seine Hand entgegen. »Ich will einfach nicht glauben, dass Dédé tot ist. Erst gestern haben wir uns noch über die Folgen des Hochwassers unterhalten. Die Fluten des Coulon haben unten im Tal zahlreiche Gebäude und Felder unter Wasser gesetzt.«

Malbec hatte im Radio davon gehört und die Bilder von den Überschwemmungen heute Morgen in der Zeitung gesehen, als er beim Frühstück in seinem Stammcafé durch die »La Provence« geblättert hatte. Und auf dem Weg nach Trouvac war der erdige Schlamm, den der Regen aus den Weinbergen auf die Straßen gespült hatte, nicht zu übersehen gewesen.

»Ich verstehe nicht, wie das passiert ist. Ist Dédé über die Mauer gefallen?«

»Ob es ein Unfall war, wird letztlich die Gerichtsmedizin abklären. Für genauere Erkenntnisse werden wir auf den Autopsiebericht warten müssen.«

»Wollen Sie damit sagen …?« Klaus Schröder schluckte vernehmlich. »Das kann ich mir beim besten Willen ...« Seine Stimme stockte.

»Wie gesagt, das wird erst nach der Obduktion durch den Gerichtsmediziner endgültig feststehen, daher will ich eine unnatürliche Todesursache nicht ausschließen.«

Klaus Schröder strich sich mehrmals über seine Halbglatze. »Wer hätte denn Dédé ermorden sollen? Warum? Er hatte ein so sanftes Gemüt. Er war die Seele von Trouvac.«

»Haben Sie ihn gefunden?«

»Nicht ich, das war Karin. Sie dachte erst, er sei unglücklich gestürzt und könne sich nicht mehr bewegen. Sie hat versucht, ihn zu reanimieren. Doch als sie realisiert hat, dass sein Körper kalt und spannungslos im Gras lag, ist sie tränenüberströmt zu mir gerannt und dann zusammengebrochen. Ich habe nur die Polizei verständigt.«

»Was ist mit seinen Angehörigen, seiner Frau? Wurde sie bereits unterrichtet?«

»Das ist nicht nötig, Vivienne ist vor zwei Jahren gestorben.«

Malbec schaute auf das Display seines Mobiltelefons. Kein Empfangsbalken. »Kann man hier nicht telefonieren?«

Klaus Schröder schmunzelte wohlwissend. »Da müssen Sie entweder ungefähr hundert Meter den Berg hinaufsteigen oder hinunter in Richtung Rustrel fahren. Auf halbem Weg, hinter einem ausgebrannten Lieferwagen, haben Sie normalerweise Empfang.«

»Danke für den Hinweis. Und wer ist diese Carinne?« Malbec nahm zufrieden zur Kenntnis, dass im Dorf nicht nur alte Männer lebten.

»Karin Staudacher ist von Beruf Kunstlehrerin und unterrichtet an einem Gymnasium in Frankfurt. Sie gehört zu dem Kreis derjenigen, die seit Jahren nach Trouvac kommen, um hier ihre Ferien zu verbringen und zu malen. Daher kennen wir uns gut.«

»Und wo finde ich Carinne?« Malbec hatte Mühe, den deutschen Namen auszusprechen.

»Sie treffen sie in ihrem Haus an beziehungsweise in dem Haus, in dem sie immer wohnt.«

»Und wissen Sie zufällig auch, wo sich mein Kollege von der Police municipale befindet?«

»Er ist bei Karin und kümmert sich um sie. Sie ist vollkommen geschockt.«

»Würden Sie so freundlich sein, mir den Weg zu zeigen oder mich dorthin zu begleiten?«

»Selbstverständlich. Kommen Sie mit.«

Klaus Schröder brachte Malbec zielstrebig zu einem am oberen Dorfrand gelegenen Haus. Dort saß Karin Staudacher, in eine weinrote Strickweste eingepackt, zusammen mit Charles Monod auf der Terrasse und trank eine Tasse Tee, die sie mit beiden Händen festhielt. Sie unterhielt sich angeregt mit dem Chef de Police; es schien ihr besser zu gehen.

Malbec reichte erst ihr und dann Monod die Hand. »Ich hätte nicht gedacht, dass wir uns so schnell wieder treffen«, sagte er und spielte darauf an, dass Monod vor wenigen Wochen den unter Mordverdacht stehenden französischen Sportminister Jean-Michel Trouchet auf der Flucht verhaftet hatte, auch wenn der Ermittlungserfolg letztlich vor allem dem Zufall geschuldet gewesen war. Der Minister saß seither hinter Gittern und musste sich bald in Avignon vor Gericht für den spektakulären Vierfachmord am Mont Ventoux verantworten. Auch in der internationalen Presse hatte die Tat hohe Wellen geschlagen, da neben einem ehemaligen französischen Profiradfahrer auch drei englische Staatsbürger ums Leben gekommen waren.

»Das hätte ich auch nicht gedacht.« Monod grinste gequält. »Langsam befürchte ich, dass sich mein Gemeindegebiet zu einem Hort des Verbrechens entwickelt.«

»Das wollen wir nicht hoffen.« Malbec lachte auf und bedankte sich bei Monod schulterklopfend dafür, dass er ihn umgehend verständigt hatte. »Dürfte ich Sie bitten, den Tatort abzusichern? Ich möchte nicht, dass sich dort Unbefugte herumtreiben und wichtige Spuren zerstören.«

»*Bien sûr*, ich habe sogar Absperrbänder im Kofferraum, allerdings kam ich noch nicht dazu.«

»Wunderbar«, sagte Malbec. »Das können Sie nachholen. Madame Staudacher und Monsieur Schröder kommen auch ohne Ihre Unterstützung zurecht. Und sobald die Spurensicherung eintrifft, geben Sie mir bitte unverzüglich Bescheid.«

Malbec wandte sich den Deutschen zu, die nebeneinander auf einer schlichten Holzbank saßen. »Darf ich Ihnen ein paar Fragen stellen, damit ich mir ein besseres Bild von der Situation vor Ort machen kann?«

»Natürlich«, Klaus Schröder schaute zur Seite, »Karin spricht nur sehr schlecht Französisch.«

Verunsichert verfolgte Karin Staudacher den Dialog und drückte sich den Bügel ihres roten Brillengestells auf die Nase.

»Kein Problem. Übersetzen Sie ihr bitte meine Fragen.« Malbec lächelte Karin an, nahm auf einem freien Stuhl Platz, zückte einen Kugelschreiber und begann mit der Zeugenbefragung.

Das Gespräch verlief aufgrund der Sprachprobleme zäh und holprig. Karin Staudacher berichtete, sie habe am Morgen einen Spaziergang durch die Umgebung unternommen und dabei auf dem Rückweg den regungslos daliegenden Dieter Steger vorgefunden. Sie habe noch Steine weggeräumt, die auf seinem Kopf gelegen hatten, doch nachdem ihr klar geworden sei, dass ein Reanimationsversuch sinnlos war, sei sie panisch aufgesprungen und Klaus Schröder in die Arme gelaufen. Abschließend erklärten beide, sie seien zu dem Toten zurückgekehrt, hätten sich beraten und beschlossen, auf einen Notarzt zu verzichten und umgehend die Polizei zu benachrichtigen. Der zufällig hinzugekommene Maurice Favrod habe sie in dieser Entscheidung bestätigt.

»Wer ist Maurice Favrod?« Malbec wandte sich direkt an Klaus Schröder, während er sich den Namen notierte.

»Maurice gehört auch zu den Leuten, die in Trouvac ihre zweite Heimat gefunden haben. Von uns allen stand er Dédé am nächsten.«

»Wo finde ich Monsieur Favrod? Ich würde mich gern mit ihm unterhalten.«

»Das dürfte momentan leider nicht möglich sein. Maurice hat die Aufgabe übernommen, zu Sarah nach Aix-en-Provence zu fahren, um ihr mitzuteilen, dass ihr Vater gestorben ist. Ihm war wichtig, ihr die traurige Nachricht persönlich zu überbringen. Ich rechne jede Minute mit seiner Rückkehr.«

»Monsieur Steger hat also eine Tochter?«

»Natürlich, sie heißt Sarah, und zwei Söhne gibt es auch: Jean-Claude und Nathan. Jean-Claude ist schon vor vielen Jahren nach Kanada ausgewandert, Nathan lebt nicht weit von hier. Wenn ich richtig informiert bin, wohnt er in Apt.«

»Weder Sarah noch Nathan waren gestern in Trouvac?«

»Nathan ist schon seit Jahren nicht mehr hier gewesen.«

»Und was ist mit dem schweigsamen bärtigen Mann mit dem wettergegerbten Gesicht, den ich bei meiner Ankunft getroffen habe?«

»Ach, Sie meinen bestimmt George. Er ist Engländer und lebt seit mindestens dreißig Jahren als eine Art Faktotum im Dorf. Er ist überall und nirgendwo. In den Anfangsjahren hat er Dédé bei der Restaurierung der Häuser und der Schafzucht geholfen, mittlerweile macht er sich nur noch gelegentlich nützlich und kümmert sich um die Olivenbäume. George ist ein ziemlicher Eigenbrötler. Er redet nicht viel. Manchmal ist er tagelang in den Bergen verschwunden.«

Die Frage, ob den beiden etwas Ungewöhnliches aufgefallen sei, das in Zusammenhang mit dem Tod von Dieter Steger stehen könnte, verneinten sie einträchtig.

Malbec bedankte sich für die Auskünfte, bat Klaus Schröder, eine Liste derjenigen Personen anzufertigen, die in der fraglichen Nacht in Trouvac gewesen waren, und reichte ihm seine Visitenkarte.

Sein Bauchgefühl sagte ihm, dass in dem beschaulichen Dorf noch so manche Abgründe auf ihn warteten.

ZWEI

Malbec sah auf die Uhr. Chantal Kleber müsste jeden Moment eintreffen. Er hatte die Kriminaltechnikerin der Spurensicherung angefordert, nachdem ihm Monod schon bei seinem ersten Anruf von seinen Zweifeln an den Todesumständen berichtet hatte.

Auf dem Weg zum Parkplatz studierte er aufmerksam das aus rund zwei Dutzend Häusern und ein paar Nebengebäuden bestehende Dorf. Trouvac war entlang eines zu einer Talmulde hin abfallenden Hanges errichtet worden. Es gab kleine, teilweise überwölbte Verbindungswege und viele in das Hügelrelief geschlagene Treppen. Einige Häuser waren halb unterkellert und hatten einen breiten Zugang. Malbec vermutete, dass sie früher als Ställe gedient hatten. Zwei alte Steinbacköfen im Dorfzentrum hatten wohl einst für die Brotversorgung des Dorfes gesorgt.

Mehr als die Hälfte der Gebäude wirkte unbewohnt, da die hölzernen Fensterläden geschlossen waren. Doch es existierten auch Hinweise auf bewohnte Häuser: Wäscheleinen auf einer Terrasse oder eine zwischen zwei Olivenbäumen gespannte Hängematte. Vor drei Häusern registrierte Malbec Staffeleien, und an mehreren markanten Stellen waren verwitterte Metallskulpturen aufgestellt, die mit viel Phantasie mystischen Tierfiguren ähnelten. Eine ehemalige Scheune wurde als Atelier genutzt. Durch das große Fenster sah Malbec Zeichentische, Leinwände, zwei Töpferscheiben und andere Künstlerutensilien.

An einem Baum lehnte ein einsamer Campingstuhl. Malbec zuckte zusammen, als ein Pfau radschlagend vor ihm stand – er hatte sich also doch nicht verhört. Er machte einen respektvollen Bogen um den stolzen Vogel, der mit zitternden Federn seinen Platz beanspruchte, und setzte seinen Erkundungsspaziergang fort, der ihn bis zu einem unterhalb des Dorfes errichteten Hühnerstall führte, dessen Türen offen waren; die Hühner liefen frei durch das Dorf. Trouvac gefiel ihm, der Ort hatte den Charme des Unvollkommenen – ein faszinierendes Refugium jenseits des klischeehaften Provence-Tourismus.

Just in dem Moment, als er an einem erhöht am Hang gelegenen Haus vorbeilief, an dessen Seite unter einer Plane Kaminholzscheite aufgeschichtet waren, öffnete sich die Tür. Eine Frau im langärmeligen hellblauen Baumwollshirt war zu sehen. Routinemäßig grüßte Malbec, woraufhin die Frau ihn empört und erstaunt zugleich ansah, bevor sie ein knappes »*Bonjour*« herausbrachte.

Malbec fühlte sich unwohl, als hätte er verbotenerweise herumgeschnüffelt. Die attraktive Frau – sie trug ihre dunkelbraunen Haare hochgesteckt und hatte eine sportliche Figur, die durch ihre enge Jeanshose betont wurde – wirkte schlaftrunken und stellte sich als Cloé Livet vor.

Malbec räusperte sich, zückte seine Polizeimarke, nannte seinen Namen und erklärte, dass er in einem ungeklärten Todesfall ermittle.

»Ein Todesfall?«, fragte Cloé Livet ungläubig. »Doch nicht in Trouvac?«

»Doch, leider. Sie haben davon noch nichts gehört?«

»Ein Jagdunfall in den Bergen?«

»Dieter Steger wurde mitten im Dorf tot aufgefunden«, stellte Malbec richtig.

»*Mon Dieu!*« Cloé Livets Gesichtszüge entglitten ihr. »Dédé ist tot?«

»Es handelt sich unzweifelhaft um Monsieur Steger.«

»Ich habe mich noch gestern Abend vor seinem Haus mit ihm unterhalten.« Cloé Livet war aufgewühlt. Ihre Nasenflügel vibrierten. »Wie ist das passiert?«

»Das weiß ich nicht.«

»Hatte er einen Herzinfarkt?«

»Ich bitte um Ihr Verständnis, dass ich Ihnen momentan keine Details zu dem Fall mitteilen darf.«

»Das klingt nicht nach einer Routinesache. Verraten Sie mir wenigstens, wann und wo man Dédé gefunden hat?«

Malbec hob den Arm und wies in die Richtung des Fundorts. »Heute Morgen am westlichen Rand des Dorfes – aber das Areal ist jetzt abgesperrt.« Er zögerte, bevor er nachhakte. »Und Sie sind sich sicher, dass Sie gar nichts mitbekommen haben?«

»Nein, beziehungsweise ja.« Sie biss sich auf die Unterlippe. »Ich habe nichts gehört, obwohl ich eine Nachteule bin und immer ziemlich spät ins Bett gehe. Gestern habe ich noch bis zwei Uhr gelesen.«

»Leben Sie allein?«, fragte Malbec und neigte seinen Kopf so, als wollte er durch die geöffnete Tür in das Haus hineinschauen.

»Ja.«

»Wohnen Sie das ganze Jahr über in Trouvac?«

»Ich bin immer nur für ein paar Tage oder Wochen hier. Trouvac ist ein Dorf am Ende der Welt. Ein abgeschiedenes Paradies ohne Sehenswürdigkeiten und es steht in keinem Reiseführer. Nur manchmal kommen Wanderer vorbei. Immer dann, wenn ich eine Auszeit benötige, ziehe ich mich in die einsamen Hügel der Provence zurück und miete eines der Häuser. In den provenzalischen Bergen bin ich ungestört, kann meinen Gedanken nachhängen und nach Lust und Laune lesen oder malen. Entspannung pur, kein Telefon, kein Internet – einfach phantastisch. Wenn das Wetter schön ist, wandere ich auch gern über die Hügel.« Unwillkürlich lehnte Cloé Livet ihren Oberkörper an die Hauswand und wartete auf Malbecs Reaktion.

»Und wo sind Sie offiziell gemeldet?«

»In Lyon.«

Malbec notierte sich Anschrift und Telefonnummer. »Eine schöne Stadt. Vor Jahren habe ich auf dem Weg nach Paris dort mal ein Wochenende verbracht. Die verwinkelte Altstadt mit ihren stattlichen Häusern und ihren durch die Hinterhöfe führenden Gassen und Gängen ist mir noch gut in Erinnerung.«

»Meine Heimatstadt wurde zum Weltkulturerbe der UNESCO ernannt«, verkündete Cloé Livet nicht ohne Stolz.

»Die versteckten Traboules gehören zu Lyons Vergangenheit als Stadt der Weber.« Sie verschränkte die Arme. »Kann ich Ihnen sonst weiterhelfen?«

»Danke. Einstweilen habe ich keine Fragen, Madame Livet.«

»Darf ich Trouvac nun aufgrund der Ermittlungen nicht mehr verlassen?«

»Selbstverständlich dürfen Sie sich auch in der Umgebung frei bewegen, allerdings würde ich Sie bitten, vorerst nicht nach Lyon zurückzufahren. Gegebenenfalls werde ich auf Sie zukommen.«

»Alles klar«, sagte Cloé Livet und verschwand im Haus. Quietschend fiel die Tür ins Schloss.

***

Malbec hatte seine Erkundung von Trouvac weitgehend abgeschlossen und das untere Ende des Dorfes erreicht. Er hörte, dass ein Auto geräuschvoll knirschend in die Parkbucht einbog: Das konnte nur Chantal Kleber sein, die für ihren flotten Fahrstil bekannt war.

Schnell bestätigte sich seine Vermutung. Eine kleine Staubwolke hing noch in der Luft, als Chantal und ein ihm unbekannter Mann aus dem Wagen ausstiegen. Eine herzliche Begrüßung folgte.

Malbec gefiel der modische Undercut, den Chantal seit ein paar Monaten trug und der gut zu ihrer burschikosen Erscheinung passte. Gleichwohl wusste er, wie schwer es ihr gefallen war, sich von ihren langen blonden Haaren zu trennen.

»Das ist Marcel, der neue Assistent der Spurensicherung – frisch von der Uni«, sagte Chantal.

Schüchtern begrüßte Marcel Malbec und hievte zwei Metallkoffer aus dem Heck.

Während sich die beiden vorschriftsmäßig ihre weißen Schutzanzüge anzogen, berichtete Malbec ein paar Eckdaten zu dem Fall und führte sie zum Fundort der Leiche, den Charles

Monod inzwischen mit rot-weißen Bändern mit der Aufschrift »Police Zone Interdite« weiträumig abgesperrt hatte. Der vierschrötige Chef de Police verschränkte die Arme vor der Brust und besah sichtlich zufrieden sein Werk.

Malbec stand vor dem Toten und erklärte Chantal, dass man vergeblich versucht habe, ihn zu reanimieren, daher entspreche die jetzige Position wohl nicht mehr der ursprünglichen Auffindesituation.

Chantal stelle ihren silbernen Spurensicherungskoffer ab, streifte sich die Einweghandschuhe und Plastikfüßlinge über, setzte einen Mundschutz auf und ging vorsichtig zur Leiche hinüber. Sie lief in einem Halbkreis um den Toten herum.

Malbec schätzte ihre Arbeit und war auch privat mit Chantal befreundet. Erst vor wenigen Wochen hatte er ihr beim Umzug geholfen, als sie mit ihrer Freundin Anne in eine gemeinsame Wohnung gezogen war.

Chantal wies ihren Assistenten an, auf dem Areal um den Fundort die üblichen Nummerntafeln zu platzieren. Dann holte sie eine Spiegelreflexkamera hervor, um den Tatort und die Leiche aus verschiedenen Perspektiven zu fotografieren.

Während sich Malbec bei Monod erkundigte, ob es in den letzten Jahren ungewöhnliche Vorkommnisse in Trouvac gegeben habe, beobachtete er, wie Chantal neben dem Toten tief in die Hocke ging und sich auf ihre Fersen setzte. Sie hielt eine Sekunde inne, bevor sie den Kopf mit beiden Händen behutsam hochhob und zur Seite drehte. Die zärtliche Geste, die für die hartgesottenen Kollegen der Spurensicherung sehr selten war, berührte ihn.

Nachdem sich Chantal einen ersten Eindruck verschafft hatte, winkte sie Malbec heran. »Wir sollten den Leichenwagen anfordern. Wir müssen das Opfer in der Pathologie obduzieren lassen.«

»Alles klar – ich veranlasse den Transport, bitte aber um Geduld, da es kein Mobilfunknetz gibt.« Malbec vollführte mit seinem rechten Zeigefinger eine kreisende Bewegung gen Himmel.

Er lief zum Parkplatz, wo ein weißes Fahrzeug anhielt. Abwartend blieb er stehen, stützte sich auf eine Steinmauer und verfolgte, wie ein großer schlaksiger Mann mit ergrauten Haaren aus seinem Renault mit französischem Kennzeichen ausstieg und sich eine Zigarette anzündete. Sichtlich in Gedanken versunken, lehnte er sich mit dem Rücken an sein Auto, nahm einen tiefen Zug und blickte ins Nirgendwo.

Malbec stieß sich von der Mauer ab und näherte sich ihm zielstrebig. Erst als er demonstrativ hüstelte, schenkte ihm der Mann seine Aufmerksamkeit.

Malbec musterte den Grauhaarigen, der ein schwarzes T-Shirt trug, aus dessen Ausschnitt Brusthaare quollen. Seine Unterarme waren ebenfalls dicht behaart.

»Guten Tag, dürfte ich fragen, wer Sie sind und was Sie in Trouvac machen?«

»Mein Name ist Maurice Favrod. Warum wollen Sie das wissen?«

»Ah, Monsieur Favrod. Schön, dass ich Ihnen begegne. Ich bin Capitaine Malbec.« Er zeigte seinen Dienstausweis. »Man hat mir bereits von Ihnen erzählt. Ich hoffe, Sie haben Monsieur Stegers Tochter angetroffen und«, er zögerte einen Augenblick, »über den Tod ihres Vaters informiert?«

»Sarah wollte mir zuerst gar nicht glauben, dass Dédé tot ist. ›Das ist nicht wahr, du musst dich täuschen‹, hat sie gestammelt.« Maurice Favrod kniff die Lippen zusammen. Ihm war deutlich anzumerken, wie unangenehm ihm die Überbringung der Todesnachricht gewesen war.

Malbec wartete, bis er seinen Bericht fortsetzte.

»Ich habe schon befürchtet, sie würde kollabieren. Glücklicherweise hat sie sich schnell erholt. Ich habe ihr angeboten, sie in meinem Auto mitzunehmen, doch sie wollte noch ein paar Sachen zusammenpacken und dann selbst fahren, um flexibel zu sein. Ich erwarte sie jede Minute.«

Verständlich, dachte Malbec. Ohne eigenes Fahrzeug kommt man aus diesem Ort kaum weg.

»Leiten Sie die Ermittlungen?«

»Ja, die Todesursache ist nicht einwandfrei geklärt, und der berechtigte Verdacht auf ein Gewaltverbrechen besteht. Daher ergeben sich weitere Fragen.«

»Verstehe.« Maurice Favrod lehnte sich gegen die Fahrertür seines Autos.

Nachdem Malbec die üblichen Routinefragen zur letzten Nacht gestellt hatte, wechselte er das Thema, da er sich dafür interessierte, was für ein Typ Mensch Dieter Steger gewesen war.

Favrod hielt seine zum Stummel heruntergebrannte Zigarette zwischen Daumen und Zeigefinger und blies den Rauch langsam aus. »Dédé *war* Trouvac.«

Dieter Steger musste eine besondere Persönlichkeit gewesen sein, wenn er für alle stellvertretend für Trouvac stand, sinnierte Malbec.

Favrod ließ die Zigarettenkippe zu Boden fallen und trat sie gründlich aus. »Seit nunmehr vierzig Jahren hat er in diesem abgeschiedenen Dorf gelebt. Als er hier ankam, gab es nur Ruinen. Stürme, Regen und Mistral hatten ihre Spuren hinterlassen. Kaputte Dächer, geborstene Treppen, verwitterte Holzbalken und eingestürzte Kellergewölbe. Der Ort war nahezu unbewohnbar gewesen und von seinen ursprünglichen Bewohnern schon vor Jahrzehnten verlassen worden. Zusammen mit seiner Familie und der Hilfe zahlreicher Freunde hat Dédé das Dorf behutsam aufgebaut. Stein um Stein, Haus für Haus.«

»Verstehe ich es richtig – Monsieur Steger ist der Eigentümer von Trouvac?«

»Das Dorf gehört – oder besser – gehörte ihm.« Mit einer umfassenden Geste streckte Maurice Favrod beide Arme aus und öffnete die Handflächen.

»Wie kommt man denn dazu, gleich ein ganzes Ruinendorf zu kaufen?«, fragte Malbec stirnrunzelnd und dachte daran, dass er mit der Renovierung seines Hauses in Calmont-les-Fontaines schon nahezu überfordert war. Er hatte erst unlängst eine

Woche Urlaub genommen, um den Ausbau des Obergeschosses voranzutreiben.

»Das ist eine längere Geschichte. Dédé war einer von den zahlreichen Aussteigern und Globetrottern, die von einem ungebundenen Leben geträumt haben und durch die Welt getingelt sind. In den siebziger Jahren ist er durch Nordafrika und Indien gereist und hat später monatelang in Südamerika gearbeitet. Wieder dauerhaft nach Deutschland zu gehen, kam für ihn nicht in Frage. Der Dunst des Faschismus war ihm zu allgegenwärtig. In den deutschen Rathäusern und Behörden wehte leider der alte Geist, und dieses tradierte Gedankengut war ihm zuwider, müssen Sie wissen. Die Beziehung zu seinem Heimatland schlief allmählich ein. Soweit ich weiß, hat er früher noch Freunde oder die Familie besucht. Es waren nur Stippvisiten.«

Malbec nickte verständnisvoll.

»Als Dédé einmal im Herbst bei der Weinernte im Languedoc geholfen hat, ist er erstmals mit der lockeren südfranzösischen Lebensweise in Kontakt gekommen und hat gelernt, sie zu schätzen. Mehrere längere Aufenthalte im Midi folgten. Auf der Durchreise ist er einmal in der Provence hängen geblieben, wo er bei einem Obstbauern gearbeitet hat. Er half mehrere Wochen bei der Obsternte, weniger, weil ihm die Arbeit so gut gefiel, sondern weil er ein Auge auf Vivienne, die Nichte des Obstbauern, geworfen hatte. Vivienne hatte ihr Ethnologiestudium abgebrochen und betrieb mit einer Freundin in Pertuis eine kleine Töpferei. Ungefähr zeitgleich ist Dédés Vater verstorben, der im Ruhrgebiet ein Stahlwerk geleitet hatte. Dadurch hat er unverhofft einen höheren Betrag geerbt und war finanziell weitgehend unabhängig. Vivienne und die Erbschaft schienen für Dédé der richtige Augenblick gewesen zu sein, um sesshaft zu werden, endlich Wurzeln zu schlagen. Schließlich hat er beschlossen, sich nach einem großen Haus umzusehen, am besten einem Bauernhof, der zum Verkauf angeboten wurde. Anfangs hat er mehr in Küstennähe, später dann an den Ausläufern des Luberon nach einem passenden Gehöft gesucht.«

»In den siebziger Jahren konnte man sich das noch leisten«, spekulierte Malbec.

»Das stimmt nicht, die Preise sind schon damals sehr in die Höhe geklettert. Vivienne und er haben eine längere Wandertour entlang der südlichen Ausläufer des Mont Ventoux unternommen – so wurde es jedenfalls immer erzählt –, dabei sind sie durch einen Zufall auf die Ruinen eines in einem Seitental versteckten Minidorfes gestoßen. Die beiden haben sich sofort in das malerische Ensemble verliebt, dessen Namen sie erst herausfinden mussten. Trouvac bestand damals nur aus dornigen Hecken, brüchigen Mauern und einer Menge Schutt. Garrigue und Unkraut haben die Gassen und Häuserwände überwuchert; die meisten Dächer waren eingestürzt, und leere Fensteröffnungen gähnten wie dunkle Mäuler in den provenzalischen Himmel. Die Natur hat das Dorf wiedererobert. In den Kaminen lebten Ratten, Insekten und Fledermäuse. Die Fußböden der Häuser waren entweder kaputt oder bestanden aus einfachen Brettern, statt Treppen führten selbst gezimmerte Leitern ins Obergeschoss. In einigen Gebäuden setzte sich der Boden im Erdgeschoss aus gestampfter Erde zusammen und war von uraltem Hausmüll und anderem Unrat bedeckt. Kaputte Möbel und zerbrochenes Geschirr zeugten von einer untergegangenen bäuerlichen Welt fern jeglicher Idylle. Ein einziges Haus war halbwegs bewohnbar, da das Dach intakt war. Viele Fensterscheiben waren zerborsten, Dédés Familie musste sich mit schlichten Holzverschlägen behelfen, wenn es regnete oder stürmte. Trouvac war weder an die Kanalisation noch an die Wasserversorgung angeschlossen, und selbstverständlich fehlte es an Strom und einem Telefonanschluss. Für Trinkwasser nutzte man einen halb eingestürzten Brunnen, der erst einmal gereinigt werden musste, und das kleine Bächlein hier, das im Hochsommer leider manchmal vollständig austrocknet.«

»Ganz schön abenteuerlich«, sagte Malbec bewundernd.

»Vivienne und Dieter hatten innerhalb weniger Tage ihren Entschluss gefasst: Sie wollten sich dauerhaft in diesem kleinen, bescheidenen Paradies niederlassen. Da die Grundstücke und die verschiedenen Häuser mehreren Familien gehörten, haben sich die Verhandlungen mit den Erben knapp zwei Jahre hingezogen, bis Dédé schließlich auch den letzten Besitzer überzeugen und somit das gesamte Dorf mit den zugehörigen Weiden und Wäldern erwerben konnte.«

»Gab es keine weiteren Interessenten?«

»Die Einheimischen haben sich die Hände an den Kopf gehalten und sich über den Kaufpreis gefreut. Sie haben nicht verstanden, weshalb das Paar freiwillig in dieser Einöde leben wollte. Leicht war das selbst gewählte Leben als Dorfbesitzer nicht, da sie ein kleines Kind hatten und Vivienne schon bald erneut schwanger wurde. Die ersten Winter müssen hart und entbehrungsreich gewesen sein. Touristen können sich nicht vorstellen, wie ungemütlich es in der kalten Jahreszeit wird. Drei Tage Mistral am Stück sind kein Zuckerschlecken. Das habe ich schon am eigenen Leib erfahren, als ich vor vielen Jahren einmal im Dezember eine Woche hier verbracht habe. Zum Glück fahre ich sonst nur in den Sommermonaten in die Provence ...«

»Sie kannten Monsieur Steger also schon lange?«

»Sehr lange. Lassen Sie mich nachdenken. Es ist mehr als fünfunddreißig Jahre her, dass wir uns erstmals begegnet sind. Über einen Kommilitonen, der mit Viviennes Schwester befreundet war, habe ich von Trouvac erfahren und bin in meinen Semesterferien in die Provence gekommen, um wochenlang beim Wiederaufbau des Dorfes mitzuhelfen. Zu dritt sind wir in einem 2CV auf der Autoroute du Soleil von Paris gen Süden gefahren. Dédé und Vivienne haben uns sofort herzlich aufgenommen. Wir durften kostenlos in einem der baufälligen Häuser wohnen und mussten eine behelfsmäßige Plane aufspannen, um gegen Regen und Wind geschützt zu sein. Wir wurden mitverpflegt und haben tatkräftig dazu beigetragen, Mauern zu verfugen, Dachstühle zu decken und Fußböden zu erneuern. Für technische Hilfsmittel war kein Geld vorhanden; Steine, Sand und Mörtel wurden mit der Schubkarre vom Parkplatz zu den Häusern transportiert.«

»Harte Arbeit.«

»Es war ein ziemlicher Knochenjob, wenn auch eine tolle Zeit, die ich nicht missen möchte. ›Work and Travel‹ würde man das wohl heute nennen. Keine Ahnung, wie sich das herumgesprochen hat. Mundpropaganda in der Mensa war es jedenfalls nicht. Eine bunte Truppe hat sich in den Sommermonaten in der Haute-Provence versammelt. Lebenskünstler aus allen Teilen der Welt, darunter Franzosen, Deutsche, Engländer und sogar eine Australierin auf Weltreise. Wir haben oft bis tief in die Nacht hinein gefeiert, es herrschte eine ausgelassene Stimmung. Freie Liebe war mehr als ein Schlagwort.«

Malbec lachte auf.

Favrod grinste spitzbübisch und zündete sich mit routinierten Handgriffen eine neue Zigarette an. »Dann hat mir mein Studium kaum Zeit gelassen, und der Kontakt schlief ein. Als ich mehr als ein Jahrzehnt später auf dem Weg an die Côte d'Azur war, um meinen Urlaub in Antibes zu verbringen, habe ich mich an meine Aufenthalte in Trouvac erinnert und mich gefragt, was aus dem Dorf geworden ist. Ich wusste nicht einmal mehr, ob Dédé noch mit seiner Familie dort lebte. Spontan entschied ich mich, die Autobahn in Avignon zu verlassen. Zwei Stunden später bin ich die holprige Straße hinaufgezockelt: Jede Kurve war mir vertraut. Große Wiedersehensfreude! Dédé, seine Frau Vivienne und die Kinder haben mich herzlich willkommen geheißen und meine damalige Frau und mich eingeladen, bei ihnen im Dorf zu bleiben. Zu meiner Überraschung hatte sich Trouvac vollkommen verändert; die meisten Häuser waren renoviert und wurden an Gäste vermietet, die dort ihre Ferien verbringen und sich der Kunst widmen wollten. Mir ging das Herz auf. Spontan haben wir unsere Pläne verändert: Statt uns in den Strandtrubel zu stürzen, haben wir uns drei Wochen in den provenzalischen Bergen erholt. Die unbeschwerten Tage sind mir angenehm in Erinnerung geblieben. Auch nach meiner Scheidung bin ich oft in den Sommerferien hierhergekommen. Dadurch kenne ich auch Dédés Kinder gut. Vivienne habe ich ebenfalls sehr gern gemocht, sie strahlte so viel Wärme aus. Leider ist sie vor zwei Jahren an den Folgen eines Schlaganfalls gestorben. Dédé hat sich standhaft geweigert, sie in einem Pflegeheim unterzubringen. Bis zuletzt hat er sich aufopfernd um seine Frau gekümmert.«

»Das stelle ich mir hier oben in den Bergen nicht einfach vor.«

»Das war es auch nicht.« Favrod inhalierte tief. »Ihr absehbarer, aber letztlich doch plötzlicher Tod hat Dédé schwer getroffen, mit Vivienne hat er seinen Lebensmittelpunkt verloren. Seither war er verschlossener, in sich gekehrter. Einzig Trouvac brachte seine Augen weiterhin zum Glänzen – das Dorf war sein Lebenswerk.«

»Und? Was wird nun mit Trouvac geschehen?«, fragte Malbec.

»Schwer zu sagen. Ich befürchte, es wird sich verändern. Durch Viviennes und Dédés Tod ist es endgültig seiner Seele beraubt.« Maurice Favrod legte den Kopf melancholisch zur Seite. »Ich weiß nicht, ob ihre Kinder diesen Geist am Leben erhalten wollen. Sarah oder Nathan würde das wohl am ehesten gelingen.«

»Das ist interessant. Ich werde die beiden demnächst befragen. Sie müssen mir bei Gelegenheit mehr über Trouvac berichten«, entgegnete Malbec. »Entschuldigen Sie mich bitte. Ich muss hinüber zur Spurensicherung.«

»Kein Problem, kommen Sie vorbei, wenn Sie Zeit haben. Ich wohne im hinteren Teil des Dorfes.« Maurice Favrod zeigte mit dem linken Arm in die betreffende Richtung. »Es ist das Haus mit der großen Tür, die ursprünglich zu einem Stall gehört hat. Übrigens besitze ich noch zwei oder drei Exemplare einer Broschüre über die Geschichte des Dorfes. Die hat Dédé vor Jahren zusammengestellt und in einer kleinen Auflage drucken lassen, da er von Besuchern und Gästen danach gefragt wurde und es leid war, stets dieselbe Geschichte erzählen zu müssen. Wenn Sie wollen, schenke ich Ihnen ein Exemplar.«

»Das ist sehr nett von Ihnen.« Malbec hoffte, dass sich in der Dorfgeschichte fallrelevante Erkenntnisse finden ließen.

***

Schweigend beobachtete Malbec seine Kollegin Chantal und ihren Assistenten bei der Arbeit, dann räusperte er sich und erkundigte sich, ob bereits neue Fakten vorliegen würden.

»Nicht wirklich. Wir sind zwar nach wie vor dabei, alle verwertbaren Spuren zu sichern. Im Moment fehlen uns allerdings interessante Anhaltspunkte. Auch die Zigarettenstummel dürften schon mehrere Tage auf dem Boden gelegen haben.« Chantal hob eine kleine Plastiktüte in die Luft. Dann wandte sie sich dem Toten zu. »Eine natürliche Todesursache schließe ich aus. Momentan gehe ich davon aus, dass er mit einem stumpfen Gegenstand niedergeschlagen und dann über die Mauer geworfen oder gestoßen wurde. Die Schleifspuren am Boden weisen darauf hin, dass man ihn anschließend in die Nische gewuchtet hat.«

»Warum diese Mühe?«

»Um ihn zu verstecken oder einen Unfall vorzutäuschen. Schau mal hier«, sie blickte in das Gewölbe der Nische, »da wurden Steine mit Gewalt herausgelöst, die dann auf den Toten gefallen sind.«

»Seltsam.«

»Ob er zu diesem Zeitpunkt bereits tot war, wird die Gerichtsmedizin anhand der Verletzungen untersuchen. Letztere scheinen mir nicht so schwer. Weder Knochensplitter noch Spuren von Hirnmasse finden sich am Hinterkopf«, erläuterte Chantal.

Das französische Gesetz schrieb im Falle eines unnatürlichen Todes eine Autopsie vor. Allein der Gerichtsmediziner entschied, inwieweit er Gewebeproben oder Organentnahmen für notwendig erachtete.

»Er wurde über die Mauer geworfen? Nicht einfach, bei

einem Mann seiner Größe.« Malbec entwarf gedanklich ein paar Tatszenarien.

»Er wird mehr als achtzig, wenn nicht an die neunzig Kilo gewogen haben. Um einen Mann mit diesem Gewicht hochzuheben, muss man entweder sehr kräftig sein, oder es gab mehr als einen Täter. Er könnte auch durch die Wucht des Schlages über die Mauer gestürzt sein.«

»Vielleicht ist der Auffindeort nicht der Tatort«, spekulierte Malbec.

»Da wird uns die Gerichtsmedizin anhand von Druck-, Schlag- oder Aufprallstellen am Oberkörper Auskunft geben. Zudem habe ich auf dem Mauersims Blutspuren gefunden. Die gehen zum Abgleich ins Labor.«

»Sieht nicht nach einer geplanten Tat, sondern nach einer Affekthandlung aus.«

»Ein Überfall erscheint mir in diesem abgelegenen Dorf als absurd. Andererseits gibt es weder an den Händen noch an den Unterarmen Verletzungen, die auf eine Abwehrreaktion hindeuten.«

»Du willst damit sagen, Steger hat seinen Mörder gekannt?«, fragte Malbec.

»Das ist nicht auszuschließen. Er war jedenfalls nicht auf einen Angriff vorbereitet.«

»Eine Beziehungstat?«

»Keine Ahnung, ich nehme an, der Täter hat ein Überraschungsmoment ausgenutzt. Der Schlag wurde seitlich ausgeführt. Wenn ich den Winkel richtig deute, handelt es sich um einen Rechtshänder. Nagle mich nicht fest, der Rechtsmediziner wird sich die Hämatome bei der Obduktion genau ansehen.«

»Seine Hosen- und Jackentaschen sind leer – kein Geldbeutel, kein Schlüssel.«

»Das spräche für meine These.«

»Wie viel Zeit wirst du mit deinem Assistenten noch benötigen?«

»Ich denke, dass wir in höchstens zwei Stunden fertig sind.«

Malbec wandte sich an den neben ihm stehenden Chef de Police. »Würden Sie bitte die Gerichtsmedizin verständigen und den Abtransport der Leiche vorbereiten?«

»Selbstverständlich«, antwortete Charles Monod diensteifrig.

»Dürfte ich Sie bitten, im Commissariat anzurufen und Capitaine Cabanel mitzuteilen, dass ich vor Ort noch ein oder zwei Kollegen zur Unterstützung benötige?«

Monod deutete einen militärischen Gruß an und wollte auf dem Absatz kehrtmachen, doch Malbec hielt ihn auf.

»Warten Sie ... Richten Sie ihm aus, er soll den Kollegen unbedingt ein Satellitentelefon mitgeben, damit ich in dieser Einöde telefonieren kann.«

»Wird gemacht«, sagte Monod und stapfte elanvoll davon.

Malbec wandte sich wieder der Szenerie am Tatort zu. Schließlich ging er hinüber in das Dorfzentrum zu dem wuchtigen Gebäude, auf dessen Terrasse ein knorriger Olivenbaum seine Äste ausbreitete. Wie er von Klaus Schröder erfahren hatte, soll Dieter Steger in dem Haus gelebt haben, das ein kleines Stück nach hinten versetzt war. Erst beim Näherkommen zeigte sich, dass es das größte Gebäude im Dorf war, mit genug Platz für eine fünfköpfige Familie.

Malbec stieg die Steinstufen zur erhöhten Terrasse hinauf. Unter dem Olivenbaum stand ein weißer Metallstuhl mit Armlehnen, dessen Sitzfläche mit einem floralen Muster perforiert und der mit braunen Rostsprenkeln übersät war. Dazu fügte sich ein gezimmerter Holztisch, der von zwei wettergegerbten Holzbänken flankiert war. Ein geflochtener Zaun sicherte die Terrasse an zwei Seiten ab. Malbec fühlte sich an ein provenzalisches Stillleben erinnert.

Das Haus war in der lokalen Tradition aus Bruchsteinen errichtet und besaß nur kleine Fenster, um die sommerliche Hitze ebenso fernzuhalten wie die winterliche Kälte und den Mistral. Das Innere lag im Dunkeln. Nur die Konturen eines Tisches und eines Sessels ließen sich ausmachen.

Direkt neben dem Fenster befand sich ein imposanter Türsturz, dessen Mittelteil eine verwitterte Steinmetzarbeit einrahmte. Die breite Steinstufe zum Eingang war von unzähligen Schuhen in unzähligen Jahren weich getreten.

Malbec zog sich Latexhandschuhe an, die er immer mit sich führte, und drückte auf die Klinke der metallbeschlagenen Tür. Zu seiner Überraschung war sie nicht verriegelt und sprang, begleitet von einem quietschenden Ton, einen Spaltbreit auf. Er musste sich mit seiner Schulter dagegenlehnen, um sie ganz zu öffnen.

Er zögerte einen Moment. In ein Haus einzudringen und die Intimsphäre seiner Bewohner zu verletzen, war ihm stets unangenehm. Obwohl es zu seinem Job gehörte, fühlte er sich wie ein Voyeur, der in fremden Schubladen in der Unterwäsche wühlt. Manchmal kamen dabei unappetitliche Details und verborgene Leidenschaften zutage, deren Verwendungszwecke und Hintergründe er gar nicht wissen wollte. Der Umstand, dass er das Haus eines potenziellen Mordopfers inspizierte, änderte daran nichts.

Er hielt einen Moment inne, bevor er die Türschwelle übertrat und sich in dem in Dämmerlicht getauchten Hausinneren umsah. Er ließ die Tür weit offen, damit mehr Licht in den Flur fiel. Eine gute Entscheidung. Die Luft war abgestanden, und es roch muffig.

Seine Augen gewöhnten sich schnell an das Halbdunkel. Das Bruchsteinmauerwerk setzte sich an den unverputzten Wänden fort. Ein zentraler Raum mit einer breiten offenen Feuerstelle diente als Wohnzimmer. Gusseiserne Pfannen zierten dekorativ die Wand über dem Kamin.

Malbec bückte sich und hielt seine Hand über den fahlgrauen Aschehaufen. Es war keine Wärme mehr spürbar.

Die Einrichtung war bäuerlich rustikal. Auffällig war ein altes Sofa, über das eine zerschlissene Decke geworfen war. An dem großen wurmstichigen Holztisch mit dem dreiarmigen Kerzenständer hatte sich früher die Familie versammelt.

Eine breite Anrichte war mit selbst getöpferten Schalen und Krügen dekoriert. Die Wände zierten Fotografien, meist

Familienporträts und Ölbilder mit provenzalischen Motiven. Keine kitschigen Lavendelfelder, sondern vielmehr moderne Landschaftsinterpretationen. An eine Pinnwand waren sorgfältig ausgeschnittene, zumeist recht vergilbte Zeitungsartikel geheftet, die von Kunstausstellungen in Trouvac und in den umliegenden Dörfern berichteten.

Zwei aus alten Weinkisten gezimmerte Bücherregale waren gefüllt mit Belletristik, meist Klassiker. Über dem Buchschnitt hatte sich eine feine Staubschicht gebildet. Malbec entdeckte Werke von Shakespeare, Balzac, Stendhal, Goethe und Thomas Mann, aber auch landwirtschaftliche Fachliteratur. In der obersten Reihe bewunderte er eine ältere deutsche Ausgabe vom »Manifest der Kommunistischen Partei«, daneben »Das Kapital«, dreibändig in einem roten Leinenschuber.

Ein mit Fellen bedeckter Lesesessel nahm eine Zimmerecke ein, auf einem Bistrotisch standen eine halb volle Flasche Côtes du Rhône Villages und ein benutztes Glas mit eingetrocknetem Rest. Auf einem kleineren benachbarten Schreibtisch waren Briefe aufeinandergeschichtet, in der Mitte war eine Kladde im Querformat ausgebreitet. Mit Bleistift waren Namen und Daten in die verschiedenen Spalten eingefügt.

Die Eintragungen im Reservierungsbuch waren sehr kryptisch, Malbec machte mit seinem Smartphone ein Bild von der aufgeschlagenen Doppelseite mit der aktuellen Belegungsliste. Vorsichtig blätterte er durch die Briefe. Zwei Rechnungen, private handschriftliche Korrespondenzen, eine Postkarte, dazu Werbepost mit dem Logo eines Reifenhändlers.

Er öffnete die einzige Schublade des Schreibtisches. Dort befanden sich ein abgegriffenes Adressbuch, ein Stapel Visitenkarten und Streichholzschachteln von verschiedenen Restaurants sowie ein verknittertes Kuvert mit mehr als dreihundert Euro Bargeld.

Am Boden reihten sich drei dick gefüllte Ordner aneinander, aus denen vergilbte Papiere herausschauten. In einem davon waren teilweise jahrzehntealte Briefe abgeheftet. Malbec vermutete, dass sie von Gästen stammten. Der letzte enthielt Rechnungen und amtliche Schreiben mit dem Briefkopf der Départementsverwaltung, die er für die Ermittlungen als unerheblich erachtete.

Erst als er den Schreibtisch inspizierte, fiel Malbec auf, dass es keine modernen Medien, keinen Computer, kein Tablet, ja nicht einmal einen Fernseher gab.

Er ging in die Küche, wo ihm ein aufdringlicher Geruch in die Nase stieg. Schmutzige Teller, Tassen und ein Topf, die sich in der Spüle stapelten, waren für die säuerliche Duftnote verantwortlich. Anhand der am Topfboden anhaftenden Speisereste tippte Malbec auf Gemüseeintopf. Am Rand des Spülbeckens lag ein großes Stück Kernseife.

Die Einrichtung war schlicht, zum Kochen diente ein holzbefeuerter Herd, wie ihn Malbec aus dem Haus seiner Großmutter gekannt hatte. Eine alte Weinkiste voll mit Holzscheiten, ein paar Gewürzdosen sowie zwei hölzerne Salz- und Pfefferstreuer reihten sich auf einem Regal aneinander. Der Vorratsschrank war mit Zucker, Mehl, Nudeln, Kartoffeln und Konservendosen gefüllt. Auf der Anrichte daneben kreisten Fliegen über einer halb vollen Terrine mit *pâté* und einer halben *boudin* – anscheinend waren die Pastete und die Blutwurst Stegers letzte Mahlzeit gewesen.

Wie schon im Wohnzimmer war auch in der Küche eine gewisse Unordnung nicht zu übersehen. Die Kartoffeln hatten bereits zu keimen begonnen, und der Gasherd war schon lange nicht mehr gründlich gesäubert worden – der Haushalt eines allein lebenden Mannes.

Über eine knarzende Treppe gelangte Malbec hinauf ins Obergeschoss, dessen Wände nur teilweise aus offenem Bruchsteinmauerwerk bestanden. Das Schlafzimmer war weiß gekalkt und wurde von einem wuchtigen Doppelbett dominiert, dessen dunkle Stirnseite dezent verziert war. Während die linke Seite des Bettes zerwühlt war, als wäre jemand erst kürzlich aufgestanden, war die andere Seite unberührt und mit einem dunkelroten Überwurf bedeckt.

Malbec drehte sich mit dem Rücken zum Fenster. Der Raum war so ungemütlich, dass es ihn fröstelte. Mit gewohnter Routine widmete er sich dem Mobiliar – einer Kommode und einem Holzschrank. Die Schubladen quietschten beim Öffnen bedrohlich.

Im Obergeschoss befanden sich noch zwei Gästezimmer, in denen wohl schon lange niemand mehr gewohnt oder geschlafen hatte. Das Bad war spartanisch eingerichtet – alles andere als eine moderne Wellnessoase. Keine Badewanne, keine Dusche. Über dem abgeschlagenen Rand des Emailbeckens hing ein Waschlappen, auf einem darüber angebrachten Holzbrett verteilten sich Zahnputzutensilien, diverse Tablettenpackungen und Arzneiröhrchen, die Malbec nicht einzuordnen vermochte, deren Namen er sich aber notierte. Eine Schachtel erinnerte ihn an ein Medikament, das sein Vater jahrelang zur Senkung seines hohen Blutdrucks eingenommen hatte.

Zurück im schmalen Flur sah Malbec, dass an der Decke eine herunterklappbare Holzleiter befestigt war. Sie ließ sich leicht entriegeln und führte über eine kleine Luke hinauf zu einem flachen staubigen Dachboden. Nur durch ein milchiges Dachfenster drang etwas Licht herein.

Malbec verharrte auf der vorletzten Stufe und wartete, bis sich seine Augen an das Halbdunkel gewöhnt hatten. Schon bald ließen sich nicht nur Holzkisten und Pappkartons erkennen, sondern auch mehrere an die Wand gelehnte Leinwände, auf die sich sein Interesse konzentrierte. Er stieg hoch und bewegte sich gebückt an den Dachschrägen vorbei, um die bespannten Keilrahmen aufzufächern. Das Spektrum der Öl- oder Aquarellbilder reichte von modern interpretierten Landschaftsmotiven bis hin zu schonungslosen Aktgemälden im Stil von Lucian Freud.

Malbec hatte genug gesehen und kletterte die wackelige Treppe wieder hinunter. Im Schlafzimmer gab der knarzende Holzboden leicht nach. Er verlagerte sein Gewicht auf das linke Bein. Keine Frage, die Diele war locker.

Neugierig sah er nach unten. Die Fugen waren an dieser Stelle minimal größer als bei den anderen Holzdielen. Er kniete sich nieder. Mit geschickten Handgriffen gelang es ihm, das Brett anzuheben und aus der Verankerung zu lösen.

Zu seiner Überraschung verbarg sich darunter ein kleiner, mit Sägespänen gefüllter Hohlraum, aus dem er eine mit Gummiband verschlossene Plastiktüte herausholte. Auf dem Boden kauernd, öffnete er das Tütchen und stutzte. Seine Nasenflügel weiteten sich, da ihm der Geruch bekannt vorkam.

Er inspizierte die getrockneten Pflanzen und sah sich in seiner Vermutung bestätigt: Dieter Steger hatte unter einer Holzdiele im Schlafzimmer seinen privaten Marihuana-Vorrat versteckt.

Schmunzelnd setzte Malbec die Holzdiele wieder ein und ging ins Erdgeschoss. Sein geschultes Auge konnte weder an der Haustür noch an den Fenstern Spuren erkennen, die auf einen Einbruch oder eine daraus resultierende Unordnung hinwiesen.

Im Wohnzimmer studierte er erneut die Fotografien. Auf einem Bild war Dieter Steger inmitten einer Schafherde abgebildet, auf einem anderen balancierte er gut gelaunt auf seinen breiten Schultern eine Holztrage mit zwei Futtertrögen. Ein weiteres Foto zeigte eine Familienfeier mit üppig gedeckter Festtagstafel.

Malbec vermutete, dass die Frau, die mit streng geflochtenem Zopf neben Steger am Tisch saß, Vivienne war. Er schätzte, dass das Bild vor mehr als zwanzig Jahren aufgenommen worden war.

Um die Gesichter besser einordnen zu können, kniff er die Augen zusammen und beugte sich vor.

»Dürfte ich erfahren, was Sie hier zu suchen haben?«

Die schneidige Frage ließ ihn aufschrecken. Er hatte nicht mitbekommen, dass jemand ins Zimmer gekommen war. Er fühlte sich wie ein auf frischer Tat ertappter Dieb.

Eine knapp vierzigjährige Frau mit langen rotbraunen Haaren stand vor ihm und musterte ihn vorwurfsvoll. »Was erlauben Sie sich!«, sagte sie mit bebender Stimme.

Malbec suchte Augenkontakt und entgegnete in ruhigem Ton: »Darf ich mich vorstellen? Ich bin Capitaine Malbec und leite die Ermittlungen. Ich nehme an, Sie sind Sarah, die Tochter von Monsieur Steger?«

Die Frau strich sich das Haar aus der Stirn.

Malbec lächelte und streckte ihr die rechte Hand entgegen. »Mein Beileid, Madame Steger.«

»Danke«, sagte Sarah Steger, seufzte und schlug die Augen nieder.

Malbec blieb abwartend stehen, während sie sich in die Mitte des Wohnzimmers bewegte und ihren Blick über die Einrichtung schweifen ließ. Die stummen Gefährten des Alltags. Gedankenverloren nahm sie Abschied – von ihrem Vater und von der vertrauten Umgebung, in der sie ihre Kindheit verbracht hatte. Es war nur eine Frage der Zeit, bis die Räume ihren Charakter verändern, einer anderen Nutzung zugeführt und einen anderen Zeitgeist atmen würden.

»Ich wollte zu meinem Vater, aber man hat mich nicht zu seiner Leiche gelassen«, sagte sie mit zitternder Stimme.

»Das müssen Sie verstehen, es geht um die Sicherung von verwertbaren Spuren. Wir werden eine Möglichkeit finden, damit Sie sich in Ruhe von ihm verabschieden können.«

»Danke. Wann … wann ist es denn passiert?«, stieß sie erregt hervor.

»Das wissen wir momentan noch nicht genau. Bitte setzen Sie sich.« Malbec rückte einen Stuhl zurecht.

Wie ferngesteuert folgte Sarah Steger der Aufforderung und setzte sich an die Stirnseite des Tisches. Malbec nahm neben ihr auf der Holzbank Platz.

»Ich will nicht glauben, dass mein Vater ermordet wurde. Sind Sie sich sicher? Ist ein Unfall ausgeschlossen?«

»Nach unserem derzeitigen Kenntnisstand müssen wir leider von einem Kapitalverbrechen ausgehen.« Mit einfachen Sätzen begründete Malbec seine Aussage. »Ich weiß, es ist nicht leicht für Sie, dennoch würde ich Ihnen gern ein paar Fragen stellen. Wer könnte Ihrem Vater nach dem Leben getrachtet haben? Hatte er Feinde? Wurde er bedroht? Hatte er Schulden?«

»Nein, er war ein sehr umgänglicher und kontaktfreudiger Mensch. Zu den meisten Gästen bestand ein enges, freundschaftliches Verhältnis, das über die Jahre gewachsen ist. Trouvac ist ja kein normales Ferien-, sondern vielmehr ein Künstlerdorf. Und Gäste, denen es nicht gefallen hat, sind nicht wiedergekommen.« Sarah Steger überlegte. »Soweit ich mich erinnern kann, hat mir Papa in der letzten Zeit weder von einem Streit noch von einem anderen Konflikt erzählt. Ein Gast ist vor mehreren Jahren die Miete für zwei Monate schuldig geblieben, zudem hatte er ein Alkoholproblem und hat eines Abends im Dorf randaliert, sodass die Polizei zu Hilfe gerufen werden musste – aber das ist längst vergessen.«

»Wissen Sie noch, welcher Gast das war?«

»Ich kenne nur seinen Vornamen. Er hieß Hans und kam aus Norddeutschland. Die Polizei hat seine Personalien aufgenommen. Fragen Sie doch bei der Police municipale nach.«

»Danke für den Hinweis, das werden wir überprüfen. Und was ist mit den Nachbarn? Sind Ihnen Konflikte bekannt?«

»Richtige Nachbarn besitzen wir ja nicht. In den Anfangsjahren wurde mein Vater von ein paar Einheimischen, die den Krieg noch erlebt hatten, als Boche geschmäht, aber es ist ebenfalls lange her, dass man ihn als Deutschen mit diesem Schimpfwort diffamiert hat. Später gab es mal Ärger und eine Anzeige, weil einige Gäste in einem Bach in der Nähe mehrmals nackt gebadet hatten.«

Malbec dachte daran, dass ihn seine Freundin Catherine vor drei Monaten dazu animiert hatte, hüllenlos in den Gorges du Toulourenc zu schwimmen, und sie dabei beinahe von einer Wandergruppe erwischt worden wären. Eine Anzeige wegen Nacktbadens – das hätte ihm den Spott aller Kollegen eingebracht.

Innerlich musste er grinsen, äußerlich blieb er ruhig und wiederholte seine Frage.

Sarah Steger dachte angestrengt nach. »Mit Jules Bourcart hat sich Papa jahrelang um die Wasserrechte in den Bergen gestritten. Nachdem er die Schafzucht aufgegeben hatte, hörten die Streitereien auf. Und Bourcart – er hat einen Hof auf der anderen Seite des Hügels bewirtschaftet.« Sie streckte den Daumen über die Schulter. »Er ist zwar ein sturer Hitzkopf, aber einen Mord? Das würde ich ihm nicht zutrauen.«

Malbec hielt den Namen in seinem Notizbuch fest.

»Die beiden konnten sich nicht leiden. Bourcart ist auch gern in den Bergen auf die Jagd gegangen und hat mit Vorliebe auf Singvögel geballert, was meinen Vater zur Weißglut getrieben hat. Da ist er zu sehr Deutscher gewesen. Ich erinnere mich, wie sehr er sich darüber aufgeregt hat, dass ein in Armagnac ertränkter Ortolan das Lieblingsgericht von François Mitterrand gewesen ist.«

Malbec wusste aufgrund eines Zeitungsartikels, dass der Präsident und bekennende Feinschmecker die auch als Fettammer bezeichneten Singvögel komplett mit Kopf und Knochen zu verspeisen pflegte und sich dabei ein Tuch über den Kopf stülpte, damit sich der Duft nicht so schnell verflüchtigte.

»Die Liebe zu gutem Essen ist bei uns Franzosen ebenso sprichwörtlich wie die Jagdleidenschaft«, sagte er.

»Für meinen Vater war die Lust, ein Tier auf der Jagd zu erlegen, nur ein Kennzeichen des eigenen Minderwertigkeitskomplexes.«

»Eine gewagte, wenngleich interessante These.«

»Er war überzeugt, dass der Akt des Tötens eine Befriedigung für den Jäger darstellt und sein Selbstwertgefühl erhöhen soll.«

»Hatte Ihr Vater eine …«, Malbec zögerte, »neue Beziehung?«

»Das hätte er mir erzählt. In seiner Studienzeit soll es recht locker zugegangen sein, aber nach dem Tod meiner Mutter?« Sarah Steger setzte mit Nachdruck hinzu: »Nein, das ist ausgeschlossen. Abgesehen davon hatte er Prostatakrebs. Er war in ärztlicher Behandlung, bekam alle paar Monate eine Spritze und musste Tabletten nehmen.«

Malbec schaute verständnisvoll. »Befinden sich größere Wertgegenstände, Bargeld oder Schmuck im Haus?«

»Auch das würde mich wundern. Unsere Familie ist nicht vermögend. Sehen Sie sich um«, sie breitete ihre Arme aus, »hier gibt es nicht viel zu holen. Vom Kapitalismus hielt mein Vater ebenso wenig wie von der Globalisierung. In seiner Jugend soll er in Deutschland sogar als Mitglied einer kommunistischen oder marxistischen Gruppierung aktiv gewesen sein. Im Bücherregal muss noch eine zerfledderte Ausgabe des Kommunistischen Manifests stehen«, sagte sie schmunzelnd. »Über Politik hat er in den letzten Jahren nicht mehr viel gesprochen.«

»Es gibt also auch keine größeren Vermögenswerte?«

Sie verneinte. »Hier wurde kein Mehrwert in Profit verwandelt. Nur Trouvac, wenn Sie so wollen.«

»Ich meinte finanzielle Rücklagen oder ein Aktiendepot.«

»Aktien?« Sarah Steger lachte auf. »Das kann ich mir nicht vorstellen. Banken hat er immer misstraut. Soweit ich weiß, unterhielt er nur ein Konto für die Abwicklung des alltäglichen Zahlungsverkehrs.«

Das wird sich herausfinden lassen, dachte Malbec und wartete einen Moment, bevor er sich erkundigte, ob sie noch etwas benötige. »Ich muss das Haus vorerst versiegeln. In spätestens zwei oder drei Tagen, sobald die Ermittlungen abgeschlossen sind, steht es Ihnen wieder zur Verfügung«, erklärte er. »Das Reservierungsbuch nehme ich mit, um es in Ruhe zu studieren.«

Sarah Steger nickte, als wäre ihre Zustimmung von Bedeutung. »Nein, ich habe hier keine persönlichen Sachen. Wenn ich nach Trouvac komme, übernachte ich im Nachbarhaus.«

»Wo ist Ihr Hauptwohnsitz?«

»Ich bin in Aix-en-Provence gemeldet.«

»Leben Sie dort schon lange?«

»Seit mehr als zehn Jahren. Ich unterrichte am Lycée Paul Cézanne Englisch und Deutsch. Da hat mich Maurice, also Monsieur Favrod, heute auch aufgesucht und informiert.«

»Wissen Sie, ob Ihre Geschwister bereits über den Tod Ihres Vaters unterrichtet wurden?«

»Meinen älteren Bruder Jean-Claude, der seit mehreren Jahren in Kanada lebt, habe ich angerufen. Er wird zur Beerdigung kommen und überlegt noch, wann er von Québec nach Paris fliegen wird. Nathan habe ich ebenfalls verständigt. Er hat sich geweigert heraufzufahren. Ich will ihn später in Apt treffen. Nathan hat Trouvac gemieden. Er und unser Vater haben sich vor Jahren zerstritten. Sie waren sich zu ähnlich. Zwei Sturköpfe. Jedenfalls hatten sie keinerlei Kontakt mehr.«

»Danke, das genügt mir für den Moment.«

»Was geschieht mit Papa? Wann dürfen wir ihn beerdigen?«

»Da müssen Sie sich noch ein paar Tage gedulden. Zuerst wird er in die Gerichtsmedizin gebracht und obduziert. Erst anschließend wird seine Leiche zur Bestattung freigegeben.«

Sarah Stegers Oberlippe vibrierte kaum merklich. »Darf ich ihn noch ein letztes Mal sehen?«, fragte sie mit flehendem Unterton.

»Das sollte sich machen lassen«, sagte Malbec. »Kommen Sie, ich werde Sie zu ihm führen.«

***

Nachdem ihm Chantal signalisiert hatte, dass die Arbeit der Spurensicherung in Kürze abgeschlossen sein würde, bat Malbec Chantal, Sarah Steger ausnahmsweise zu ihrem Vater zu lassen, damit sie von ihm Abschied nehmen konnte. Diese bedankte sich und kniete sich neben den Toten. Nur an einem zarten Zucken der Schulterpartie war ersichtlich, dass sie weinte.

Malbec ließ ihr Zeit, bis er der Form halber fragte, ob sie bestätigen könne, dass es sich um Dieter Steger handelte. Sie bejahte stumm.

In seiner Hilflosigkeit suchte er Augenkontakt mit Chantal. Sie zwinkerte ihm verständnisvoll zu. Erleichtert ging er rückwärts und schlüpfte unter dem rot-weißen Flatterband hindurch.

Außer Sichtweite entspannte er sich und grübelte, wie er vorgehen sollte. Da er unbedingt einige Anrufe erledigen musste, blieb ihm nichts anderes übrig, als hinunter ins Tal zu fahren. Klaus Schröders Erklärungen zufolge gab es hinter einem ausgebrannten Lieferwagen Empfang.

Zielstrebig lief Malbec zum Parkplatz und fuhr los. Er meisterte die Serpentinen so zügig, dass er das Autowrack beinahe übersehen hätte. Während er auf der engen Straße nach einer Parkmöglichkeit suchte, protestierte sein Magen. Er hatte seit dem Frühstück nichts mehr gegessen und entschied sich, den Berg hinunter nach Rustrel zu fahren. Dort würde er sowieso ein besseres Netz haben. Zudem hoffte er, einen Supermarkt oder eine Boulangerie zu finden. Sobald die Strecke übersichtlich war, drückte er aufs Gaspedal.

Er kurvte die Straße hinunter und dachte an den Moment, als Sarah Steger mit den Tränen kämpfend vor ihrem Vater gekauert hatte. Angesichts des Leids und der Emotionen der Angehörigen fühlte er sich oft überfordert. Entsprechende Schulungen wurden seitens der Gendarmerie nationale bisher nicht angeboten.

Viele Kollegen waren damit überfordert. Auch Capitaine Cabanel drückte sich mit Vorliebe vor dieser Aufgabe. Egal, ob Suizid, Unfall oder Mord – von einer Sekunde auf die andere stand die Welt für die Betroffenen still, hüllte sie wie eine Glasglocke ein. Meist waren die Reaktionen der Eltern, Kinder oder des Partners heftig und beschäftigten ihn gedanklich noch über Wochen oder Monate. Sarah Steger würde sich hoffentlich schnell fangen. Eine als Hilfsmaßnahme angebotene psychologische Unterstützung hatte sie mit Nachdruck abgelehnt.

Malbec verlangsamte das Tempo hinter dem Ortsschild. Rustrel, das für seine in zahlreichen Rotschattierungen leuchtenden Ockerbrüche bekannt war, erwies sich als ein eher unspektakuläres Dorf. Keine Burg, kein Kloster – dafür entdeckte er immerhin eine Boulangerie.

Er parkte unter einer Platane und kontrollierte das Display seines Mobiltelefons. Wie befürchtet leuchteten mehrere rote Zahlen am Rand der entsprechenden App-Symbole. Sieben verpasste Anrufe, drei Nachrichten auf der Mailbox, hinzu kamen mehrere Textnachrichten.

Malbec stöhnte auf. Zuerst forderte er den Leichenwagen an. Danach hörte er seine Mailbox ab und rief Roland Cabanel an, um das Vorgehen zu koordinieren. Cabanel ließ ihn anfangs gar nicht ausreden. Stattdessen analysierte er die bevorstehenden Fußballwochenendpartien der Ligue 1 und spekulierte über die Gewinnchancen von Olympique Marseille gegen Paris Saint-Germain. Erst als ihm Malbec ins Wort fiel, schaltete Cabanel nach einem vernuschelten Entschuldigungsgestammel in den Arbeitsmodus.

Malbec skizzierte ihm die Eckdaten des Falles und drängte ihn, den Einsatzplan zu überprüfen, da er Unterstützung benötigte. Pflichtschuldig versprach Cabanel, Sergent Simone Thibault, die auf dem Weg zu einer Zeugenbefragung nach Bonnieux unterwegs war, umgehend nach Trouvac zu beordern. Malbec bedankte sich und versicherte, das sei nicht nötig.

Er rief Simone Thibault an und bat sie, nach Rustrel statt nach Bonnieux zu fahren. Der Einfachheit halber schlug er ihr den Dorfplatz als Treffpunkt vor. Danach telefonierte er mit Sous-Lieutenant Taurel und instruierte den Computerspezialisten des Commissariats, eine Funkzellenabfrage der letzten vierundzwanzig Stunden durchzuführen. Er stellte Überlegungen an, die Datenbanken nach vorhandenen Informationen zu Dieter Stegers Vermögensverhältnissen zu durchforsten und die finanziellen Verhältnisse von Stegers Kindern abzuklären.

Nachdem er aufgelegt hatte, scrollte er durch die eingegangenen Textnachrichten. Catherine hatte ihm mit einem Herzsymbol geschrieben, sie würde sich auf den gemeinsamen Abend und das Wochenende freuen. Malbec feilte an seiner Antwort, doch zögerte er, sie abzusenden.

Um seinen Hunger zu stillen und die Wartezeit zu überbrücken, ging er in die Bäckerei, an die auch ein kleiner Imbiss angeschlossen war. Sogar eine richtige Kaffeemaschine dampfte hinter dem Tresen.

Während er sich hinter zwei Touristen in die Schlange stellte, die, nach den Verfärbungen ihrer Trekkingschuhe zu urteilen, zuvor die nahen Ockerbrüche erkundet hatten, musterte er das Angebot. Die verglaste Theke wies schon einige Lücken auf, was angesichts der Tageszeit nicht verwunderlich war, aber es gab noch diverse belegte Baguettes und Croissants sowie ein Croque Monsieur.

Er entschied sich für die mit Käse überbackene Sandwich-Variante, doch dann erspähte er zu seiner Freude in der Auslage ein letztes *pan bagnat*. Er mochte dieses saftige runde Brötchen, das mit Thunfisch, Sardellen, Zwiebelringen, Tomaten, Eischeiben und Basilikumblättern belegt war – gewissermaßen eine *salade niçoise* auf die Hand. Er kaufte noch eine Flasche Mineralwasser und setzte sich auf der Terrasse vor der Boulangerie auf eine freie Bank.

Vorsichtig schälte er das *pan bagnat* aus dem Zellophanpapier, sichtlich bemüht, sich nicht zu bekleckern, da das Brot vor Öl triefte. Er liebte die Kombination der frischen Zutaten mit dem mild-herben Geschmack des provenzalischen Olivenöls. Genüsslich erfreute er sich im Halbschatten an seinem Mittagessen.

Während er auf Simone wartete, nahm am Nebentisch ein Mann mit Stirnglatze Platz. Er stellte seinen Kaffeebecher ab und wünschte ihm freundlich einen guten Appetit.

Malbec bedankte sich bei dem Herrn im mittleren Alter, der bei genauerem Hinsehen aufgrund seiner dunkelblauen Dienstjacke mit den gelb abgesetzten Nähten als Postbote zu erkennen war.

Nachdem er sein *pan bagnat* aufgegessen hatte, wischte er sich die Finger mit einer Serviette ab. Er wandte sich um, in der Hoffnung, von dieser Zufallsbegegnung ein paar Hintergrundinformationen zu erhalten.

»Sagen Sie, kennen Sie zufällig einen Monsieur Steger, der oben in Trouvac wohnt?«

»Selbstverständlich kenne ich Monsieur Steger. Schließlich

bringe ich ihm schon seit mehr als eineinhalb Jahrzehnten seine Post.«

»Da müssen Sie stets einen weiten Weg auf sich nehmen. Trouvac soll am Ende der Welt liegen.«

»Fast.« Der Postbote rieb sich mit Daumen und Zeigefinger lachend den Nasenrücken. »Als die Straße noch nicht gänzlich asphaltiert war, ist mein Vorgänger mit dem Moped über die Schotterpiste nach Trouvac hinaufgebrettert. Das gehört zum Schicksal eines Landpostboten. Man kommt herum, und es wird einem nicht langweilig. In diesem Teil der Provence wohnen nicht viele Menschen, daher sind die meisten Ansiedlungen über Berg und Tal verstreut. Hier ein Hameau, dort eine versteckte Domaine. Aber immerhin wird man für seine Mühen auch entschädigt und bekommt ab und an ein Glas Pastis angeboten.« Er gluckste sichtlich zufrieden.

»Das hört sich gut an«, sagte Malbec, der in einer Umfrage gelesen hatte, dass der Briefträger die nach dem Bäcker zweitbeliebteste Berufsgattung Frankreichs war. Um das Image eines Flics stand es nicht so gut. Als Polizist war man von den Spitzenplätzen zwar weit entfernt, rangierte aber immerhin ein paar Plätze vor dem Politiker.

»Wer weiß, vielleicht ist es mit meiner Postbotenidylle bald vorbei.«

»Weshalb?«, fragte Malbec erstaunt.

»›La Poste‹ will ein Projekt starten, um kleine Pakete und Briefe mit Hilfe einer Drohne auszuliefern. Ich befürchte jedoch, dass ich nicht zum Flugkapitän umgeschult, sondern zuvor in den Ruhestand geschickt werde.«

»Pakete per Drohne ausliefern? Das wäre in vielerlei Hinsicht ein großer Verlust. Briefträger wie Sie haben vor allem bei älteren und einsamen Menschen eine wichtige soziale Funktion«, entgegnete Malbec und erfreute sich an der Redseligkeit des Mannes.

»Den Schwachsinn mit den Drohnen – den braucht niemand. Daher bin ich guter Hoffnung, dass dieser Kelch an mir vorübergehen wird.«

»Ganz bestimmt. Es gibt noch Alternativen. Unlängst habe ich im Radio gehört, dass ein Pilotprojekt gestartet werden soll, damit Briefträger im Rahmen einer Zusatzausbildung auch Sozialdienste übernehmen können, um sich in ländlichen Regionen um hilfsbedürftige Menschen zu kümmern – einfache Besorgungen, Medikamentenlieferungen oder kleine Hilfsdienste.«

»Das wäre eine sinnvolle Sache. Der tägliche Kontakt mit den Menschen und das eine oder andere Schwätzchen – das ist das Schöne an meinem Beruf. Ich bin mir sicher, dass sich das intensivieren ließe.«

»Dabei erfährt man auch so manchen Klatsch und Tratsch.«

»Das können Sie glauben! Doch nicht nur das. Man bekommt im Laufe der Zeit so einiges mit, vom Mahnbescheid bis zur Kündigung. Manchmal weiß ich schon lange vor dem Ehemann, dass ihn seine Frau betrügt.«

Malbec stimmte in das Lachen des Mannes ein.

»Und Sie? Sie kommen wohl aus Paris und machen Urlaub in der Provence?«

Malbec konnte seine Herkunft nicht verleugnen. Obwohl er schon ein knappes Jahrzehnt in Südfrankreich lebte, war sein Pariser Tonfall unüberhörbar. Und da er sich nicht anbiedern wollte, vermied er es, wie in der Provence üblich, viele Wörter mit einem stimmbetonten »g« abzuschließen. Er orderte im Restaurant »*vin*« und nicht »*väng*« und erkundigte sich beim Einkauf auf dem Wochenmarkt mit »*Ça fait combien?*« nach dem Preis, statt die Frage mit »*combjäng*« zu beenden. Allenthalben Klischees und Vorurteile. In Paris machte man sich gern über diese Aussprache lustig und imitierte sie. Während die Südfranzosen mit ihrem Dialekt als kleine Idioten dargestellt wurden, galten die Pariser in der Provence als arrogante Schnösel.

»Nicht direkt, ich arbeite schon länger im Süden«, antwortete er wahrheitsgemäß.

»Das hätte ich nicht gedacht. Sie klingen so, als wären Sie erst gestern in der Provence angekommen.«

Malbec überging die kleine Spitze. »Ich habe gehört, dass in Trouvac Ferienhäuser oder Ferienwohnungen vermietet werden sollen?«, fragte er scheinbar interessiert.

»Stimmt. Das sind aber keine normalen Ferienappartements. Da treffen sich meist weltfremde Künstler zum Malen oder Töpfern. Ich weiß nicht so recht, ob das was für Sie ist.« Der Mann betrachtete Malbec von Kopf bis Fuß. »Wenn es Sie interessiert, fahren Sie doch einfach mal hinauf und sehen sich um.«

»Das hatte ich vor, allerdings klingt das nach einer verschrobenen Künstlerkommune.«

»Sie haben mich falsch verstanden. Monsieur Steger wird Ihnen alles zeigen. Er ist eine respektable Persönlichkeit und im Ort fest verwurzelt. Von den Einheimischen wird er geachtet und aufrichtig dafür bewundert, dass er Trouvac zum Leben erweckt hat. Eine Wahnsinnsleistung! Hätte ihm vor Jahrzehnten niemand zugetraut. Aber es muss sich inzwischen ziemlich weit herumgesprochen haben.«

»Warum?«, fragte Malbec.

»Unlängst war so ein Immobilienfuzzi oben in Trouvac, der gleich das ganze Dorf kaufen wollte. Da ist er bei Monsieur Steger auf Granit gestoßen.« Der Postbote hielt inne, lehnte sich zurück und musterte Malbec kritisch. »Sind Sie etwa auch so einer, der sein Geld mit Immobilien verdient?«

»Keine Sorge. Ich bin von der Gendarmerie nationale.«

»Aha, also ein Polizist auf Urlaubsreise?«

»Das ist nicht ganz richtig, eher auf Dienstreise.« Malbec hielt kurz inne, bevor er sich erkundigte, was es mit dem Immobilienmakler auf sich hatte.

»Wieso möchten Sie das wissen? Hat Monsieur Steger etwas angestellt?«

»Sie werden es mir hoffentlich nachsehen, dass ich diesbezüglich keine Auskunft geben darf.«

»Ist schon in Ordnung.«

»Erzählen Sie mir bitte, was Sie über dieses Gespräch wissen.«

»Auf meiner üblichen Tour kam ich vor drei oder vier Wochen zufällig ins Dorf, als sich Monsieur Steger mit einem Mann am Parkplatz gestritten hat«, redete der Postbote munter weiter. »Ich dachte mir noch, was ist denn hier los? Monsieur Steger ist ein friedvoller Mensch. Da ging es hoch her. Er war sichtlich verärgert, als der Immobilienmensch sich nach dem letzten Wortgefecht grußlos abgewandt hat. Ohne sich umzudrehen, ist er in seinen schwarzen Geländewagen gestiegen und mit aufheulendem Motor davongefahren. Er war so ein bulliger Typ, das Auto passte zu ihm und seinem Auftreten.«

»Haben Sie eine Ahnung, um was es bei diesem Disput ging?«

»Mehr als ein paar Wortfetzen habe ich nicht mitbekommen, aber Monsieur Steger hat mir hinterher erzählt, dass ihm ein Makler ein Kaufangebot für Trouvac unterbreitet habe. Er sei schon zweimal zu ihm gefahren und habe jedes Mal eine erkleckliche Summe für das Dorf geboten. Wenn ich es richtig verstanden habe, sollen es beim letzten Mal weit mehr als zwei Millionen Euro gewesen sein. Gerüchteweise wollte ein internationales Tourismusunternehmen Trouvac in ein Luxusferiendomizil verwandeln. Doch Monsieur Steger ist stur. Er hat sich hartnäckig geweigert, auch nur an einen Verkauf zu denken, was bei dem Makler auf völliges Unverständnis gestoßen ist. Das sei ein Angebot, habe er gesagt, das man nicht ablehnen könne.«

Malbec versteifte sich. »Hat Monsieur Steger Ihnen gegenüber den Namen des Mannes oder den seiner Firma erwähnt?«

»Wie wäre es, wenn Sie Monsieur Steger selbst danach fragen?«

Malbec registrierte zufrieden, dass sich der Tod von Dieter Steger noch nicht herumgesprochen hatte. Brummend überging er den Vorschlag und erkundigte sich beim Briefträger, ob er sich zufällig das Nummernschild gemerkt habe.

»Nein, dafür erinnere ich mich, dass eine ›84‹ auf dem Kennzeichen war, weil ich mir dachte, es ist einer aus der Region.«

»Das muss nichts heißen.« Malbec wusste, dass die »84« für

das Département Vaucluse auf dem Nummernschild längst nicht mehr verpflichtend, sondern frei wählbar war. »Haben Sie etwas Außergewöhnliches beobachtet, als Sie heute Morgen oben in Trouvac waren?«

»Was hätte mir da auffallen sollen?« Verunsichert wiegte der Briefträger den Kopf.

»Personen, denen Sie sonst nicht begegnen zum Beispiel.«

»Wieso wollen Sie das wissen?«

»Weil ich Ermittlungen in Zusammenhang mit einer Straftat durchführe.« Malbec fixierte die Augen seines Gegenübers.

Der Postbote rückte nur zögernd mit der Wahrheit heraus. »Mir … konnte da nichts auffallen … Ich war nämlich heute ausnahmsweise nicht im Dorf.«

»Ich dachte, Sie würden jeden Tag hinauffahren?«

»*Eh bien*, im Prinzip schon.« Der Postbote hüstelte kurz, kratzte sich über dem Ohr und grinste Malbec an. »Heute gab es nur einen Brief und die Vierteljahreszeitschrift des französischen Schafzüchterverbandes. Da habe ich mir den Ausflug in die Berge gespart.«

»Bei mir müssen Sie sich nicht entschuldigen«, sagte Malbec augenzwinkernd. »Wann haben Sie Monsieur Steger das letzte Mal gesehen?«

»Das war am Montagnachmittag.«

»Als Sie die Post nach Trouvac gebracht haben?«

»Nein, zufällig unten in Apt. Steger saß am Steuer seines alten Mercedes und bog auf den Großparkplatz ab.«

Malbec machte sich eine Notiz und beschloss herauszufinden, was Steger nach Apt geführt hatte. Er spürte, dass es da einen Zusammenhang mit der Tat geben musste.

»Ist etwas mit Monsieur Steger?«, fragte der Postbote sorgenvoll.

»Darüber darf ich nicht sprechen. Einstweilen danke ich Ihnen für Ihre Auskünfte.«

Die beiden Männer reichten sich die Hand, als in der Nähe ein dunkelblauer Renault Twingo hielt und zweimal hupte.

Durch das heruntergekurbelte Seitenfenster winkte Simone Thibault Malbec freudig zu.

»Dann wünsche ich Ihnen noch ein schönes Wochenende mit Ihrer Freundin«, sagte der Briefträger und verabschiedete sich.

Malbec erhob sich und ging Simone, die wieselflink aus dem Auto gesprungen war, ein paar Schritte entgegen. Sie umarmten sich und tauschten die üblichen Küsschen aus. Malbec mochte seine fünfzehn Jahre jüngere Kollegin sehr. Er schätzte ihre professionelle Arbeitsorganisation ebenso wie ihr sonniges Gemüt und konnte sich nicht erinnern, dass er sie in den letzten drei Jahren je schlecht gelaunt im Commissariat angetroffen hatte.

»Schön, dass du schon da bist.«

»Kein Problem, die Zeugenbefragung eilt nicht«, sagte Simone.

»Hast du das Satellitentelefon mitgebracht?«

»Selbstverständlich. Wofür brauchst du das Teil?«

»Trouvac liegt mitten in einem Funkloch. Da gibt es kein Netz.«

»Ein Dorf ohne Mobilfunk?«

»Trouvac liegt nicht nur in einer Talmulde, sondern ist auch aus der Zeit gefallen«, erklärte Malbec. »Möchtest du noch etwas trinken?«

»Gern, ein *café double* wäre nicht schlecht und würde mich munter machen.« Simone schob sich die Sonnenbrille in die lockigen dunkelbraunen Haare.

»Das ist eine gute Idee, da erläutere ich dir gleich ein paar Fakten zum Fall.«

Gemeinsam gingen sie wieder zur Bäckerei.

»Setz dich ruhig schon hin«, sagte Malbec, »ich hole mir auch noch einen Kaffee.«

DREI

Malbec hatte das Wochenende mit seiner Freundin verbringen wollen. Die hieß jedoch nicht Simone, sondern Catherine. Obwohl Letztere nur fünfzig Kilometer von ihm entfernt wohnte, führten sie eine Art Wochenendbeziehung. Die gemeinsame Zeit war ein begrenztes Gut.

Catherine war Landschaftsarchitektin aus Passion. Als Architecte paysagiste hatte sie sich auf die kunstvolle Gestaltung von Gärten in der Provence spezialisiert und im Umgang mit Pflanzen und der Geländestruktur eine ganz eigene Ausdrucksform entwickelt. Ihr eigensinniger Stil war schon von vielen Fachmagazinen gelobt worden. Sie verfolgte eine klare Linie und war gegenüber ihren Auftraggebern nur selten zu Zugeständnissen bereit, da sie sich ihres Marktwertes bewusst war.

Wer seine Terrasse nur mit ein paar Lavendelbüschen aufhübschen wollte, war bei ihr an der falschen Adresse – für Catherine war ein perfekter Garten aufgebaut wie eine Theaterkulisse, in die sich die vier Jahreszeiten wie wechselnde Bühnenbilder einfügen. Wenn sie das Grundstück eines potenziellen Auftraggebers inspizierte, dauerte es oft nur eine halbe Stunde, bis sie eine konkrete Vorstellung hatte, die sie dann ihrem Kunden gestenreich mit voller Leidenschaft präsentierte.

Für sie war ein Garten weder eine Grünfläche noch ein erweitertes Wohnzimmer, sondern ein Fenster zur Natur, ein Resonanzboden der Seele, wie sie ihm einmal erklärt hatte. Egal, ob am Morgen oder Abend – unabhängig von den Tages- und Jahreszeiten sollte der Garten stets eine besondere Atmosphäre ausstrahlen. Vom Tau benetzte Blätter verheißen die Erwartung auf einen neuen Tag, schattige Oasen helfen, das gleißende Sonnenlicht und die Hitze des Sommers zu mildern, während die Laubfärbungen mancher Pflanzen den Herbst verlängern und zum Leuchten bringen.

Geschickt wurde der eine oder andere *point de vue* gesetzt. Catherine achtete akribisch auf den Sonnenverlauf und schuf Lichtachsen, damit sich selbst noch im Winter oder Frühjahr ihre wärmenden Strahlen einfangen und genießen ließen.

Wichtig war für sie eine dezente Beleuchtung: Ein Garten sollte auch in den Abendstunden eine geheimnisvolle Stimmung entfachen. Klare Linien oder schnurgerade angelegte Beete lehnte sie ab, Symmetrie stand in ihren Augen stellvertretend für Biederkeit und mangelnde Kreativität. Sie wollte mit ihrem Gartenentwurf ein Gefühl von Geborgenheit schaffen, ohne alles von Büschen und Hecken verschlucken zu lassen.

Wegen ihrer vollen Auftragsbücher und Malbecs unregelmäßigen Dienstplans blieben nur wenige Tage, an denen sie sich unter der Woche sahen und zusammen in einer Wohnung übernachteten. Erschwerend kam hinzu, dass Malbec vor einem knappen Jahr, Wochen bevor sie sich auf einem Sommerfest eines gemeinsamen Freundes kennengelernt hatten, ein Haus in der Altstadt von Calmont-les-Fontaines erworben hatte. Für ihn war der Kauf des charmanten alten Gemäuers ein klares Bekenntnis gewesen, dass er in der Provence Wurzeln schlagen wollte.

Eine Zeugenbefragung hatte ihn damals nach Calmont geführt, wo er durch einen Zufall vor einem leer stehenden Gebäude gestanden und sich in dieses verliebt hatte. Obwohl er seither viel Geld in die Renovierung gesteckt und seinen letzten Jahresurlaub und viele Wochenenden investiert hatte, gab es noch viel zu tun, um das Haus zum Glänzen zu bringen. Die Arbeiten waren längst nicht abgeschlossen. Holzwürmer in den Dachbalken mussten bekämpft, der Putz musste abgeschlagen werden. Manches hatte noch Zeit, so die Fassade, die ausgebessert und gestrichen werden musste. Andererseits war das Obergeschoss nur zu einem Teil bewohnbar. Sein Leben auf der Baustelle würde leider länger andauern.

Malbecs anfänglicher Enthusiasmus war mittlerweile verflogen. Gelegentlich keimten bei ihm Zweifel auf, ob es die richtige Entscheidung gewesen war, ein baufälliges Anwesen zu erwerben. Dann beruhigte er sich selbst, verdrängte seine Bedenken und versicherte sich, dass der Kauf unter finanziellen Gesichtspunkten und hinsichtlich der steigenden Immobilienpreise keine schlechte Investition gewesen war. Allerdings waren die Arbeiten erheblich ins Stocken geraten, seitdem er viele Stunden mit Catherine verbrachte.

Sein begrenztes Zeitbudget in Verbindung mit seinem Beruf nährte Zweifel, ob fünfzig Kilometer tatsächlich die perfekte Distanz für eine glückliche Beziehung waren. Bisher hatte es wenigstens immer funktioniert, dass sie alle vierzehn Tage ein langes Wochenende miteinander verbrachten.

Er hatte vorgeschlagen, einen Ausflug an die Küste zu unternehmen. Er träumte davon, mit einem Glas gekühlten Rosés am Strand zu sitzen, während die Sonne langsam im Meer unterging. Der Herbst war zwar schon fortgeschritten, doch das Wasser war vom Sommer aufgeheizt und warm genug, um darin ausgiebig zu schwimmen.

Unweit von La Ciotat kannte Malbec eine idyllische Herberge direkt in einer der tief eingeschnittenen fjordartigen Buchten, die Calanques genannt wurden. Ein richtiges kleines Paradies mit direktem Strandzugang, ohne dass man eine Straße überqueren musste. Durch Glück hatte er in der Calanque de Figuerolles eines der wenigen Zimmer reservieren können. Als er bei der Drogenfahndung in Marseille gearbeitet hatte, war er dort mit seiner Ex-Frau Valérie und gemeinsamen Freunden zum Baden gewesen. Gemeinsam hatten sie auf der großartigen Terrasse im zugehörigen Restaurant bis spät in die Nacht gefeiert.

Für einen Augenblick wurde Malbec melancholisch. Seine Ehe mit Valérie war ein Teil seiner Vergangenheit. Abgeschlossen. Doch wer wusste, was gewesen wäre, hätte Valérie keine Fehlgeburt erlitten? Hätte sich ein gemeinsames Kind als Beziehungsglück erwiesen, oder wäre ihre Ehe trotzdem gescheitert? Reine Spekulation.

Auf Valérie war Nathalie und schließlich Catherine gefolgt. Der Beginn einer neuen Liebesbeziehung war für Malbec stets ein Versprechen auf glückliche Tage, ein ungedeckter Scheck auf die Zukunft.

Da Catherine leidenschaftlich gern Wanderungen unternahm, hatte Malbec sie mit der Aussicht auf eine Tour entlang der Corniche des Crêtes gelockt. In drei Stunden konnte man den Weg von La Ciotat bis nach Cassis zurücklegen. Eine grandiose Strecke, die an einer der höchsten Klippen des Mittelmeers vorbeiführte. Soweit er sich erinnerte, verlief der Wanderpfad streckenweise direkt entlang der Abbruchkante und war ebenso atemberaubend wie schwindelerregend. Außerdem war die Aussicht über das Meer und die Bucht von Cassis bis hinüber zur felsigen Île de Riou mehr als eindrucksvoll. Er war sich sicher, dass Catherine von seiner Idee begeistert gewesen wäre.

Leider hatten sich seine Pläne für ein entspanntes Wochenende rasch in Luft aufgelöst. Ein Mordfall war aufzuklären – und wie so oft mussten dann private Unternehmungen hintenanstehen. Schon in seinen Beziehungen zu Valérie und Nathalie war seine Arbeit ein harter Prüfstein gewesen. Auch in seinem Verhältnis zu Catherine hatten sich in den letzten Wochen zarte Risse eingeschlichen – kleine Unstimmigkeiten, Missverständnisse, die sich an manchen Tagen über die anfängliche Leichtigkeit gelegt hatten wie ein trüber Schleier.

Um einen Konflikt zu vermeiden, hatte er bisher den Moment herausgezögert, Catherine anzurufen und das geplante Wochenende abzusagen. Er fürchtete sich vor ihrer Reaktion, da er ahnte, dass sie empört und verständnislos reagieren würde.

Er war ein gebranntes Kind, wenngleich seine letzte Beziehung aus anderen Gründen gescheitert war. Unregelmäßige Dienstpläne und Sondereinsätze stellten eine Belastung für das Privatleben der meisten Polizisten dar. Kein Wunder, dass die Scheidungsrate in den französischen Commissariats deutlich höher ausfiel als bei den lokalen Steuerbehörden.

***

Nachdem Malbec Sergent Simone Thibault über den Stand der Ermittlungen in Kenntnis gesetzt und mit ihr das Vorgehen abgestimmt hatte, fuhren sie – jeder in seinem Auto, um unabhängig zu bleiben – hinauf nach Trouvac. Simone sollte sich selbst ein Bild vom Tatort machen und ihn dabei vor Ort unterstützen.

Eine Fahndung hatte er nicht herausgegeben. Bisher gab es keinen auch nur ansatzweise Tatverdächtigen. Entweder war der Täter längst über alle Berge, oder er gehörte zum persönlichen Umfeld von Dieter Steger.

Soweit Malbec seinem Ermittlergespür vertraute, sprach einiges für letztere Vermutung. Steger war kein Zufallsopfer. Niemand spaziert nachts durch ein einsames provenzalisches Bergdorf und erschlägt grundlos einen alten Mann. Er erachtete auch eine Beziehungstat als unwahrscheinlich. Stegers Verletzungen waren nicht besonders schwer, es fehlte die bei Morden mit Rachemotiven übliche Brutalität.

Der Täter musste fraglos über eine gute Ortskenntnis verfügen. Wenn es nicht jemand war, der sich schon vor dem Tatzeitpunkt in Trouvac aufgehalten hatte und somit unter den Gästen zu suchen war, hatte der- oder diejenige das Bergdorf in der Nacht unbemerkt zu Fuß oder mit einem Fahrzeug verlassen. Zeugenaussagen waren Mangelware. Kurzzeitig hatte Malbec überlegt, eine Hundestaffel anzufordern, aber diesen Gedanken verworfen, da er nicht wusste, auf wessen Fährte er die Hunde ansetzen sollte.

Er fuhr voraus, und obwohl er den Weg kannte, hätte er beinahe die richtige Abzweigung verpasst. An der ersten Engstelle musste er plötzlich abbremsen: Chantal kam ihm mit ihrem Assistenten von der Spurensicherung laut hupend entgegen. Malbec war gezwungen, so weit nach rechts zu fahren, dass er schon befürchtete, in den Graben abzurutschen. Zwischen den beiden Autos blieben nur wenige Zentimeter Platz. Zeitgleich kurbelten sie das Seitenfenster herunter.

»Hast du deinen Startplatz für die Rallye Monte Carlo schon gebucht?«

»Klar, und ich suche noch einen Beifahrer.« Chantal lachte lauthals, bevor sie ihn informierte, dass der Leichenwagen in der nächsten Stunde eintreffen würde.

»Das dauert hoffentlich nicht mehr lang. Ich habe die Kollegen von der Gerichtsmedizin schon vor einer gefühlten Ewigkeit verständigt und ihnen den Weg beschrieben«, berichtete Malbec. »Bis wann hast …?«

»Wenn du Glück hast, bekommst du mein vorläufiges Protokoll bereits morgen Abend«, sagte Chantal und schnitt ihm damit das Wort ab. »Selbstverständlich auch per Mail.«

»Danke. Und bitte schiebe Simone nicht in den Abgrund. Ich brauche sie noch.« Malbec schaute demonstrativ in den Rückspiegel.

»Keine Sorge«, erwiderte Chantal winkend und fuhr vorsichtig an Simones Auto vorbei, um gleich darauf in gewohnter Manier das Gaspedal hörbar durchzudrücken.

»Typisch Chantal.« Schmunzelnd ließ Malbec seinerseits beim Anfahren den Motor aufheulen, um am Berg nicht zurückzurollen, und fuhr weiter.

Kaum hatten er und Simone ihre Fahrzeuge abgestellt, eilte ihnen schon Klaus Schröder entgegen. Er schien auf die Gendarmerie nationale gewartet zu haben.

»Monsieur le Commissaire!«, rief er noch im Laufen und hielt wedelnd ein Papier in die Höhe. »*Voilà*, wie gewünscht, die Liste mit allen Gästen, die derzeit in Trouvac wohnen.«

Malbec bedankte sich und nahm die Auflistung entgegen. »Darf ich Ihnen meine Kollegin vorstellen: Sergent Thibault – sie unterstützt mich bei den Ermittlungen.«

»*Merveilleux*«, erwiderte Schröder, woraufhin Malbec rätselte, was daran wunderbar sein sollte. »Ansonsten kann ich keine besonderen Vorkommnisse berichten, die sich in Ihrer Abwesenheit ereignet haben.«

Malbec warf ihm einen skeptischen Blick zu. Ein selbst ernannter Hilfspolizist hatte ihm gerade noch gefehlt. Er studierte die Namensliste und ließ sie sich von Klaus Schröder erläutern.

»Wenn Sie möchten, begleite ich Sie gern durch das Dorf.«

»Nein danke. Sollten wir Fragen haben oder Ihre Hilfe benötigen, kommen wir gern auf Sie zurück«, sagte Malbec in einem Tonfall, dem unmissverständlich anzumerken war, dass er seine Ruhe haben wollte.

Um Simone einen Einblick von der Dorfstruktur zu vermitteln, unternahm Malbec mit ihr einen Rundgang durch Trouvac und führte sie danach zum Auffindeort des Opfers. Sie teilten sich die Namen auf, um die Feriengäste getrennt zu befragen.

»Wer von uns hat wohl den Mörder auf seiner Liste?«, fragte Simone provozierend.

***

Zwei Stunden später saßen Malbec und Simone nebeneinander auf der Terrasse eines unbewohnten Hauses und besprachen die bisher ermittelten Fakten. Die sterblichen Überreste von Dieter Steger waren zwischenzeitlich mit dem Leichenwagen in die Rechtsmedizin abtransportiert worden. Charles Monod hatte Trouvac bereits verlassen, nachdem er seine Bereitschaft zur Amtshilfe nachdrücklich versichert hatte, was Malbec dankend zur Kenntnis genommen hatte und zu schätzen wusste. Eine Anerkennung, die auf Gegenseitigkeit beruhte.

Malbec hatte schon häufig Kollegen erlebt, die mit ihrer Überheblichkeit den lokalen Polizeichef von hilfreichen Kooperationen abgehalten hatten. Keine Frage: Eine gute Zusammenarbeit mit den Polizisten vor Ort erleichterte die Ermittlungsarbeit. Ein erfahrener Chef de Police kannte seine Gemeinde bis in den letzten Winkel. Er wusste, wer mit wem verbandelt war, welche Intrigen gesponnen wurden und wem nicht über den Weg zu trauen war. Und der geradlinige Monod gehörte zu den besten, die im gesamten Département arbeiteten. Er hatte nicht nur einen kurzen Draht zu den Campingplatzbesitzern oder den Hoteliers, sondern verfügte auch über eine schnelle Auffassungsgabe, viel Menschenkenntnis und das nötige Fingerspitzengefühl.

»Wir haben mit allen Personen gesprochen, die Klaus Schröder auf seiner Liste vermerkt hat«, resümierte er und reichte den Notizzettel an Simone.

»Ja, da fehlt niemand. Die Personalien liegen vor«, bestätigte sie. »Zudem wurde jeder aufgefordert, Trouvac ohne Rücksprache vorerst nicht zu verlassen.«

»Mit Maurice Favrod habe ich mich schon eingangs ausführlich unterhalten. Karin Staudacher ist die Frau, die den Toten heute Morgen gefunden hat. Sie hat sich von dem Schock erholt und wieder Farbe im Gesicht. Es scheint ihr also gut zu gehen – jedenfalls soweit ich es beurteilen kann. Zwei Häuser entfernt wohnt ein gewisser Louis Dognon. Ich habe ihn meditierend auf der Yogamatte angetroffen. Er war auch schon mehrfach zu Gast, hat sich eine Auszeit genommen und ist seit drei Wochen im Dorf. Hat dieser George mit dir gesprochen?«

»Ja – ein seltsamer Typ. Wortkarg wäre übertrieben«, befand Simone. »Obwohl er seit vielen Jahren in Trouvac lebt, spricht er nur sehr schlecht Französisch. Immerhin war ihm zu entlocken, dass er aus Manchester stammt. Als Gegenleistung für seine Tätigkeiten hat ihm Dieter Steger Kost und Logis zur Verfügung gestellt. Hier und da gab es etwas Handgeld, Steger hat zudem seine Arztrechnungen beglichen. Seit vielen Jahren repariert George die Zäune, hält die Wege in Schuss und bessert an den Häusern die Schäden im Mauerwerk aus. Oberhalb des Dorfes existieren ein paar Terrassen, die die ursprünglichen Bewohner von Trouvac mit Hilfe von Trockenmauern angelegt hatten, um Gemüse anzubauen und die Olivenbäume zu kultivieren. Viel gibt der karge Boden nicht her. Da räkeln sich Dutzende uralte, verknöcherte Bäume. Ein schönes Bild, aber die Mühsal, die dahintersteht, vergisst man gern. George kümmert sich auch um die Olivenbäume. In überschaubaren Mengen produzieren sie Olivenöl für den Eigenbedarf. George organisiert die Ernte und bringt die Oliven hinunter ins Tal zu einer Ölmühle. Er gehört zu den wenigen Leuten, die das ganze Jahr über in Trouvac leben.«

Malbec schlug sein Notizbuch zu. »Du hast ihn ja richtig zum Reden gebracht – das hätte ich nicht gedacht.«

»Weiblicher Charme. Er wollte mir zum Schluss sogar eine Flasche Olivenöl schenken – was ich selbstverständlich abgelehnt habe. An einen außergewöhnlichen Vorfall in der letzten Nacht kann er sich leider nicht erinnern. Ich vermute, es liegt daran, dass er betrunken gewesen ist – ich bin mir relativ sicher, dass er ein Alkoholproblem hat. Von Stegers Tod will er erst über eine Stunde nach dem Auffinden der Leiche erfahren haben.«

»Mit dem Alkohol hast du vermutlich recht. Dieses Trouvac ist sowieso mit ein paar eigentümlichen Typen bevölkert. Ich habe mit einem älteren Pärchen aus einer Kleinstadt im Elsass gesprochen. Clément und Francine Schmidt. Die beiden kommen regelmäßig hierher, um Aquarellbilder zu malen. Sie sind faltig und spindeldürr – was mich nicht wundert, nachdem ich gehört habe, dass er Veganer und sie Frutarierin ist.«

»Frutarwas?« Simone machte ein Gesicht, als hätte Malbec von Marsmännchen gesprochen.

»Frutarier, so nennen sich diejenigen, die sich ausschließlich von Obst und Nüssen ernähren.«

»Ach, die! Das lässt sich noch steigern: Ich habe mal gelesen, es soll sogar welche geben, die nur Fallobst essen. Da hätte ich eine Traumfigur.«

»Simone, willst du Fishing for Compliments betreiben?«, fragte Malbec amüsiert. »Jedenfalls sind die beiden über den Vorfall sehr beunruhigt und haben die Lust am Malen verloren; sie planen, früher als beabsichtigt wieder nach Colmar zu fahren.« Malbec sah auf die Liste. »Und was ist mit Christian und Vera?«

»Ein deutsches Pärchen, ebenfalls ungefähr im Alter von Dieter Steger. Beide sprechen kaum Französisch. Sie sind sehr zurückhaltend, aber das ist ganz normal nach dem Trubel rund um den Todesfall.«

»Sie gehören wohl ebenfalls zu den Stammgästen, die mit dem Dorf in die Jahre gekommen sind«, mutmaßte Malbec.

»Nein, die beiden sind das erste Mal in Trouvac. Sie berichteten, Freunde hätten ihnen von der Dorfatmosphäre vorgeschwärmt. Richtig gesprächig waren sie nicht.«

»Kinder gibt es hier nicht.«

»Stimmt. Trouvac ist eher ein Altenheim für Kunstinteressierte. Es mag auch daran liegen, dass momentan keine Schulferien sind.«

»Und dann wohnt dort drüben noch ein gewisser Philippe Dupuis.« Malbec streckte den linken Arm aus und zeigte auf ein abgelegenes Haus. »Er soll gestern Nacht nicht in Trouvac gewesen sein, weil er in Avignon auf der Geburtstagsfeier seiner Schwägerin war und dort übernachtet hat. Das klingt zwar plausibel, sicherheitshalber muss es aber noch verifiziert werden.«

»Sympathisch ist hingegen Cloé Livet. Wir haben uns längere Zeit über ihre Kunst unterhalten, ohne dass mich das Gespräch bezüglich unserer Ermittlungen vorangebracht hätte.«

»Wenig erhellende Erkenntnisse«, resümierte Malbec trocken. »Viele Fragen bleiben ungeklärt. Was hat Dieter Steger am Abend vor seinem Tod gemacht? Wer hat ihn gesehen oder besucht?«

»Vielleicht hat er den Abend auch mit einem Buch und einem Glas Wein verbracht.« Simone kaute nachdenklich auf dem Bügel ihrer Sonnenbrille.

»Nathan Steger muss ebenfalls noch verhört werden. Aber das hat auch Zeit bis morgen.«

»Es wird sowieso allmählich dunkel.«

»Lass uns hinüber zu Sarah Steger gehen. Ich möchte sie nochmals sprechen. Du kannst gern schon nach Hause fahren. Ich werde mich morgen allein um den Fall kümmern.«

»Sicher?«

»Morgen ist Samstag, und du bist frisch verheiratet.« Malbec wusste, dass Simone vor ein paar Monaten ihre Flitterwochen auf La Réunion verbracht hatte. »Meine Wochenendpläne haben sich sowieso schon in Luft aufgelöst. Ich denke, es reicht, wenn einer von uns vor Ort bleibt.«

»Das ist nett von dir«, entgegnete Simone, während sie nebeneinanderher liefen. »Robert wird sich freuen. Solltest du Unterstützung brauchen, melde dich trotzdem – so wichtig ist mir mein Wochenende nicht.«

✳✳✳

Sarah Steger wohnte direkt neben dem Haus ihres Vaters. Sie nutze den kleinen, abgegrenzten Anbau, wenn sie sich in Trouvac aufhielt, hatte sie Malbec erzählt, der vor ihrer Tür stand und klopfte.

»Ich wollte Ihnen nur Bescheid geben, dass ich mich auf den Weg machen werde. Es ist spät geworden. Und ich muss mir noch eine Unterkunft suchen. Morgen früh werde ich dann nochmals heraufkommen«, sagte er.

»Sie können auch jederzeit im Dorf übernachten«, bot Sarah Steger an. »Zu dieser Jahreszeit sind bei Weitem nicht alle Häuser belegt.«

»Das ist keine schlechte Idee.« Malbec hatte seine gepackte Reisetasche bereits am Morgen im Kofferraum verstaut, da er nach Dienstschluss direkt zu Catherine hatte fahren wollen. Vor Ort zu übernachten, würde manches erleichtern. Außerdem ließen sich die persönlichen Beziehungen der aktuellen Dorfbewohner besser studieren.

Doch noch zögerte er. »Meine Kollegin«, er schielte zu Simone hinüber, »wird nach Hause fahren. Ich möchte Ihnen keine Umstände machen und kann mich auch in Rustrel in dem Hotel, das ich heute gesehen habe, nach einem Zimmer erkundigen.«

»Wo denken Sie hin? In der ›Auberge de Rustréou‹ schlafen Sie auch nicht besser als bei uns. Außerdem möchte ich, dass der Mord an meinem Vater möglichst schnell aufgeklärt wird. Somit dürfte nichts dagegensprechen, dass Sie im Dorf bleiben.«

»Warum nicht?«, sagte er schließlich. »Danke für Ihr freundliches Angebot, das ich hiermit annehme.«

»Das freut mich. Ich zeige Ihnen, wo Sie die Nacht verbringen werden.« Sarah Steger lief mit federndem Schritt voran.

»Warten Sie bitte, ich begleite meine Kollegin zu ihrem Auto, dann komme ich mit dem Gepäck zurück.«

Malbec brachte Simone zum Parkplatz, um sich von ihr zu verabschieden, und nahm das Satellitentelefon an sich. Er wartete, bis sie losfuhr, winkte ihr hinterher und ließ seinen Blick über das Tal in Richtung Luberon schweifen. Die einsetzende Dämmerung löste die Konturen der Hügel langsam auf. Schon bald würde das Dorf von der Dunkelheit verschluckt werden.

Er holte seine Reisetasche aus dem Auto und packte noch eine Flasche Wasser ein, bevor er sich auf den Weg zum Haus von Sarah Steger machte. Am Dorfeingang lief ihm eine nur schemenhaft wahrnehmbare Gestalt entgegen.

»Ach, übernachten Sie hier?«

Malbec erkannte Cloé Livet an ihrer Stimme. »Ja, das erleichtert hoffentlich die Ermittlungen.«

»Es ist beruhigend, Sie in Trouvac zu wissen. Vielleicht treibt sich der Mörder noch im Dorf herum.«

»Ich bin mir ziemlich sicher, dass Sie nichts zu befürchten haben.«

»Trotzdem schön, dass Sie hier sind. Wenn Sie Hunger haben, kommen Sie doch bei mir vorbei. Ich habe noch eine *soupe au pistou* auf dem Herd. Sie wissen ja, wo ich wohne.«

***

Sarah Steger stand mit einer Taschenlampe vor dem schmalen Anbau und erwartete ihn bereits ungeduldig. »Da sind Sie ja.«

Der Lichtkegel leuchtete ihnen den Weg. Zwei Ecken und drei Treppen später blieben sie vor einem der kleineren Häuser stehen, die Malbec bei seinem Rundgang als unbewohnt eingestuft hatte. Sarah Steger drückte die Klinke herunter, die Tür bewegte sich einen Spalt, sprang erst knarzend auf, als sie ihren Fuß dagegen drückte.

»Bitte schön, treten Sie doch ein.« Sie ließ Malbec den Vortritt.

Er zog den Kopf ein, da der Türstock höchstens einen Meter fünfundachtzig hoch war.

»Seien Sie nicht verwundert, die meisten Häuser sind sehr schlicht eingerichtet, es gibt weder elektrisches Licht noch einen Kühlschrank, aber es dürfte Ihnen dennoch an nichts fehlen. Die Duschen befinden sich im Waschhaus, das ist das lang gestreckte Gebäude unten in der Nähe des Parkplatzes. Und keine Sorge, wir haben sogar warmes Wasser.«

Malbec versuchte, seine Irritation über die spartanische Ausstattung zu verbergen.

»Ich erinnere mich noch gut, als mein Vater das Haus renoviert hat. Diese Mauer, die zum Schlafzimmer führt, hat er Stein für Stein selbst aufgebaut.« Geradezu zärtlich strich Sarah Steger über die Wand, bevor sie in den nächsten Raum ging und Malbec das Doppelbett zeigte. »Wir sind kein Hotel, daher müssen Sie die Zudecke selbst beziehen. Das macht Ihnen hoffentlich nichts aus? Oder soll ich Ihnen helfen?«

»Das ist kein Problem, das schaffe ich allein, entgegnete Malbec, obwohl ihn der mangelnde Komfort wenig begeisterte.

»Sollte Ihnen kalt sein, finden Sie in der Kommode eine Wolldecke«, erklärte Sarah Steger. »Normalerweise müssen unsere Gäste das Haus vor ihrer Abreise selbst säubern und so hinterlassen, wie sie es vorgefunden haben. Das klappt meistens ganz gut.« Augenzwinkernd fügte sie hinzu: »In Ihrem Fall mache ich selbstverständlich eine Ausnahme.«

»Danke.«

Im Schein der Taschenlampe konnte Malbec sehen, dass sich in der Mitte des Raumes ein schlichter Holztisch mit drei Stühlen befand, darauf stand eine Petroleumlampe, daneben lag eine Schachtel Streichhölzer. In der Ecke diente eine Anrichte als provisorischer Küchenersatz.

»Ich mache Ihnen noch schnell das Licht an. Der Ofen ist voll funktionsfähig, Kaminholz ist ausreichend vorhanden. Im

Haus ist Rauchen verboten. Ihren Müll bitte ich Sie, selbst zu den Abfallcontainern zu bringen, die am Parkplatz stehen. Und wenn Sie noch etwas benötigen, kommen Sie einfach bei mir vorbei.«

»Alles klar. Steckt der Hausschlüssel im Schloss?«, fragte Malbec.

»Niemand hat hier einen Schlüssel, die Tür lässt sich aber von innen verriegeln. Seien Sie unbesorgt, hier wurde noch nie etwas gestohlen.«

Die Feststellung, es gebe keine Eigentumsdelikte in Trouvac, ist nicht wirklich beruhigend, bis gestern hat es in der Dorfgeschichte auch noch keinen Mordfall gegeben, dachte Malbec.

Angesichts der kargen Einrichtung bereute er seine Entscheidung, nicht in Rustrel zu übernachten. Andererseits hatte die Unterkunft durchaus Charme.

Er öffnete ein Fenster, um frische Luft hereinzulassen. Man merkte dem Haus an, dass es nur sporadisch bewohnt und in den letzten Wochen nicht beheizt worden war. Die in das Mauerwerk eingedrungene Feuchtigkeit war mit den Nasenflügeln spürbar.

In einem kleinen Regal waren Gläser und Tassen aufgereiht sowie Teller gestapelt. Neben einem alten Sessel mit Armlehnen war ein Ofen, davor ein Korb mit Bruchholz.

Malbec aktivierte die Taschenlampenfunktion seines Smartphones.

Eine offene Tür führte in ein angrenzendes Zimmer. Der Lichtkegel erfasste ein schlichtes Doppelbett und eine zum Regal umgebaute Leiter. Zusammengelegt auf dem Bett, lagen eine Zudecke und ein Kopfkissen, gefaltete Bezüge und Handtücher.

Vor der weiß gekalkten Wand stand eine Kommode mit einer Emailschüssel. Darauf befanden sich ein mit Wasser gefüllter pastellfarbener Krug, ein Wasserglas, ein Handtuch und ein kleines Seifenstück. Überall unverputztes, offenes Bruchsteinmauerwerk.

Ein Szenario, so schlicht wie eine Mönchszelle. Malbec hatte anderes erwartet.

Wenigstens die Matratze war schon bezogen. Er drückte mit dem Handballen gegen das weiße Laken und prüfte, ob sie halbwegs hart war. Schließlich wollte er am Morgen nicht mit Rückenschmerzen aufwachen.

Ein Schemel neben dem Bett bot Platz für eine weiße Kerze auf einem bronzenen Untersetzer mit gewundenem Henkel. Ein langes, an der Wand angebrachtes Holzbrett diente als Ablage neben dem Bett. Vor dem Fenster stand ein kleiner Tisch mit einer Petroleumlampe.

Malbec legte sein Telefon ab, griff zu den Streichhölzern und entzündete die zweite Lampe. Im flackernden Licht sah er mehrere wuchtige Holzbalken, die die Decke stützten. Da er das Alleinleben gewohnt war, bezog er mit geübten Handgriffen Kopfkissen und Zudecke.

Im Hauptraum schloss er das Fenster und entfachte den Ofen, der schnell eine angenehme Wärme verbreitete.

Unentschlossen verharrte er vor dem Ofen. Schließlich entnahm er seiner Tasche die Broschüre, die ihm Maurice Favrod mitgegeben hatte, setzte sich auf den Sessel, blätterte durch die fadengeheftete Dorfgeschichte und begann zu lesen.

Das Heft war einfach, aber liebevoll produziert. Auf dem vergilbten Cover prangte eine handgezeichnete Ansicht von Trouvac; der im Flatterrand gesetzte Text wurde durch viele alte Schwarz-Weiß-Fotografien aufgelockert.

Malbec überflog das Vorwort, in dem Dieter Steger seine ersten Eindrücke von Trouvac aus dem Spätsommer 1977 wiedergab. Neugierig geworden, setzte er seine Lektüre fort. Im Hauptteil hatte Dieter Steger neben geografischen Erläuterungen zahlreiche historische Fakten über das Dorf zusammengetragen. So wusste er zu berichten, dass die ältesten Häuser im oberen Teil von Trouvac aus dem frühen sechzehnten Jahrhundert stammten. Dereinst bestand der Weiler nur aus einer Handvoll Häuser.

Steger musste eine archivarische Spurensuche betrieben haben. Während der Religionskriege hatten protestantische Familien in dem isolierten Weiler eine Zeit lang Unterschlupf gefunden. Der untere Teil des Dorfes war erst zwei Jahrhunderte später errichtet worden. Ein Kennzeichen für eine längere Phase bescheidenen Wohlstands – die Einwohnerzahl erreichte vor rund zweihundert Jahren mit neunundsechzig ihren Höchststand –, bevor es stetig bergab ging.

Bereits zu Beginn des zwanzigsten Jahrhunderts war die Hälfte der Häuser von Trouvac verlassen und die drohende Entvölkerung absehbar gewesen. Erschwerend kam hinzu, dass das Dorf einzig über Maultierpfade zu erreichen gewesen war. Die Kinder mussten nach der Einführung der allgemeinen Schulpflicht jeden Tag mehrere Kilometer weit hinunter ins Tal zum Unterricht laufen. Ferner lockten in den großen Städten der Provence gut bezahlte Arbeitsplätze und bessere Zukunftsperspektiven. Es war nicht verwunderlich, dass nur wenige Bewohner in den kargen Bergen geblieben waren und an ihrem beschwerlichen Leben festgehalten hatten.

Malbec kniff die Augen zusammen. Er konnte den Text nur mühsam lesen und drehte am Regler der Petroleumlampe.

Nach dem Ende des Ersten Weltkriegs waren die meisten Einwohner entweder nach Apt, ins Tal der Rhône oder nach Marseille gezogen, um ihr Auskommen zu finden. Zurück blieben allein die Alten. Die Felder wurden nicht mehr bewirtschaftet, und Trouvac begann, unaufhaltsam zu verfallen. Selbst durch den vom Département Vaucluse finanzierten Bau einer schmalen Wirtschaftsstraße ließ sich der Niedergang nicht aufhalten. Zuletzt hatte nur noch ein altes Ehepaar namens Courtet im Dorf gelebt.

Wie Dieter Steger im Schlussteil der Broschüre detailliert schilderte, hatte er zuerst von den Courtet'schen Erben die Hälfte des Dorfes erworben. Langwierige Nachforschungen auf dem Katasteramt waren gefolgt, bis die restlichen Eigentümer ermittelt worden waren. Über Monate hatten sich die

Verhandlungen hingezogen, bis Steger auch den letzten Alteigentümer zum Verkauf bewegt hatte.

Anhand der historischen Fotografien gelang es Malbec, sich eine gute Vorstellung vom damaligen Zustand des Dorfes zu machen. Es war imponierend, mit wie viel Enthusiasmus es Dieter Steger mit seiner Familie und den zahlreichen freiwilligen Helfern gelungen war, Trouvac echtes Leben einzuhauchen. Idealismus gepaart mit Aufbruchstimmung. Die ersten Häuser waren mit Dachpappe notdürftig bewohnbar gemacht worden, Fenster und Türen hatten repariert werden müssen. Egal, ob Dachbalken oder Sand – das gesamte Baumaterial musste mühsam herangeschafft werden. Soweit es ging, wurden Natursteine verwendet, und für die Dächer hatte sich Steger für die in der Region typischen *tuiles romaines* entschieden.

Mehrere Bilder zeigten Frauen und bärtige Männer mit langen Haaren, wie sie beim Wiederaufbau geholfen hatten. Ein Anklang von Hippieleben in der Provence. Malbec vermutete, dass es sich bei den beiden Jungen und dem Mädchen, die mehrfach abgebildet waren, um Jean-Claude, Nathan und Sarah handelte.

Die Motive der Fotos wiederholten sich. Immer wieder war Dieter Steger inmitten einer Schafherde zu sehen. Den Beschreibungen zufolge hatte er zeitweise einen Teil seines Lebensunterhalts als Schafzüchter bestritten; damals lebte eine Herde von rund zweihundert Muttertieren in den Hügeln rund um Trouvac. Das musste lange her sein, Malbec hatte bei der Erkundung des Dorfes weder Schafe noch eine Koppel gesehen.

Schnell wurde bei der Lektüre deutlich, dass Stegers wahre Leidenschaft der Kunst gegolten hatte; er hatte selbst gemalt und Kunstausstellungen organisiert.

Wenn man den Tonfall seiner Schilderungen richtig interpretierte, hatte Dédé wie ein Patriarch alter Schule über Trouvac geherrscht. Ein Mann, ein Dorf.

Am Ende der Broschüre war ein handgezeichneter Lageplan des Dorfes abgedruckt, der Malbec die Orientierung erleichterte. Er verfolgte den Weg, den er vom Parkplatz bis zum Fundort der Leiche durch das Dorf genommen hatte, und lokalisierte Stegers Haus ebenso wie dasjenige, in dem er einquartiert war. Der Plan war ohne Frage hilfreich.

Malbec notierte die Namen der ihm bisher bekannten Gäste neben den von ihnen bewohnten Häusern. Clément und Francine Schmidt, das Pärchen aus dem Elsass, schliefen nur einen Steinwurf vom mutmaßlichen Tatort entfernt. Wenn jemand in der Tatnacht etwas gehört hatte, dann einer von den beiden. Er nahm sich vor, noch einmal genauer nachzufragen.

Eine Wand des Zimmers dekorierte er mit einem Schaubild, wobei er die Rückseite eines alten Veranstaltungsplakates verwendete, das er in einer Schublade zusammen mit Reißzwecken gefunden hatte. Er fügte die Namen der Dorfbewohner hinzu und entwarf ein Netz mit Linien und Kreisen, um die Familienverhältnisse von Dieter Steger sowie seine sozialen Kontakte im Dorf und zu seinen Nachbarn zu veranschaulichen. Bekanntlich waren neun von zehn Tötungsdelikten Beziehungstaten.

Dann blätterte er in dem welligen Reservierungsbuch, das er mitgenommen hatte, doch wurde er aufgrund der vielen Kürzel und Striche nicht richtig schlau, wer wie lange in welchem Haus gewohnt hatte. Für einen besseren Überblick heftete er den Lageplan darunter.

Der Mordfall bot bis dato kaum Anhaltspunkte. Jeder, mit dem er über Dieter Steger gesprochen hatte, war nur voll des Lobes und zeichnete das Bild von einem tatkräftigen Mann, der sich in oder besser mit Trouvac seinen Lebenstraum erfüllt hatte. Dominant im Auftreten, jovial in vielerlei Hinsicht.

Andererseits war sich Malbec sicher, dass es in Dieter Stegers Leben auch dunkle Seiten gegeben hatte. Er studierte das Schaubild und hegte einen Verdacht.

VIER

Sein Magen begann zu knurren. Eine *soupe au pistou* wäre keine schlechte Idee, und wärmen würde sie auch.

Er hatte leichte Bedenken, ob es zu seiner Rolle als Ermittler passte, abends eine im weiten Sinne Tatverdächtige privat aufzusuchen, doch dann verwarf er diesen Gedanken und beschloss, die Einladung von Cloé Livet anzunehmen. Er hatte ziemlichen Hunger und schwärmte für den deftigen provenzalischen Gemüseeintopf mit seinem intensiven Aroma aus Knoblauch und frischem Basilikum. Außerdem erhoffte er sich, auf diesem Weg ein paar Hintergründe über Trouvac zu erfahren.

Er erhob sich, löschte die Lampen und zog die Tür seines Hauses zu. Erwartungsvoll spazierte er durch das stille Dorf, das die Dunkelheit fest im Griff hielt.

Die Nacht war sternenklar. Malbec warf den Kopf in den Nacken und musterte das imposante Firmament. Die HauteProvence war für ihre ausgezeichnete Luftqualität und die wenigen störenden künstlichen Lichtquellen bekannt, weshalb man in Saint-Michel-l'Observatoire schon vor Jahrzehnten eines der bedeutendsten astronomischen Forschungszentren in Europa errichtet hatte. Auch ohne Teleskop ließen sich mit bloßem Auge der Große Wagen und die Milchstraße am Nachthimmel lokalisieren.

Ein sanfter Wind nestelte an seinen Haaren. Seine Dienstwaffe hatte er mitgenommen, da er Sarah Stegers Versicherung nicht traute und die Pistole nicht in einem unverriegelten Haus lassen wollte.

Beinahe hätte er das Haus von Cloé Livet nicht mehr gefunden, doch dann identifizierte er es an der Plastikplane mit den eigenwillig aufgeschichteten Kaminholzscheiten.

Ein handbreiter Lichtspalt fiel nach draußen. Vorsichtig klopfte Malbec an den Türrahmen.

»Einen Moment bitte.«

Er hörte, wie sie näher kam, die Tür öffnete sich, und Cloé Livet stand vor ihm.

»Kommen Sie herein. Ich nehme an, Sie haben Hunger?«

»Ja, der Supermarkt im Dorf hat schon geschlossen, und da habe ich mich an Ihr freundliches Angebot erinnert.«

Cloé Livet trug die Haare offen. Die gelockten Spitzen wölbten sich über dem Kragen ihrer dunkelblauen Bluse.

»Die Öffnungszeiten des örtlichen Supermarktes sind begrenzt«, sagte sie, den Faden seiner ironischen Bemerkung aufnehmend.

»Deswegen konnte ich Ihnen leider kein Gastgeschenk mitbringen.«

»Kein Problem – das habe ich gar nicht erwartet. Allerdings habe ich mit Ihrem Besuch gerechnet. Wer in Trouvac wohnt, muss sich selbst versorgen. Und wer keine Vorräte hat, muss hungern oder ist auf Gastfreundschaft angewiesen.«

»Das ist mir heute Abend auch eindringlich bewusst geworden.«

»Hat Sarah Steger Ihnen das nicht gesagt?«

»Nein, sie war ziemlich aufgewühlt, schließlich muss sie den Tod ihres Vaters verkraften.«

»Das ist nachvollziehbar, und heute haben Sie ja Glück«, bemerkte Cloé Livet nüchtern.

Sie hatte eine schlichte Jeans an, die ihre sportliche Figur betonte. Auf den ersten Blick hätte man vermuten können, sie wäre nachlässig gekleidet, aber sie gehörte zu jenen Frauen, die wussten, dass es niemals einen Grund gab, an ihrer Wirkung zu zweifeln.

»Sonst hätte ich mit leerem Magen ins Bett gehen müssen.«

»Obwohl es als letzte Rettung noch einen kleinen Holzschrank am Dorfeingang gibt. Dort hinterlegt George auf einer Lage Stroh immer die frisch gelegten Eier der Hühner aus Trouvac.«

»Danke für den Hinweis, ich hätte die Eier wohl wie Rocky

Balboa roh trinken müssen, da ich nicht einmal Öl zum Braten habe.«

Ein Lächeln spielte in Cloé Livets Gesicht. »Bitte, setzen Sie sich doch.« Sie blickte demonstrativ auf einen kleinen Tisch, ging ein paar Schritte zurück, bückte sich und zauberte aus einer Schublade eine Tischdecke hervor. Sie platzierte einen Kerzenleuchter in die Mitte, zündete drei Kerzen mit einem Streichholz an und deckte flugs den Tisch. Malbec fiel auf, dass sie das rechte Bein nachzog.

»Das sieht ja richtig festlich aus«, lobte er das Szenario.

»Danke, lieber hätte ich draußen gegessen. Es gibt nichts Schöneres als einen lauen Spätsommerabend in der Haute-Provence, leider ist es dafür zu kalt.«

Malbec nahm auf einem der beiden schlichten Holzstühle Platz, deren Sitzflächen mit Binsen geflochten waren. »Das wäre schön. Andererseits ist es hier recht angenehm warm.« Er schielte zum lodernden Feuer.

»Das Haus besitzt noch einen funktionstüchtigen, im ursprünglichen Zustand erhaltenen Kamin. Aber auch ein Holzkohleherd wärmt – mit ihm lässt sich kochen und backen. Letzteres habe ich bisher nicht versucht.« Cloé Livet deutete auf ein klobiges Ungetüm, das in der Ecke stand, ging zum Herd und rührte im Topf. »Sie müssen sich nicht mehr lange gedulden. Möchten Sie in der Zwischenzeit ein Glas Wein trinken?«

»Gern, machen Sie sich bitte keine Umstände.«

»Kein Problem, die herbstlichen Abende, wenn jeder in seinem Haus sitzt, sind lang und einsam. Da freue ich mich über Gesellschaft. Hätten Sie auch Lust auf ein Glas Rotwein? Erst gestern habe ich eine Kiste bei einem Winzer in der Nähe gekauft. Mit Weiß- oder Roséwein kann ich nicht dienen – über einen Kühlschrank verfügt dieses Haus leider nicht.«

»Ein Glas Rotwein würde ich nicht ablehnen.«

Cloé Livet griff nach einer Schale mit schwarzen und grünen Oliven und brachte sie zum Tisch. Geschickt öffnete sie mit einem Kellnermesser die Weinflasche, roch am Korken und schenkte vorsichtig beide Gläser halb voll.

»Entschuldigen Sie, dass das Porzellan an den Rändern abgeschlagen ist. Das wenige Geschirr gehört zum Inventar des Hauses.« Sie zeigte auf ihren Teller, der deutliche Gebrauchsspuren aufwies. »Ich habe mir schon mehrfach überlegt, Gläser und Tassen selbst mitzubringen – das nächste Mal werde ich es tun. Schließlich isst das Auge mit.«

»Und am besten auch zwei schöne Weingläser.« Malbec hob sein für einen Rotwein viel zu kleines Glas in die Höhe und prostete ihr zu.

»Die sind wirklich nicht die schönsten«, sagte Cloé Livet, nachdem sie angestoßen hatten. »Doch wir haben Glück: In manchen Häusern fungieren Maille-Senfgläser als Trinkgefäße. Trouvac ist kein nobler Ferienort für Pariser Börsenmakler. Vieles ist provisorisch, doch das macht unser Dorf andererseits so einzigartig.«

Ihre Augen funkelten, als sie Malbec von dem süffigen Grenache vorschwärmte und erklärte, dass sie diesen bei einem kleinen Winzer östlich von Saint-Saturnin-lès-Apt gekauft hatte.

Malbec probierte einen Schluck von dem tief dunkelroten Wein, nickte zustimmend und spießte mit einem Zahnstocher eine Olive auf.

»Die Suppe müsste fertig sein.« Cloé Livet rückte die Teller samt Löffel zurecht. Dann erhob sie sich und ging zum Herd. Malbec gefiel die elegante Leichtigkeit, mit der sie sich trotz ihres versteiften Beines bewegte.

»Vorsicht! Der Topf ist heiß!«

Sie setzte das gusseiserne Ungetüm vorsichtig auf dem Tisch ab. Dabei traten ihre Adern an den durchtrainierten Unterarmen deutlich hervor. Mit einer antiquierten Schöpfkelle teilte sie die Suppe aus. Zucchinischeiben, Sellerie-, Karotten- und Kartoffelwürfel sowie Bohnen glitten in die Teller.

»Ich hoffe, es schmeckt Ihnen. Ich habe noch frisches Basilikum daruntergerührt.«

»*Bon appétit*«, wünschten sie sich gegenseitig.

Erst jetzt registrierte Malbec, dass Cloés Augen verschieden-farbig waren, was ihr eine geheimnisvolle Aura verlieh. Das rechte Auge hatte eher einen grünen, das linke einen grauen Farbton.

»Das Brot ist von gestern. Ich habe es gekauft, als ich im Tal war. Es ist ein wenig hart, daher ist es besser, wenn Sie es in die Brühe tauchen.«

»Eine *soupe au pistou* ist wunderbar«, schwärmte Malbec.

»Ein letzter Erntegruß aus dem Garten. Vor allem wenn der Herbst über das Land kriecht und die Nächte kälter werden. Das wärmt von innen.«

Während sie ihre Suppe löffelten, schwiegen sie minutenlang. Ein angenehmes Schweigen, stimmungsvoll untermalt von dem weichen Licht der im Raum verteilten Kerzen.

Malbec wischte sich den Mund mit der Serviette ab und trank einen Schluck Rotwein. »Sie haben mir ja erzählt, dass Sie des Öfteren Wandertouren durch die Umgebung machen«, sagte er schließlich. »Dann kennen Sie sich gut aus.«

»So halbwegs.«

»Ich frage mich nämlich, wie man Trouvac unauffällig verlassen kann, ohne die übliche Forststraße zu nehmen.«

»Sie meinen, zu Fuß?«

»Ja.«

»Da fallen mir viele Möglichkeiten ein. Rund um das Dorf existiert ein Netz von markierten Wanderwegen und alten Saumpfaden. Einen Kilometer westlich trifft man auf einen Fernwanderweg, der bis hinunter ans Mittelmeer führt.«

»Und in welche Richtung muss man gehen, um schnellst-möglich eine Straße zu erreichen? Anders gefragt: Wie kommt jemand am schnellsten zu einem Ort, wo er zuvor ein Auto abgestellt hat?«

Cloé Livet strich sich über die Wange. »Gleich am östlichen Rand des Dorfes beginnt ein schmaler Pfad. Wenn Sie diesem eine gute halbe Stunde folgen, stoßen sie auf eine wenig befahrene Landstraße, die hinunter nach Apt führt. Da lässt sich leicht ein Auto abstellen. Nach Westen hin wird es schwierig, dort zieht sich eine tiefe Schlucht durch den Hang. Hier sind allerdings Kletterkünste gefragt. Das ist kein Spaziergang, den man mal schnell nachts mit der Taschenlampe unternimmt.«

»Und nach Norden hin?«

»Nördlich von Trouvac erstreckt sich eine Karstlandschaft. Mit ihren in den Fels geschlagenen Viehtränken, die die Einheimischen *Aiguiers* nennen, ist die karge Gegend durchaus reizvoll. Zu einer Straße kommt man so schnell nicht. Erst muss man mehrere Berge und Taleinschnitte überwinden. Und in Richtung Nordwesten gelangen Sie nach Sault, ein für seine Lavendelfelder bekanntes Städtchen.«

»Es bleibt also nur die Landstraße in Richtung Osten. Und wie sieht es mit den Feldwegen aus?«

»Da existieren mehrere, aber dafür benötigt man entweder ein Mountainbike oder eine Enduro – und ein Geländemotorrad ist alles andere als leise«, überlegte Cloé Livet in kriminalistischer Manier. »Möchten Sie einen Nachschlag?«

»Gern.« Malbec hielt ihr seinen Teller entgegen, den sie zum zweiten Mal randvoll füllte. »Ich habe schon seit Langem keine so gute *soupe au pistou* mehr gegessen.«

»Sie müssen sich nicht einschmeicheln.«

»Das ist die Wahrheit.«

»Dann muss ich Ihnen auch ein Geständnis machen.«

»Oh, ich höre?«

»Es ist nicht wirklich ein Geständnis, aber mir ist eingefallen, dass ich in der Tatnacht doch nicht die ganze Zeit über hier gewesen bin.«

»Sondern?«

»Ich habe den Abend mit der Lektüre des neuen Romans von Véronique Olmi verbracht und dann wohl verdrängt, dass ich das Haus einmal verlassen habe, um hinunter zum Parkplatz zu gehen. Es war schon spät, und mir war kalt, daher wollte ich mir noch einen Tee kochen. Leider hatte ich den Kräutertee, den ich auf dem Wochenmarkt in Saint-Saturnin-lès-Apt gekauft hatte, in meinem Auto vergessen.« Sie schaute demonstrativ auf eine spitzförmig zulaufende weiße Papiertüte, die auf einer Anrichte lag.

Malbec hörte gespannt zu, nahm sich eine weitere Scheibe Brot und beschloss, demnächst ein Buch von Véronique Olmi zu lesen.

»Die Nacht war halbwegs sternenklar, und da ich den Weg zum Parkplatz gut kenne, bin ich im Dunkeln ohne Taschenlampe hinuntergegangen. Als ich mit dem Tee in der Hand zurücklief, bin ich unweit von Dédés Haus beinahe auf ein Stück Stoff getreten. Ich war verwundert, denn ich hätte es bemerkt, wenn es schon zuvor dort gelegen hätte. Der Stoff entpuppte sich als ein Halstuch oder dünner Schal. Ich habe ihn aufgehoben und auf einem Mauervorsprung deponiert.«

»Wann war das?«

»Ich schätze, eine halbe Stunde vor Mitternacht. Genau weiß ich es nicht, aber als ich heute an der Stelle vorbeilief, war das Tuch verschwunden.«

»Und Sie wissen nicht, wem es gehören könnte?«

»So gut kenne ich die anderen Gäste leider nicht. Außerdem war es dunkel. Ich kann nicht einmal genau sagen, ob es gemustert war und welche Farbe es hatte.« Cloé Livet wischte sich mit einer Serviette über den Mund.

»Haben Sie viel Kontakt zu den anderen Dorfbewohnern?«, fragte Malbec, während er gleichzeitig darüber nachdachte, ob er dem Halstuch eine größere Bedeutung beimessen sollte.

»Das ist unterschiedlich und hängt von der Jahreszeit ab. Ich war ja schon mehrfach in den provenzalischen Bergen. Meist komme ich im Frühsommer oder Spätherbst. So haben sich über die Jahre Freundschaften entwickelt, sodass wir uns ab und an eine WhatsApp-Nachricht schreiben oder uns informieren, wann wir beabsichtigen, das nächste Mal nach Trouvac zu fahren. Es gibt jedoch auch Stammgäste, mit denen ich nur oberflächliche Worte wechsle. Wetter-Small-Talk.«

»Entschuldigung, meine Frage zielte auf die Gäste, die sich momentan im Dorf aufhalten«, präzisierte Malbec.

»Den besten Draht habe ich wohl zu Maurice Favrod«, sagte Cloé Livet spontan. »Ich kenne ihn bereits seit meinem ersten Aufenthalt und mag seine ausgeglichene Art ebenso wie die Bilder, die er malt. Wir haben uns auch schon gegenseitig unsere Werke gezeigt, gemeinsam Ausstellungen besucht und über moderne Kunst philosophiert. Maurice hat ein gutes Auge für Proportionen. Kennen Sie seine Aquarelle?«

»Nein.«

»Das sollten Sie nicht versäumen.«

»Und welche Verbindungen haben Sie zu den anderen Gästen?«

»Karin ist ein herzensguter Mensch und sehr zuvorkommend. Letzte Woche hat sie mir selbst gebackenes Brot vorbeigebracht. Leider ist die Kommunikation beschwerlich, da sie nur über rudimentäre Französischkenntnisse verfügt. Louis Dognon ist ein Einzelgänger, aber wenn man ihn höflich um etwas bittet, ist er sehr hilfsbereit. Andererseits ist er mir eine Spur zu aufdringlich, wenn Sie verstehen, was ich meine.«

Malbec sah sie auffordernd an.

»Dann gibt es noch die beiden Paare, die jedes für sich etwas speziell sind. Das deutsche Paar separiert sich und spricht leider kaum Französisch, während sich die Schmidts über ihre Ernährungsgewohnheiten definieren – das ist mir auf Dauer zu anstrengend.«

Malbec tunkte ein Brotstück in den Rest der Suppe. »Und was ist mit Philippe Dupuis?«

»Der soll in der besagten Nacht doch gar nicht in Trouvac gewesen sein.«

»Trotzdem interessiere ich mich für ihn. Bisher ist er nicht mehr aufgetaucht. Was ist er für ein Typ?«

»Wie soll ich ihn beschreiben?« Erneut strich sich Cloé Livet mit der Außenseite ihrer Finger über die Wange. »Mit Kunst hat er nicht so viel am Hut. Soweit ich weiß, arbeitet er bei der staatlichen EDF als Ingenieur, doch seine Leidenschaft gilt nicht der Elektrizität, sondern der Archäologie.«

»Archäologie?«

»Er ist einer dieser emsigen Hobbyarchäologen, die mit ihren Metalldetektoren auf Schatzsuche die Gegend erkunden.«

Der Hinweis beflügelte Malbecs Phantasie. Er dachte an die Römer, die die Provence vor zweitausend Jahren nicht nur mit ihren Theatern, Tempeln und Triumphbögen, sondern auch mit Straßen und Aquädukten geprägt hatten. Er wusste von zahlreichen Hinterlassenschaften in der näheren Umgebung und kannte den Pont Julien, eine filigrane römische Brücke westlich von Apt, über die bis vor wenigen Jahren noch die Départementstraße geführt hatte. Mehrfach hatte er auch schon davon gehört, dass Grundmauern oder Mosaike einer spätantiken Villa entdeckt und ausgegraben worden waren.

Wiederholt hat er die Klagen der Archäologen gehört, die vor der Zerstörung des kulturellen Erbes durch Raubgräber warnten. Die Sondengänger scherten sich nicht darum, sondern fühlten sich als einsame Jäger verlorener Schätze und wühlten sich mit Klappspaten und Spitzhacken durch die provenzalische Erde. Zurück blieb meist eine zerklüftete Mondlandschaft, die eine fundierte wissenschaftliche Ausgrabung unmöglich machte. Zum Ärger der staatlichen Archäologen wurde dadurch ein immenser ideeller Schaden angerichtet, weil die Funde aus ihrem historischen Kontext gerissen wurden. Normalerweise werden Ausgrabungsfelder mittels gespannter Schnüre gerastert, der Boden wird gesiebt, und die Fundstücke werden penibel mit dem Pinsel gesäubert, um nichts zu zerstören und eine spätere Rekonstruktion und Einordnung zu erleichtern. Für wissenschaftliche Erkenntnisse hatten Raubgräber wenig übrig.

Wie Malbec wusste, war die europäische Schatzgräberszene gut vernetzt und professionell organisiert. Spekulationen über mögliche Fundorte kursierten in speziellen Foren. Selbst Drohnen wurden eingesetzt, da man anthropogene Bodenstörungen, die auf archäologische Stätten verwiesen, aus großer Höhe einfacher im Gelände aufspüren und dann gezielt graben konnte. Früher blieb die Luftbildarchäologie den Wissenschaftlern vorbehalten, doch mittels Drohnen nutzten inzwischen auch Hobbyarchäologen diese Möglichkeiten.

»Ein interessanter Aspekt«, sagte er. »Zwar ist das Geschäft nicht so lukrativ wie der Drogen- oder Waffenschmuggel, aber weltweit werden mehrere Milliarden Euro durch den Verkauf illegal erlangter Kulturschätze umgesetzt. Über dunkle Kanäle gelangen die Funde ins Ausland oder werden an Sammler verkauft. Sollte ihre Herkunft im Dunkeln liegen und nicht nachweisbar sein, werden sie in Auktionshäusern an den Meistbietenden versteigert. Manchmal werden Funde, die sich schwer verkaufen lassen, sogar eingeschmolzen und zum Materialwert veräußert. Viele Kulturgüter von unermesslichem Wert gehen so jedes Jahr verloren. Doch leider sind die Strafen viel zu gering, und von einer drei- oder vierstelligen Geldbuße lässt sich letztlich niemand abschrecken, wenn ein dutzendfacher Gewinn lockt.«

»So etwas in der Art habe ich mir schon gedacht«, sagte Cloé Livet. »Wie wäre es mit Käse zum Abschluss?«

»Sehr gern.«

»Ich kann Ihnen einen *tomme de chèvre* oder einen *banon* anbieten, die ich auf dem Markt gekauft habe – beide Male Ziege. Kuhmilch vertrage ich nicht.«

Malbec lächelte. »Wunderbar – wie sollte ich ein solches Angebot ablehnen?« Die in Traubenschnaps getauchte und in Kastanienblättern gereifte Delikatesse war weit über die Provence hinaus bekannt.

Cloé Livet richtete den Käse auf einem Teller an. Sie entfernte die Bastschnüre, mit der das Kastanienblatt umwickelt war, und platzierte mit Hilfe eines Löffels einen Klacks Feigenmarmelade. Der intensive nussige Duft des *banon* breitete sich schnell im Raum aus.

»Wissen Sie, was Dupuis gesucht hat? Münzen aus der Römerzeit?«, fragte Malbec, während er das restliche Baguette aufschnitt.

»Antike Schätze waren es nicht.« Cloé Livet legte ihr Kinn auf die aufgestützten Hände. »Viel wahrscheinlicher erscheint es mir, dass sich Dupuis für einen Schatz der Waldenser interessiert hat.«

»Ein Waldenserschatz? Hier in Trouvac? Wie kommen Sie darauf?«

»Meine Vermutung basiert auf dem Umstand, dass Dupuis Andeutungen in diese Richtung gemacht hat. Als wir uns einmal beim Waschhaus unterhielten, hat er mir die tragische Geschichte der in die Provence geflüchteten Waldenser erzählt. Ich habe ihm nicht allzu lange zugehört, er war mir unsympathisch, aber es hat ihm gefallen, sich mit seinen Kenntnissen in Szene zu setzen.«

»Und es ist auch nicht möglich, dass Sie sich verhört haben oder die Waldenser mit den Tempelrittern verwechseln?«

»Er hat eindeutig von den Waldensern gesprochen. Das habe ich mir gemerkt. Die Laiengemeinschaft geht auf Petrus Valdes zurück, einen Kaufmann, der in meiner Heimatstadt Lyon Armenspeisungen organisiert hat. Das lernt man bei uns schon in der Grundschule. Viel mehr weiß ich nicht zu berichten, da mich historische Themen nicht sonderlich interessieren«, bekannte Cloé Livet und ergänzte: »Dédé fand das Ganze jedenfalls nicht so lustig.«

»Woher wissen Sie das?«

»Vor drei Tagen gab es einen heftigen Disput zwischen Dupuis und Dédé.«

»Worüber?«

»Genaueres habe ich nicht mitbekommen, nur ein paar Wortfetzen. Wenn ich sie richtig deute, hat Dédé beobachtet, wie Dupuis in den Abendstunden mit einem Metalldetektor in den Bergen zugange war. Daraufhin hat er ihm ausdrücklich verboten, auf seinem Grund und Boden nach Schätzen zu suchen oder zu graben. Später sagte Dédé zu mir, er sei froh, wenn Dupuis endlich abreise, und er werde ihm in Zukunft nicht einmal mehr eine Hundehütte vermieten.«

»Danke für den Hinweis. Sobald ich Philippe Dupuis das nächste Mal sehe, werde ich ihn zu diesem Vorfall befragen.« Malbec vermutete, dass sich Dédé um seine private Marihuanaplantage gesorgt hatte.

Zeitgleich beugten sie sich über den Käseteller und sahen sich tief in die Augen.

»Ich weiß nicht, ob es an dem Ärger mit Dupuis gelegen hat, aber irgendwie erschien mir Dédé in den Tagen vor seinem Tod schlecht gelaunt, als würde ihn etwas bedrücken. Er wirkte auf mich wie ein Getriebener. Das war ungewöhnlich, da ich ihn sonst immer als sehr ausgeglichen und in sich ruhend erlebt habe.«

Malbec überlegte, was Dieter Steger so auf das Gemüt geschlagen haben konnte. Er griff zum Käsemesser, um sich routiniert eine dünne Scheibe vom *tomme* abzuschneiden und diese auf eine Baguettescheibe zu legen.

»Darf ich Ihnen noch Wein nachschenken?«

»Gern.« Malbec streckte Cloé Livet sein Glas entgegen. Der Grenache funkelte dunkelrot, als sie sich zuprosteten.

Das Feuer im Kamin flackerte und strahlte eine angenehme Wärme aus. Doch nicht nur der Alkohol war daran schuld, dass Malbec ins Schwitzen geriet und seinen Pullover auszog.

»Das sieht eher bedrohlich als beruhigend aus – oder fürchten Sie sich vor mir?« Cloé Livet betrachtete die Pistole, die in einem Schulterhalfter steckte.

»Ich wollte die Waffe nicht im unverschlossenen Haus lassen«, sagte Malbec verlegen, entledigte sich des Halfters und versteckte die Beretta in seinem zusammengerollten Pullover.

»Das will ich als Entschuldigung gelten lassen.«

»Danke«, entgegnete er amüsiert. »Madame Livet, welcher Beschäftigung gehen Sie zu Hause in Lyon nach?«

»Fragen Sie mich das als Polizist oder als Privatperson?« Sie lächelte verschmitzt.

»Ich frage Sie als Gast«, antwortete Malbec vieldeutig.

»Bis vor einem halben Jahr habe ich als Rechtsanwältin in einer auf Transport- und Luftfahrtrecht spezialisierten Kanzlei gearbeitet. Doch nach meinem Unfall«, sie strich über ihr Bein, »habe ich mir eine Auszeit genommen. Anfangs bin ich viel gereist und habe Freunde besucht. Ich musste mir Gedanken über meine Zukunft machen, wichtige Entscheidungen treffen ...«

***

Es war ziemlich spät geworden. Satt und gut gelaunt verabschiedete sich Malbec von Cloé Livet, um sich auf den Weg zu seiner Unterkunft zu machen.

Nachdem Cloé die Tür von innen verriegelt hatte, fand er sich der stockdunklen Nacht ausgeliefert, die alle Konturen geschluckt zu haben schien. Erst allmählich gewöhnten sich seine Augen an die Dunkelheit. Die Gebäude ließen sich nur schemenhaft vom Himmel unterscheiden. Die Wolkendecke hatte sich aufgelöst. Der nur noch hinter Schleierwolken verdeckte Halbmond warf ein fahles Licht auf die vor ihm liegenden Steinstufen, die schwach glänzten. Die Schatten zweier Bäume wölbten sich zum Portal einer geheimnisvollen Welt, der Herbst hatte an Kraft gewonnen.

Um sich zu orientieren, tastete sich Malbec mit der linken Hand an einem Mauervorsprung entlang. Vorsichtig ging er die Stufen hinunter, um nicht über eine Unebenheit zu stolpern oder den Pfau aufzuschrecken. Dann fiel ihm ein, dass Pfaue die Nacht auf Bäumen verbringen, um besser vor ihren Feinden geschützt zu sein.

Er blieb ruckartig stehen: Auf einer Terrasse glaubte er die Umrisse eines großen Mannes wahrgenommen zu haben. Wer spazierte noch durch das nächtliche Trouvac? Er kniff die Augen zusammen. Die Person bewegte sich nicht, selbst als er immer näher kam.

Zehn Meter weiter musste er angesichts einer skurrilen Holzskulptur lauthals auflachen. Er war als Stadtmensch übersensibel. Schon beim Abendessen mit Cloé Livet hatte er sich eingebildet, einen Wolf aufheulen zu hören, aber wahrscheinlich war es nur ein streunender Hund gewesen.

Eine Häuserecke später hielt er erneut inne. Er war sich unsicher, welchen Weg er einschlagen sollte, und fürchtete sich schon vor einer nächtlichen Odyssee durch das Dorf. Schließlich entschied er sich, das Gemäuer auf der rechten Seite zu umrunden.

Langsam ging er die Treppenstufen hinunter und erkannte an einem dreieckigen Mauervorsprung, dass es das Haus von Dieter Steger war. Er entspannte sich: Nun würde er den Weg problemlos finden.

Zufrieden folgte er dem Verlauf der Hausmauer, doch dann realisierte er aus den Augenwinkeln einen Lichtstrahl, der durch einen nicht ganz geschlossenen Fensterladen blitzte.

Er verharrte schlagartig. Seine Müdigkeit war von einem auf den anderen Augenblick wie weggeblasen. Hatte er aus Versehen eine Lampe brennen lassen, bevor er das Haus versiegelt hatte? Er spitzte die Ohren – ein vergebliches Unterfangen, denn es windete zu sehr, Äste knackten, und das Laub raschelte. Ihn beschlich das Gefühl, dass sich jemand im Haus aufhielt.

Vorsichtig näherte er sich, hielt die Luft an und sah durch die Lamellen eines Fensterladens den Lichtkegel einer Taschenlampe über die Wand gleiten. Seine Vermutung hatte sich bestätigt.

Er ging einen Schritt zurück, griff reflexartig nach seiner Pistole und entsicherte sie. Er war nicht überrascht, dass das polizeiliche Siegel aufgebrochen war und die Haustür einen Spaltbreit offen stand.

Entschlossen lehnte er seine rechte Schulter gegen die Tür. Sein Körper war gespannt wie eine Bogensehne. Vorsichtig ließ sich die Tür ein paar Zentimeter aufdrücken, ohne dass sie knarrte. Er schlüpfte lautlos in das Haus.

Der flackernde Lichtkegel, den er vom Flur aus gesehen hatte, und leise Schrittgeräusche ließen keinen Zweifel zu: Jemand durchsuchte Stegers Wohnzimmer.

Malbec stellte sich mit dem Rücken zur Wand neben den Türstock. Routiniert umfasste er den Griff seiner Beretta mit beiden Händen. Dann atmete er tief durch, bevor er mit ausgestreckten Armen und der Pistole im Anschlag um die Ecke sprang: »Hände hoch! Keine Bewegung!«

***

Er hatte unruhig geschlafen. Wirre Traumsequenzen, verschwundene Leichen und Verfolgungsszenarien spukten durch seinen Kopf. Vage erinnerte er sich daran, dass er – wie so oft in seinen Träumen – einem flüchtenden Mörder vergeblich auf der Spur gewesen war. Immer war er kurz davor gewesen, den Täter zu verhaften, doch jedes Mal, wenn er ihn erreicht und gestellt hatte, hatte ein unvorhergesehenes Ereignis, sei es ein geplatzter Reifen an seinem Auto oder ein defektes Türschloss, verhindert, dass er den Flüchtenden festnehmen konnte.

Fröstelnd war er in den frühen Morgenstunden aufgewacht. Obwohl er sich in seine Decke eingewickelt und diese bis zu den Ohren hochgezogen hatte, war ihm nicht recht warm geworden. Er hatte die nächtliche Kälte in den provenzalischen Bergen unterschätzt und bereute es, den Ofen vor dem Schlafengehen nicht mehr angeschürt zu haben. Minutenlang döste er vor sich hin, schließlich verdrängten die Erinnerungen an die Ereignisse der letzten Nacht seine Träume.

Der Lichtstrahl und das aufgebrochene Polizeisiegel hatten seine Alarmglocken schrillen lassen. Der von seiner Statur her eher kleine Einbrecher hatte einen dunklen Kapuzenpulli getragen und mit dem Rücken zu ihm gestanden. Mit der Waffe im Anschlag hatte Malbec ihn aufgefordert, sich mit erhobenen Händen umzudrehen. Als der Eindringling seiner Anweisung langsam nachgekommen war, war Malbec vollkommen überrascht gewesen, denn der auf frischer Tat ertappte Einbrecher war Stegers Tochter Sarah gewesen, die zu Tode erschrocken in die Mündung seiner Pistole gestarrt hatte. Ihre Angst hatte sich schnell gelegt, nachdem sie Malbec erkannt hatte.

Ihrer Erklärung zufolge hatte sie festgestellt, dass das Siegel an der Tür des elterlichen Hauses aufgebrochen gewesen war, als sie vor dem Schlafengehen noch eine Zigarette hatte rauchen wollen. Verwundert hatte sie sich eine Taschenlampe geholt, um nach dem Rechten zu schauen, hatte jedoch niemanden angetroffen.

Gemeinsam waren sie durch das Gebäude gegangen, die Räume waren unverändert gewesen, so wie sie heute Nachmittag verlassen worden waren.

Malbec wälzte sich auf die andere Seite. Er hielt die Augen geschlossen und überlegte, wer der Eindringling gewesen sein und was er gesucht haben könnte. Andächtig hörte er den Wind über das Dach rauschen, während ein Ast beständig gegen die Fensterläden schlug und das Zwitschern der Vögel überlagerte.

Die Kälte hielt ihn davon ab, das Bett zu verlassen. Als fahle Lichtstrahlen in das Zimmer sickerten, stand er elanvoll auf, entschlossen, sich einen Tee oder Kaffee zu kochen.

Er erspähte eine halb volle Dose mit gemahlenen Espressobohnen, die ein Feriengast dankenswerterweise zurückgelassen hatte.

Er suchte weiter: Auf einem Regalbrett stand ein einfacher Espressokocher italienischer Art. Er schraubte ihn auf, füllte Wasser bis zum Ventil und dann behutsam Kaffeepulver in den Metalltrichter. Er stellte den Kocher auf einen speckigen zweiflammigen Tischherd, der über einen Schlauch mit einer roten Propangasflasche verbunden war. Seine Finger waren klamm und steif. Erst beim dritten Versuch gelang es ihm, die Flamme zu entzünden.

Schlotternd zog sich Malbec an und streifte sich einen dicken Pullover über. Er war unsicher, ob er ein paar Holzscheite in den Ofen legen sollte, doch dann verwarf er den Gedanken. Es würde sich nicht lohnen, da er zeitig zur Vernehmung von Dieter Stegers Sohn Nathan nach Apt aufbrechen wollte.

Um sich aufzuwärmen und seinen Kreislauf in Schwung zu bringen, machte er einige Kniebeugen und Liegestütze und übte sich im Schattenboxen. Das sprudelnd-zischende Geräusch des Espressokochers beendete seine Fitnesseinheit.

Er wischte die Bank trocken, setzte sich mit dem dampfenden Kaffee in der Hand auf die Terrasse und erfreute sich am Talblick.

Während der Nacht musste es geregnet haben. Dicke Wolken zogen wabernd über die Hügel. Keine Frage: Der Spätherbst hielt die Provence fest im Griff. Die Tage wurden kürzer und kälter, die Nächte länger und feuchter. Es würde nicht mehr lange dauern, bis sich die Dörfer wieder in der Hand der Einheimischen befanden. Den wenigen Zweitwohnungsbesitzern, die beschlossen hatten, den nasskalten Novembertagen und aufkommenden Mistralwinden mit beharrlichem Gleichmut zu trotzen, begegneten die Provenzalen mit aufrichtigem Respekt.

Malbec ließ seine Gedanken schweifen, die weniger um den Mordfall als um den vergnüglichen Abend kreisten, den er mit Cloé Livet verbracht hatte. Das Gespräch hatte sich im Laufe des Essens auf private Themen verlagert, sie hatten viel gelacht, über Lieblingsfilme und Urlaubspannen geredet sowie über persönliche Zukunftspläne und Midlife-Crisis philosophiert. Sie hatten eine zweite Weinflasche geöffnet, und Malbec hatte Cloé mehr über sich erzählt, als die meisten seiner Freunde von ihm wussten. Geständnisse begünstigen sich gegenseitig. Er wiederum hatte erfahren, dass Cloé in einer offenen Beziehung lebte und schon mit siebzehn Jahren Mutter eines Sohnes geworden war, der seit einem Jahr als Tauchlehrer auf Mauritius arbeitete.

Malbec fragte sich, inwieweit es dem Alkohol geschuldet gewesen war, dass sie sich kurz, aber sehr innig umarmt hatten, bevor er das Haus verlassen hatte. Nicht nur der Duft ihres Parfüms hatte ihn betört.

Die morgendliche Kälte kroch allmählich seine Beine hoch. Er nahm die Kaffeetasse und ging ins Haus zurück. Dort stellte er sich vor das provisorische Schaubild, um die Skizze um eine Verbindungslinie zwischen Dieter Steger und Philippe Dupuis sowie um das Stichwort »Schatzsuche« zu ergänzen. Am Rand machte er einen Vermerk zum nächtlichen Einbruch.

Dankbar für die Segnungen der modernen Technik, holte er das Satellitentelefon hervor und wählte die Nummer von Charles Monod, um ihn mit der Befragung von Jules Bourcart zu beauftragen. Monod sollte die Hintergründe zum nachbarschaftlichen Streit herausfinden und Bourcarts Alibi überprüfen.

Sein zweiter Anruf galt dem Commissariat. Zu seiner Überraschung war die Dienststelle an diesem Wochenende nur mit Sous-Lieutenant Jacques Taurel und Adjudant Blanc besetzt. Wie Blanc ihm mitteilte, hatte es Commandant Louis Chevaline nicht für nötig erachtet, einen größeren Einsatzstab zu bilden, da er, Capitaine Malbec, bereits vor Ort sei. Das lag auch daran, wie Blanc süffisant ausführte, dass Chevaline am Samstag bei den Seniorentennismeisterschaften des Départements an den Start gehen und nicht gestört werden wollte.

Die von Malbec angeordnete Funkzellenabfrage war wie befürchtet unbefriedigend geblieben. In der ländlichen Provence gab es nur wenige Sendemasten. Die Abfrage hatte einzig ergeben, dass rund um Trouvac mehr als zweitausend verschiedene Mobiltelefone im fraglichen Zeitraum eingeloggt gewesen waren. Um alle zu überprüfen und diverse Parameter abzugleichen, wurde zwar keine Sonderkommission benötigt, aber Adjudant François Blanc wäre mehrere Tage mit den Nachforschungen beschäftigt.

Malbec beschloss, die Abfrage vorerst zu vertagen; sie bliebe eine Möglichkeit, wenn sich konkrete Verdachtsmomente ergaben oder die Ermittlungen nicht vorankamen.

Die amtlichen Meldeadressen von Stegers Kindern lägen vor und die Recherche über die Vermögensverhältnisse würde nicht mehr lange auf sich warten lassen, versicherte Sous-Lieutenant Jacques Taurel.

Malbec gab ihm die Namen aller in Frage kommenden Personen durch und bat um eine Überprüfung. Es könnten, so instruierte er Taurel, im Fall von Philippe Dupuis Informationen vorliegen, die einen Verdacht auf illegale Schatzsucherei oder Raubgrabungen erhärteten. Malbec mahnte an, ihm neue Erkenntnisse umgehend an sein Mobiltelefon zu schicken.

Fast hätte er vergessen, dass er Stegers Haus erneut versiegeln musste, bevor er nach Apt fuhr. Schnellen Schrittes lief er zu dem Gebäude. Die Tür war verschlossen, doch einer Intuition folgend, beschloss er hineinzugehen.

FÜNF

Dichte Nebelschwaden hingen wie Wattebäusche an den Bergflanken, als Malbec hinunter nach Rustrel fuhr. Es war früh am Morgen, und seine Hoffnung, dass ihm kein Auto auf der kurvenreichen Straße entgegenkommen möge, erfüllte sich.

Er hielt vor der Boulangerie an, um sich ein *pain au chocolat* und ein Croissant zu kaufen, und versuchte, Catherine anzurufen – es meldete sich nur ihre Mailbox, auf der er zwei kurze Sätze der Entschuldigung und die Hoffnung hinterließ, das nächste Wochenende gemeinsam zu verbringen. Enttäuscht steckte er das Telefon in die Hosentasche.

Während er im Auto saß und das weiche, buttrige Croissant verspeiste, spekulierte er, welcher Immobilienmakler oder Projektentwickler an einem Erwerb von Trouvac interessiert sein könnte. Wer war in der Lage, den Kauf eines ganzen Dorfes samt Modernisierungen zu stemmen?

Ein Immobilienmakler als Mörder schien ihm unwahrscheinlich. Eine absurde Theorie. Oder hatte sich jemand erhofft, dass die Erben auf ein lukratives Kaufangebot für Trouvac eingehen würden?

Malbec wischte die Brösel von seinem Oberschenkel und grübelte, wer über das nötige Hintergrundwissen verfügen könnte. Er dachte an David Dandine, der ihm mit seinen Kontakten schon einmal bei Ermittlungen geholfen hatte. Doch er war sich unsicher, ob der Bücher und Kunst liebende Privatier, auf dessen Sommerfest er Catherine kennengelernt hatte, ihn bei diesem Thema unterstützen konnte.

Ein entgegenkommender Radfahrer brachte ihn auf den Gedanken, Sophie Dupont anzurufen. Die Witwe von Silvian Dupont war in der Immobilienbranche gut vernetzt. Ihr verstorbener Mann, der ehemalige Radprofi Dupont, hatte zu den vier Todesopfern gehört, die vor wenigen Monaten auf einem

Parkplatz unterhalb des Mont Ventoux erschossen aufgefunden worden waren. Sophie Dupont hatte sich mehrfach bei Malbec dafür bedankt, dass es ihm mit seiner Hartnäckigkeit letztlich gelungen war, den Mord an ihrem Mann aufzuklären. Sie würde ihm behilflich sein.

Er erinnerte sich, ihre Nummer gespeichert zu haben, holte sein Mobiltelefon heraus und scrollte durch die Kontaktliste.

»Hallo?«

»Madame Dupont?«

»*Oui.*«

»Capitaine Malbec am Apparat.«

»Oh, Monsieur le Commissaire«, sagte sie hörbar erfreut. »Was verschafft mir die Ehre?«

»Madame Dupont, ich hoffe, es geht Ihnen gut?«

»Danke der Nachfrage. Langsam habe ich mich mit der Situation arrangiert. Silvian fehlt mir, aber Jérôme unterstützt mich, wo er nur kann.«

»Das freut mich.« Malbec war nicht entgangen, dass sie sich nach Silvians Tod ihrem Ex-Mann angenähert hatte.

»Aber das ist nicht der Grund Ihres Anrufs – oder?«

»Richtig. Ich ermittle leider wieder einmal in einem Mordfall. Aus diesem Grund benötige ich Informationen und Hintergründe, die die Immobilienbranche betreffen. Und da dachte ich mir, dass Sie mir eventuell weiterhelfen könnten.«

»Versprechen will ich nichts, aber ich kann es gern versuchen.«

»Wunderbar! Kennen Sie einen Immobilienmakler, der sich in der Provence auf den Tourismussektor spezialisiert hat?«

»Haben wir das nicht alle und verkaufen Nobelvillen und schmucke Landhäuser?«

»Ich dachte weniger an provenzalische Landsitze, sondern an größere touristische Projekte.«

»Um was für ein Projekt handelt es sich? Einen Golfplatz?«

»Ich suche jemanden, der Interesse daran hat, ein ganzes Dorf in der Provence zu erwerben«, erklärte Malbec.

»Ein ganzes Dorf? Es dürfte schwierig sein, ein geeignetes Objekt zu finden. Und wenn, dann werden die Eigentumsverhältnisse kompliziert sein. Eine langwierige Angelegenheit. Zuletzt benötigt man für ein solches Projekt auch das entsprechende Kapital.«

»Gehen wir mal davon aus, dass es am Finanziellen nicht scheitert. Der Makler arbeitet als Projektentwickler für einen internationalen Tourismuskonzern.«

»Mmmh – da habe ich spontan niemanden auf dem Schirm. Normalerweise bemühen sich größere Konzerne ja um einen freien Baugrund und errichten quasi auf der grünen Wiese eine Art provenzalisches Pseudodorf. Ein paar Kilometer südwestlich der Abbaye de Silvacane kenne ich so ein Projekt namens Pont Royal, bei dem sogar ein Dorfplatz imitiert und für die zahlungsfähige Klientel aus praktischen Gründen gleich nebenan ein Golfplatz angelegt wurde.«

»Nein, kein Neubauprojekt, es geht in diesem Fall eher um ein authentisches Dorf. Der Mann, den ich suche, fährt einen schwarzen Geländewagen, ist von kräftiger, muskulöser Statur und muss – wie soll ich sagen? – ein wenig impulsiv sein und sich nicht gerade durch Rücksichtnahme auszeichnen.«

»Mit anderen Worten: ein richtig sympathischer Zeitgenosse«, sagte Sophie Dupont lachend. »Lassen Sie mir Zeit. Ich höre mich um. Sollte mir was zu Ohren kommen, melde ich mich umgehend.«

»Versprochen?«

»Großes Ehrenwort, Monsieur le Commissaire!«

»Danke, damit wäre mir sehr geholfen!«

✳✳✳

Die ersten Sonnenstrahlen brachen zaghaft durch die Wolkendecke. Mit etwas Glück würde es ein schöner Tag werden.

Die Landstraße nach Apt war kaum befahren, doch auf dem letzten Kilometer stockte der Verkehr. Langsam fädelte sich Malbec an einem *rond-point* in den Kreisverkehr ein und quälte sich im Schneckentempo über die beliebte D 900, die von Avignon entlang der Nordseite des Luberon bis hinüber nach Forcalquier führte.

Das für seine kandierten Früchte in ganz Frankreich bekannte Apt war von alters her das administrative und wirtschaftliche Zentrum der Region. Ein Provinzstädtchen mit viel Geschichte: Die Gründung des an der Via Domitia gelegenen Ortes ging auf die Römer zurück, wenngleich Apta Julia Vulgientium immer im Schatten von Orange und Arles gestanden und weder ein Amphitheater noch einen Triumphbogen zu bieten hatte. Obwohl Apt im Mittelalter zum Bistum ernannt worden war, war die Stadt in ihren Ausdehnungen bescheiden geblieben – kein Vergleich mit Avignon oder Aix-en-Provence. Später hatten die ausgedehnten Obstplantagen und die heimische Konfitürenindustrie der Stadt und ihren Bürgern zu einem respektablen Wohlstand verholfen.

Im Zuge der Globalisierung war die traditionsreiche Aptunion von einem irischen Nahrungsmittelkonzern übernommen worden, was für viel Unmut gesorgt hatte. Abgesehen von den Fabrikanlagen am Ortsrand gab es in Apt glücklicherweise noch traditionelle Confiserien, die Malbec von früheren Besuchen kannte.

Ihm gefiel Apt. Die Stadt hatte sich ihren spröden Charme bewahrt und sich im Gegensatz zu anderen provenzalischen Städten nur wenig dem Tourismus ausgeliefert. In der Altstadt fanden sich weitgehend unsanierte Straßenzüge und Plätze, die so abweisend wirkten, dass dort bisher niemand auf die Idee gekommen war, Stühle aufzustellen und ein Café oder Restaurant zu eröffnen.

Missmutig zockelte Malbec hinter einem Wohnmobil mit belgischem Kennzeichen her, die Straße führte vorbei an Baumärkten und Autohändlern in Richtung *centre-ville*. Ein Autofahrer hinter ihm hupte genervt. Er wunderte sich über den Stau am Samstagvormittag und vermutete, dass in Apt wahrscheinlich der Wochenmarkt abgehalten wurde.

Obwohl sich längst gigantische Supermarchés wie Eiterge-
schwüre am Stadtrand ausgebreitet hatten, liebten die Provenzalen ihre traditionellen Märkte; sie bildeten einen wichtigen
Bestandteil des Alltagslebens. Hier traf man Bekannte, hielt
ein Schwätzchen, prüfte das Angebot, begutachtete die Frische
und Qualität des Obstes, diskutierte über die Herkunft und
Pressung des Olivenöls, probierte an einem Stand ein Schlück-
chen Wein, am nächsten ein Stück Schafskäse oder eine Scheibe
Salami, von einem Händler verführerisch auf einem Holzbrett
gereicht.

Markttag bedeutete auch, dass sich die Suche nach einem
Parkplatz schwierig gestaltete; das halbe Umland hatte sich auf
den Weg nach Apt gemacht. Malbec wurde schnell klar, dass
ihm ein längerer Fußmarsch nicht erspart bleiben würde. Obwohl er im Dienst war, konnte er sein Auto schlecht für zwei
Stunden in zweiter Reihe abstellen.

Als er den Straßenrand nach einer Parklücke absuchte, entdeckte er einen Leuchtkasten, der in den Farben der Trikolore –
bleu, blanc, rouge – gestaltet war und die Aufschrift »Police
municipale« trug. Kurzerhand entschied er sich, »Amtshilfe«
in Anspruch zu nehmen, und parkte auf dem zur Hälfte leeren,
mit einem grünen Metallgitter umzäunten Platz.

Weit und breit war kein uniformierter Kollege der städtischen
Polizei zu sehen. Da er keine Zeit verlieren wollte, ließ sich
Malbec mit Hilfe seines Smartphones zum Fahrradverleih von
Nathan Steger leiten. Anfangs musste er sich durch die Stände
des Wochenmarkts hindurchschieben, deren betörende Düfte
er dienstmäßig ausblendete. Er liebte den süßen Geschmack
reifer Feigen und beschloss, sich auf dem Rückweg mit frischen
figues einzudecken.

Er lief auf direktem Weg durch die Altstadt, sah die mächtige
Kuppel der Cathédrale Sainte-Anne über den Dächern hervor-
spitzen. Sein Weg führte an einer modernen Töpferei vorbei, die
ihm mit ihrem Angebot an bunt glasierten Obstschalen, Tellern
und Tassen so gut gefiel, dass er stehen blieb, um die Schau-

fensterauslagen zu betrachten und einen Blick in das Innere des Ladens zu werfen.

Sein Smartphone signalisierte ihm, dass sich der Fahrradverleih in unmittelbarer Nähe befand, und leitete ihn zu einem ockerfarbenen Haus. »Location de Vélos« prangte über der Tür in geschwungenen roten Lettern auf einem weißen Schild. Vor der Front des Ladengeschäfts waren so viele Fahrräder aneinandergereiht, dass man kaum zum Eingang durchkam.

»Unsere E-Bikes sind alle ausgeliehen. Sie sind zu spät dran. Am besten ist es, Sie rufen eine Woche vorher an und reservieren sich ein Rad.«

Malbec, der sich selbstkritisch fragte, ob er so unsportlich wirkte, dass man ihm ein Elektrofahrrad anbot, blickte auf. Ein Mann, der Dieter Steger trotz des Altersunterschieds wie aus dem Gesicht geschnitten war, sah ihn mit seinen wasserblauen Augen an. Nathan hatte die gleiche kräftige Statur wie sein Vater, nur waren seine Haare ohne graue Strähnen und die Mund- und Augenpartie weitgehend faltenlos.

»Spätherbst ist bekanntlich die beste Radsaison. Da ist immer viel los«, fügte er entschuldigend hinzu. »Daher empfehle ich jedem, rechtzeitig zu reservieren. Sicher ist sicher.«

»Ja, die Provence wird bei Fahrradfahrern immer beliebter. Der Radtourismus hat in den letzten Jahren an Bedeutung gewonnen. Aber ich benötige kein Fahrrad. Ich bin zu Ihnen gekommen, weil ich Ihnen Fragen zu Ihrem Vater stellen möchte.«

Nathan Steger murmelte unwirsch vor sich hin und ging in die Knie, um sich der Gangschaltung eines Rennrades zu widmen. Er trug ein kariertes Hemd, unter dessen hochgekrempelten Ärmeln seine gut definierte Unterarmmuskulatur zur Geltung kam.

»Ich habe auch so ein Specialized-Rad zu Hause«, bekannte Malbec sichtlich bemüht, die Situation aufzulockern. »Aber in Schwarz. Ist ein tolles Teil. Ultraleicht und wendig.«

Nathan Steger stand langsam auf, hob den Sattel an und setzte das Fahrrad auf einen Ständer. Akribisch ölte er das Kettenblatt und drehte das Pedal schwungvoll mit der Hand, um die Schaltung zu überprüfen.

Schließlich wischte er sich die Hände an einem grauen Stofflappen ab und fixierte Malbec.

»Warum interessieren Sie sich für meinen Vater?« Er ließ den Lappen in der Seitentasche seiner ölverschmierten Hose verschwinden.

»Ich nehme an, Sie wissen, dass er tot ist?«

»Selbstverständlich.« Meine Schwester Sarah hat mich gestern informiert. Aber was geht Sie das an?«

»Das scheint Sie nicht sonderlich aus der Ruhe gebracht zu haben?«

»Nein, für Sie vielleicht überraschend. Der Tod meines Vaters ist bedauernswert, berührt mich aber wenig. Ganz abgesehen davon weiß ich nicht, was Sie sein Schicksal angeht?«

»Ich ermittle in dieser Angelegenheit. Die Umstände seines Todes deuten auf ein Fremdverschulden hin. Darf ich mich vorstellen? Ich heiße Olivier Malbec und bin Capitaine der Gendarmerie nationale.« Malbec zeigte seinen blau-weiß-roten Dienstausweis.

Nathan Steger verstummte für einen Moment. »Mir wurde bereits erzählt, dass er gewaltsam ums Leben gekommen ist«, sagte er schließlich mit sonorer Stimme. »Und sicherlich verdient der Mörder seine gerechte Strafe – aber was soll ich damit zu schaffen haben?«

»Ich möchte mich gern mit Ihnen über Ihren Vater unterhalten.«

Nathan Steger stützte eine Hand nachdenklich in die Taille. »Okay, lassen Sie uns in die Eisdiele um die Ecke gehen. Und keine Sorge, die haben einen ordentlichen *café noir*. François, ich bin mal kurz weg«, rief er in den Laden.

Die Eisdiele befand sich am Ende einer schmalen Gasse. Vor der Schaufensterfront waren einige runde Aluminiumtische mit den zugehörigen Stühlen aufgestellt. Sie setzten sich an einen freien Tisch.

Nathan Steger erkundigte sich nach Malbecs Wunsch und orderte zwei *café double.*

»Also, was möchten Sie wissen?«

»Haben nicht eventuell Sie Fragen an mich?«, erwiderte Malbec.

»Nein, habe ich nicht. Mein Vater wurde, wie Sie angedeutet haben, aller Wahrscheinlichkeit nach ermordet. Das ist tragisch, und ich habe es zur Kenntnis genommen. Ich würde mich freuen, wenn Sie seinen Mörder dingfest machen – mehr interessiert mich nicht.«

Die Bedienung brachte ihnen kommentarlos zwei Espressotassen.

Die abgeklärte Nüchternheit irritierte Malbec. Er hatte schon mehrfach erlebt, dass Menschen, die die Beziehung zu ihren Eltern abgebrochen hatten, nach deren Tod dennoch in ein tiefes Loch gefallen waren, überwältigt von ihren Erinnerungen und der nicht mehr vorhandenen Möglichkeit, sich auszusprechen und zu versöhnen. Nathan Steger hingegen saß ihm völlig unbeeindruckt gegenüber, nippte entspannt an seinem Kaffee und lehnte sich mit verschränkten Armen zurück. Malbec unterstellte ihm, er wäre aufgewühlter gewesen, wenn ihm jemand ein Fahrrad vor dem Laden gestohlen hätte.

»Wie mir erzählt wurde, haben Sie sich mit Ihrem Vater zerstritten. Dürfte ich erfahren, warum oder weshalb Sie sich entzweit haben?«

»Familiäre Differenzen. Jeder von uns lebte in seiner eigenen Welt.« Als Nathan Steger zu seiner Tasse griff, blitzte ein Tattoo unter dem hochgekrempelten Hemdsärmel hervor. »Ich will Ihnen nur so viel sagen: Ich habe mir dereinst geschworen, keinen Fuß mehr nach Trouvac zu setzen. Stehe ich deswegen etwa unter Mordverdacht?«

Statt zu antworten, schwieg Malbec.

»Ihre Unterstellung, dass ich für den Tod meines Vaters verantwortlich bin, ist vollkommen absurd. Wie schon erwähnt: Ich war seit über zwei Jahren nicht mehr im Dorf.«

»Sie haben mich missverstanden«, sagte Malbec. »Wir ermitteln immer in alle Richtungen. Ich möchte nur herausfinden, wie Ihr Vater gelebt hat. Das hilft mir, seine Lebenssituation besser einzuschätzen. Da wir nicht von einer Zufallstat ausgehen, ist es wichtig, sein persönliches Umfeld und das soziale Netzwerk kennenzulernen. Zudem«, er zögerte und musterte Nathan Steger kritisch, »sollte Ihnen auch an einer Aufklärung gelegen sein.«

»Selbstverständlich, das habe ich ja schon gesagt.«

»*Bien* – erzählen Sie mir doch etwas über Ihren Vater.«

Bedächtig rührte Nathan Steger in seiner Espressotasse und trank einen Schluck. »Mein Vater war ein Mann der Tat. Trouvac war sein Lebensinhalt, seine Welt – und die hat er nach seinen Wünschen gestaltet. Jedes Haus wurde nach seinen Vorstellungen renoviert. Da das Dorf nicht unter Denkmalschutz stand, hatte er freie Hand. Meine Mutter war zurückhaltend und introvertiert, sie ließ ihn gewähren. Ja, Trouvac war seine Welt. Geld, soweit vorhanden, wurde in den Wiederaufbau gesteckt. Seitdem meine Eltern das Dorf gekauft hatten, sind sie nicht mehr verreist.«

»Keinen Urlaub?«, fragte Malbec ungläubig.

»Meine Geschwister und ich haben während der Schulzeit alle Ferien in der Provence verbracht. Oft haben wir meine Großeltern mütterlicherseits besucht, aber die haben auch nicht weit entfernt in Pertuis auf der anderen Seite des Luberon gelebt. Für uns war das nicht schlimm. Im Gegenteil, es hat uns an nichts gefehlt. Die Gegend rund um das Dorf mit den Wäldern und Schluchten in der Umgebung war für uns Kinder ein einziger großer Abenteuerspielplatz. Wir haben Baumhäuser gezimmert und Schafe gehütet. Im Herbst sind wir ins Tal hinabgestiegen, um uns mit reifen Weintrauben die Bäuche vollzuschlagen. Mehrere Jahre lang haben wir ein Pferd besessen. Auf dem alten Wallach sind Sarah und ich morgens gemeinsam den Berg hinuntergeritten, als wir noch in die *école primaire* gegangen sind. Das hat uns die Bewunderung unserer Mitschüler eingebracht. Mit unseren bunt gefärbten und selbst genähten Klamotten waren wir in der Grundschule Paradiesvögel, als einziger Junge in meiner Klasse trug ich die Haare schulterlang.« Die Erinnerung ließ Nathan Steger versonnen lächeln. Er nippte an seinem Kaffee.

»Eine wilde, glückliche Kindheit«, sagte Malbec nicht ohne Bewunderung.

»Ja, durchaus. Aber auch eng auf den provenzalischen Kosmos reduziert. Mein Vater hat Trouvac nur unwillig verlassen, sein Radius erstreckte sich auf die Nachbardörfer, und für wichtige Besorgungen ist er auch schon mal nach Apt oder Avignon gefahren. Ansonsten liebte er das provenzalische Landleben. Deswegen hat er auch Jean Giono und dessen Bücher bewundert.«

Malbec kannte zwar die Verfilmung von »Der Husar auf dem Dach« mit der wundervollen Juliette Binoche in der Hauptrolle, die eine Choleraepidemie in Manosque und die Angst vor der Ansteckung thematisierte, aber er hatte bislang keinen Roman von Jean Giono gelesen. Vor ein paar Jahren war er in einem Magazin über einen Artikel gestolpert, der sich mit Gionos von Naturburschen bevölkerter pantheistischer Poesiewelt und seinem ausgeprägten Pazifismus beschäftigte. Soweit er sich an den Bericht erinnerte, war gegen Ende des Zweiten Weltkriegs gegen Giono aufgrund von Kollaborationsverdacht nicht nur Anklage erhoben worden, er war auch mehrere Monate inhaftiert gewesen. Später war der Schriftsteller rehabilitiert worden.

»Beruflich oder zusammen mit Ihrer Mutter ist Ihr Vater auch nicht verreist?«

»Als wir noch Schafe gezüchtet haben, blieb dafür auch keine Zeit. Man konnte die Herde nicht lange allein lassen. Nur gelegentlich fuhr er zu einer Landwirtschaftsausstellung in der Region, ganz selten mal nach Paris. Urlaub haben meine Eltern kaum gemacht, manchmal sind sie in den Hautes-Alpes oder in der Haute-Provence auf den Spuren von Giono wandern gegangen, beispielsweise nach Le Contadour, wo sich Jean Giono früher mit seinen Bewunderern getroffen hat.«

»Keine Auslandsreisen?«, fragte Malbec nach und freute sich, dass Nathan Steger ins Reden gekommen war.

»Wenn ich darüber nachdenke, wird mir bewusst, dass er Frankreich niemals verlassen hat. In seiner Jugend ist er noch ein Weltenbummler gewesen, oft hat er uns abends von seinen Reisen berichtet – doch das hat sich durch Trouvac gewandelt. Auch nach Deutschland ist er nicht mehr gefahren. Warum auch? Seine Eltern waren schon lange verstorben, es haben dort keine Verwandten mehr gelebt. Das Verhältnis zu meinem Großvater muss sehr unterkühlt gewesen sein. Mein Vater hat nicht viel darüber gesprochen, aber seinen Erzählungen zufolge war er ein überzeugter Nationalsozialist, zu dessen Grundprinzipien Zucht und Ordnung gehörten. Konflikte waren vorprogrammiert. Er ist bereits vor dem Abitur aus dem elterlichen Haus geworfen worden. Zu Deutschland hatte er zeitlebens ein zwiespältiges Verhältnis.«

»Das ist nachvollziehbar.«

»Abgesehen davon hatten wir auch nicht viel Geld. Jeder Franc wurde für den Wiederaufbau von Trouvac verwendet. Statt zu verreisen, luden meine Eltern die Welt zu sich ein. Daraus haben sich oft langjährige Freundschaften entwickelt. Anfangs machten vor allem Aussteiger und Lebenskünstler bei uns Station. Später kamen Studenten, aber auch viele Künstler hierher. Eine Zeit lang haben zwei Professoren einer deutschen Kunstakademie in den Sommermonaten Seminare mit ihren Studenten abgehalten. Irgendwann hat es dann mal Ärger gegeben, und die Professoren fuhren woandershin. Das Dorf stand immer an erster Stelle. In seinen Mußestunden hat sich mein Vater leidenschaftlich für die Kunst engagiert und Ausstellungen organisiert. Früher hat er auch selbst viel gemalt, allerdings war sein künstlerisches Talent durchschnittlich – sehen Sie sich seine Bilder an und bilden Sie sich selbst ein Urteil.«

»Wie würden Sie seine menschliche Seite charakterisieren?«

»Er war charmant und offen für ungewöhnliche Lebensentwürfe. Gleichzeitig war er sehr dominant und nicht bereit,

Widersprüche zu akzeptieren, bei bestimmten Themen war er stur und unnachgiebig. Es gab Situationen, da traf er Entscheidungen und erwartete, dass sich alle, insbesondere seine Familie, seinem Willen unterordneten. Auf der anderen Seite hat er mit linken Ideen sympathisiert, eine gerechte Verteilung des Kapitals und mehr Mitbestimmung gefordert und sich für die sozial Schwachen eingesetzt. Im Laufe der Zeit hat er sich in der Region viel Ansehen erworben; er wurde sogar gefragt, ob er für den *conseil municipal* kandidieren wolle, aber ihn interessierte kein Amt im Gemeinderat. Er hatte ein zwiespältiges Verhältnis zur Politik. Soweit ich mich erinnern kann, hat er sich geweigert, sein Wahlrecht auszuüben, weder bei den Präsidentschaftswahlen noch bei den Wahlen zum Regionalrat hat er seine Stimme abgegeben. Vermutlich hat er als Marxist den Staatsgedanken abgelehnt. Getreu dem Motto: Wer an Wahlen teilnimmt, legitimiert diese.«

»Als Marxist strebte er wohl weniger nach Reichtum«, resümierte Malbec. »Dennoch würde es mich interessieren, ob Sie einen Einblick in seine finanziellen Verhältnisse hatten?«

»Meine Eltern hatten keine besonderen Ansprüche. Trouvac war ihr irdisches Paradies. Finanziell sind sie immer so halbwegs über die Runden gekommen. Unseren Lebensunterhalt haben wir früher mit der Schafzucht bestritten, später nur noch mit der Vermietung der Häuser. Gelegentliche Überschüsse wurden in Renovierungsmaßnahmen investiert.«

»Ist es vorstellbar, dass Ihr Vater Trouvac verkauft hätte?«

Nathan Steger lachte auf. »Trouvac verkaufen?« Er verneinte vehement. »Niemals. Ich bin mir sicher, dass er das nicht ansatzweise in Betracht gezogen hätte. Eher hätte er seinen rechten Arm hergegeben. Was hätte er denn mit dem Geld anstellen sollen? Sich einen Porsche kaufen oder auf die Malediven in den Urlaub fliegen?«

»Und wer wird Trouvac erben?«

»Normalerweise steht jedem Kind ein Drittel zu, aber wer weiß, ob noch ein anderslautendes Testament auftaucht.«

»Und was würden Sie mit Ihrem Erbe machen, wenn ich fragen darf?«

»Keine Ahnung, die Frage habe ich mir bisher nicht gestellt. Viel altes Gemäuer. Wir Geschwister werden uns einigen müssen, mit einem Dorfdrittel kommt man nicht allzu weit. Jean-Claude dürfte wenig Interesse haben; er wird in Kanada bleiben. Für mich wäre es denkbar, gegen eine kleine Abschlagszahlung zugunsten von Sarah auf meinen Anteil zu verzichten.« Nathan Steger streckte seinen Rücken durch. »So, langsam muss ich wieder in den Laden. Die Arbeit ruft.«

»Kein Problem. Der Kaffee geht auf mich, doch eine letzte Frage hätte ich noch.«

»Gern.«

»Verleihen Sie auch Mountainbikes mit Elektroantrieb?«

»Selbstverständlich. Damit lassen sich die Hügel des Luberon entspannt erkunden, aber unsere E-Bikes sind sehr begehrt und sollten rechtzeitig reserviert werden.«

✳✳✳

Malbec sah Nathan Steger nach, bis er um die Ecke gebogen war, dann stand er auf und schlenderte, begleitet vom dumpfen Glockenschlag der Kathedrale, durch die enge Gasse zurück. Stirnrunzelnd passierte er ein Lokal, das einen »*Burger avec frites maison*« als Angebot des Tages auf einer großen Tafel anpries.

Die französische Küchenkunst musste sich auch in der Provence nicht nur gegenüber Pizzerien und *traiteurs asiatiques* behaupten, in den letzten Jahren hatten leider auch Burger in diversen Variationen die Speisekarten erobert.

Als er die mit farbenfrohen Tellern eingedeckten Tische sah, steuerte er einer Eingebung folgend auf eine Töpferei zu, die sich selbst als »Atelier« bezeichnete. Er betrat den Laden und stöberte durch die Regale, schaute sich die Schalen und Tassen mit ihrem liebevoll bunten Dekor an. Spontan entschied er sich für zwei Teller mit hohen Rändern, einen in *bleu cobalt* und einen in *turquoise foncé*.

Kaum hatte er die Poterie mit den neu erworbenen, in Packpapier eingeschlagenen Tellern verlassen, vibrierte sein Mobiltelefon. Auf dem Display leuchtete der Name von Sophie Dupont auf.

»Schön, dass Sie so schnell zurückrufen, Madame Dupont«, sagte er erwartungsvoll.

»Aber gern. Da Sie davon sprachen, dass jemand ein ganzes Dorf kaufen möchte, musste ich zunächst an Lacoste denken«, erklärte Sophie Dupont. »Waren Sie schon einmal in dem am Nordhang des Luberon gelegenen Ort?«

»Noch nicht, aber selbstverständlich habe ich schon von Lacoste gehört. Befindet sich dort nicht das Stammschloss des berühmt-berüchtigten Marquis de Sade?«

»Richtig, jener Marquis, dessen Begierden vor allem Leiden schafften. Angeblich soll ihm das heimische Château als Vorbild für die fiktive Burg seiner ›120 Tage von Sodom‹ gedient haben. Haben Sie den Roman gelesen?«

»Nein, dafür habe ich vor langer Zeit die gleichnamige Verfilmung von Pasolini in Paris im Kino gesehen«, entgegnete Malbec wahrheitsgetreu. Das opulent inszenierte Werk über Macht und sexuelle Unterwerfung, das mit seinen grenzüberschreitenden Vergewaltigungs-, Inzest- und Mordszenarien ebenso wie der berühmte Roman des Marquis de Sade zwar von Kunstkritikern einhellig gelobt wurde, aber bis heute umstritten war, hatte ihn fasziniert.

»Dann muss ich Ihnen die Skandalgeschichte nicht mehr erläutern. Das Schloss des göttlichen Marquis ist nur noch eine Ruine, da es während der Französischen Revolution geplündert und zerstört wurde. Trotzdem haben Sie etwas verpasst: Lacoste mit seinen alten Häusern und kopfsteingepflasterten Gassen erstreckt sich über einen steilen Hügel bis zum Château hinauf. Es handelt sich um eines der für die Provence typischen *villages perchés* – so nennt man die Dörfer, die sich entweder über eine Hügelkuppe stülpen oder spektakulär wie Adlerhorste an einem Hang kleben. Sie müssen unbedingt mal hinfahren. Es lohnt sich.«

»Das werde ich.«

»Ich wollte Ihnen aus einem anderen Grund von Lacoste erzählen. Vor mehr als zwei Jahrzehnten hat sich der Modeschöpfer Pierre Cardin in den Ort verliebt. Im Laufe der Zeit hat er nicht nur das Château, sondern Haus um Haus, Ruine um Ruine erworben, bis ihm schließlich das halbe Dorf gehört hat.«

»Eine Investition in Betongold«, sagte Malbec und musste aufgrund seines schiefen Vergleichs lachen.

»Wohl mehr eine persönliche Liebhaberei. Allerdings muss man Cardin zugutehalten, dass er viel Geld in die Renovierung seiner provenzalischen Immobilien gesteckt hat. Sogar ein sommerliches Kulturprogramm mit Skulpturen- und Gemäldeausstellungen sowie ansprechenden Konzerten und Theaterveranstaltungen hat er ins Leben gerufen – leider hat sich der Charakter des Dorfes dadurch nachhaltig verändert. Lacoste begann zwar zu glänzen, aber gleichzeitig ist es zu einer steinernen musealen Hülle erstarrt, einer Kulisse für die hehren Ambitionen eines selbstverliebten Modezars. Die Touristenströme wurden immer größer. Kein Wunder, dass es in den letzten Jahren mehrfach zu Spannungen gekommen ist. Die alteingesessenen Einwohner fürchteten den vollkommenen Ausverkauf, sie fühlten sich fremd im eigenen Dorf und haben die zunehmende Kommerzialisierung beklagt, doch …«

»Danke für Ihre Erläuterungen«, sagte Malbec, um Sophie Duponts Redefluss zu bremsen.

»Entschuldigen Sie meinen Monolog, am Beispiel von Lacoste wollte ich nur zeigen, dass es trotz großer finanzieller Mittel aufgrund der Eigentümerverhältnisse schwer ist, ein ganzes Dorf zu kaufen«, erklärte sie.

»Das verstehe ich. Das Dorf, in dem ich ermittle, ist viel kleiner. Es heißt Trouvac und befindet sich bereits in Privatbesitz.«

»Trouvac? Nie gehört. Wo liegt dieses Trouvac?«

»Es ist ein ehemaliges Ruinendorf an den südöstlichen Ausläufern des Mont Ventoux.

»Ein Ruinendorf, ähnlich wie Oppède-le-Vieux?«

»Nein, Oppède-le-Vieux ist ja ein bekannter Tourismus-Hotspot, der in keinem Reiseführer fehlen darf. Außerdem wird Trouvac auch nicht von einer pittoresken Burgruine gekrönt. Genau genommen handelt es sich mehr um einen Weiler als ein Dorf. Aus der Zeit gefallenes provenzalisches Landleben in den Bergen, fernab der Zivilisation.«

»Ich habe mich umgehört«, berichtete Sophie Dupont mit einem nicht zu überhörenden triumphierenden Tonfall. »Es gibt jemanden in der Branche, der sich für authentische Dorfstrukturen interessiert.«

»Sie machen mich neugierig ...«

»Vor drei Wochen hat mir ein Bekannter von einem Makler erzählt, der neu in der Branche ist und nach halb verlassenen Ensembles sucht. Ich wollte wissen, welche Idee dahintersteht, und erfuhr, dass der Dorfcharakter nur als Mantel für ein Hotelkonzept dienen soll. Vergleichbare Projekte sind schon in abgeschiedenen Tälern im westlichen Ligurien und im Haut-Languedoc realisiert worden.«

»Wie muss ich mir das vorstellen?«

»Ein Hotel mit Patina, das ein ganzes Dorf vereinnahmt. In einem Haus befindet sich die Rezeption, verteilt über die anderen Häuser ergänzen ein Spa, eine Bar und ein Restaurant das touristische Angebot. Der Clou ist, dass die Gäste nicht in einem langweiligen standardisierten Hotelzimmer wohnen, sondern in historischen Gebäuden, und sich so selbst als ein Teil des Dorfes fühlen. Es geht um Authentizität und vermeintlich unverfälschte Erlebnisse. Der Tourist soll sich mit der Dorfstruktur identifizieren und in eine ungewohnte Rolle schlüpfen. Wer will, hat die Option, für ein paar Stunden bei der Oliven- oder Weinernte mitzumachen oder das traditionelle regionale Töpferhandwerk zu erlernen. Das Angebot richtet sich an eine zahlungskräftige Klientel, die sich von den üblichen touristischen Gepflogenheiten abgrenzen will. Selbstverständlich muss niemand auf einen gehobenen Komfort verzichten, Fußbodenheizung und bodengleiche Duschen sind Standard. Ich bin mir sicher, dass das ein in vielerlei Hinsicht vielversprechendes Zukunftsprojekt sein wird.«

»Da passt Trouvac gut ins Konzept.«

»Durchaus.«

Malbec musste sich zurückhalten, um nicht anerkennend zu pfeifen. »Haben Sie weitere Informationen zu dem Makler?«

»Der Typ scheint nicht nur überheblich, sondern auch cholerisch zu sein. Er kann es wohl nicht verkraften, wenn ihm jemand vorgezogen wird und er nicht zum Zuge kommt.«

»Inwiefern?«

»Vor zwei Monaten wollte er für einen Investor ein Château am Rande der Alpilles erwerben. Ein klassizistisches Schloss mit ausgedehnten Ländereien und großem Renovierungsstau. Wochenlang hat er den mit den Verkaufsverhandlungen beauftragten Sprecher einer Erbengemeinschaft belagert und ihn mit Mails und Anrufen bombardiert. Als die Erbengemeinschaft schließlich einem anderen Interessenten den Vorzug gab, soll er sich unmöglich aufgeführt und den Verkäufer wüst beschimpft haben.«

»Kein guter Stil, aber der Schilderung nach könnte er es durchaus gewesen sein.«

»Und Ihre Beschreibung trifft auch zu. Mein Bekannter sprach von einem breiten Stiernacken.«

»Das passt.«

»Das dachte ich mir. Haben Sie einen Stift zur Hand?«

»Einen Moment bitte.« Malbec tastete nach seinem Kugelschreiber.

»Notieren Sie sich bitte seinen Namen. Er soll in Lourmarin wohnen. Die Adresse wird sich problemlos herausfinden lassen.«

***

Während er zum Auto lief, dachte Malbec über Cloé Livets Vermutung nach, Philippe Dupuis könnte in Trouvac einen Waldenserschatz gesucht haben. Spekulativ, aber er wollte das mögliche Motiv nicht vollkommen ausschließen. In den Medien waren häufig Berichte über Raubgräber zu finden, wobei nie versäumt wurde, dieses Verhalten anzuprangern. Auf der anderen Seite ließen sich die Funde aus illegalen Grabungen auf dem Schwarzmarkt gut veräußern. Es mussten keine antiken Marmorstatuen wie die Venus von Arles sein, auch für eine römische Haarspange wurde schnell eine fünf- oder sechsstellige Summe geboten. Es waren bekanntlich schon Menschen für weit weniger Geld ermordet worden.

Viel mehr, als dass es sich bei den Waldensern um eine vor Jahrhunderten verfolgte, dem Protestantismus zuzurechnende religiöse Gruppierung handelte, die der Ketzerei beschuldigt worden war, wusste Malbec nicht. Er hatte sie immer in Italien und nicht in der Provence verortet. Er befürchtete, dass sein diesbezügliches Geschichtswissen lückenhaft war. Wenn sich der Verdacht gegen Dupuis erhärten sollte, müsste er in den Hügeln rund um Trouvac nach dem Schatz beziehungsweise nach den Spuren einer Grabung suchen lassen.

Das Markttreiben und der Lärmpegel brachten ihn auf andere Gedanken. Der samstägliche Trubel näherte sich in Apt seinem Höhepunkt. Die Menschen drängten sich vor den Ständen. Sicherheitshalber hatte Malbec die beiden in der Töpferei erworbenen Teller fest unter den Arm gepresst.

Er hielt nach einem Obsthändler mit reifen Feigen Ausschau, als er unweit eines Honigstands die Schaufensterdekoration einer Buchhandlung entdeckte. In der Hoffnung, Hintergrundlektüre zu den Waldensern zu finden, betrat er das Geschäft.

Die »Librairie Fontaine« entpuppte sich als gut sortierter Laden. Malbec stand vor einem Regal mit historischen Werken und überflog die Titel auf den Buchrücken. Schließlich zog er eine Abhandlung über die »Histoire de la Provence« heraus und studierte das Inhaltsverzeichnis einer »Histoire religieuse de la France«. Leider weckten das Inhaltsverzeichnis und der Index der »Religionsgeschichte Frankreichs« nicht sein Interesse. Und das Buch über die »Geschichte der Provence« widmete den Waldensern weniger als eine halbe Seite.

»Darf ich Ihnen behilflich sein?«, fragte ein freundlicher Herr mit weißem Hemd und klischeehafter Nickelbrille.

»Ja gern, ich interessiere mich für die Geschichte der Waldenser in der Provence.«

»Warten Sie, da hatten wir mal was.« Der Buchhändler stöberte erst im benachbarten Regal, dann sah er im Computer nach. »Leider haben wir nichts auf Lager, aber es gibt sogar eine Publikation mit dem Titel ›Vaudois de Provence‹ sowie den Roman ›Les brûlés du Luberon‹, der sich mit diesem Thema beschäftigt – beide sind bestellbar. Sollten Sie Interesse haben, liegen die Bücher Anfang nächster Woche zur Abholung bereit.«

»Nicht nötig, das dauert mir dann doch zu lang. Ich wollte mir nur einen Überblick verschaffen.«

»Wenn Sie auf den Spuren der Waldenser die Provence erkunden möchten, habe ich etwas für Sie.« Der Mann griff ins Regal, um Malbec einen bebilderten Reiseführer über den »Parc naturel régional du Luberon« zu reichen.

»Neben schönen Illustrationen«, erklärte er und schlug das Buch demonstrativ auf, »gibt es auch ein Kapitel zu den Waldensern, die sich von Italien kommend im Spätmittelalter in der Hoffnung, ihren Glauben ungestört ausüben zu können, in die menschenleere Bergwelt des Luberon zurückgezogen haben. Mehrere Feudalherren haben den Religionsflüchtlingen Zuflucht und kleinere Ländereien angeboten, um verlassenen Orten auf ihrem Territorium Leben einzuhauchen. Die Waldenser galten als gottesfürchtig und fleißig. Bereits nach wenigen Jahren haben Dörfer wie beispielsweise Lourmarin eine neue Blütezeit erlebt. Ein trauriges Kapitel war das Massaker von 1545, damit habe ich mich beschäftigt, als ich neben meinem Studium als Reiseleiter gearbeitet habe«, fügte er erklärend hinzu und rückte sein Brillengestell zurecht. »Doch das ist lange her.«

Malbec wurde hellhörig. »Bitte erzählen Sie mehr.«

»Als Protestanten waren die Waldenser im Zeitalter der Religionskriege im katholischen Frankreich nicht mehr gern gesehen. Während der Beichte und dem persönlichen Bibelstudium eine hohe Bedeutung beigemessen wurde, haben sie nicht nur die Heiligenverehrung und das Fegefeuer abgelehnt, sondern auch jegliche weltliche Gerichtsbarkeit. Das wiederum hat den Unmut der Obrigkeit herausgefordert, die die Waldenser gegängelt und unterdrückt hat, wo es nur möglich war.«

Malbec erinnerte der dozierende Tonfall an seine Studienzeit. »Kein Wunder, dass es im Luberon zu Unruhen und Aufständen kam. Die katholische Kirche fürchtete um ihren Absolutheitsanspruch und brandmarkte die Waldenser als Ketzer, die entweder mit aller Macht bekehrt oder vernichtet werden mussten – so wie dereinst die Katharer im Languedoc. Colin Pellenc, einer ihrer bekanntesten Vertreter, wurde zum Symbol für die ketzerische Bedrohung stilisiert und gejagt. Nachdem man Pellenc gefangen genommen hatte, wurde er öffentlich auf dem Scheiterhaufen verbrannt, weil er seinen protestantischen Glauben nicht leugnen wollte. Die erbosten Waldenser haben daraufhin sein per Gerichtsurteil beschlagnahmtes Anwesen niedergebrannt. Nachdem König François I. sein Plazet erteilt hatte, hat der Präsident des Parlaments von Aix-en-Provence ein grausames Exempel statuiert. Gestützt auf die Behauptung, die Waldenser bedrohten die Sicherheit des Königreichs, haben seine Truppen eine Woche lang rund um den Luberon gewütet und mehrere Dörfer wie Mérindol vollkommen niedergebrannt und dabei mehr als zweitausend Waldenser getötet, nein, abgeschlachtet. Nur eine kleine Schar der Verfolgten konnte sich rechtzeitig in Sicherheit bringen. Eine Zeit lang hat sich eine Handvoll Waldenser, deren heimische Dörfer zerstört worden waren, in den Bergen verschanzt. Seither ging das Gerücht um, sie hätten, ähnlich den Templern, dort einen Schatz vergraben. Darüber müssten auch Informationen in diesem Reiseführer stehen.« Er verwies auf das Exemplar, das Malbec in den Händen hielt. »Möchten Sie das Buch kaufen?«

»Ja gern, obwohl Sie mir bereits sehr geholfen haben. Dafür möchte ich Ihnen danken.« Malbec schüttelte dem verdutzten Mann freudig die Hand. Es geht doch nichts über einen gebildeten Buchhändler, eine viel zu oft unterschätzte Berufsgruppe, dachte er.

Er bezahlte, verließ die Buchhandlung und mischte sich unter das Markttreiben. In einem kleinen Zeitschriftenladen kaufte er aus alter Gewohnheit und in der Hoffnung auf ein paar geruhsame abendliche Minuten die aktuelle Ausgabe der »Libération«. Es kostete ihn Überwindung, da Donald Trump mit seiner Sturmfrisur und seinem aggressiv verzerrten Mund die Titelseite einnahm.

Als er aus dem Laden trat, wurde Malbec von Sonnenstrahlen geblendet. Die Wolken hatten sich verzogen, es war richtig warm geworden. Die provenzalische Sonne bewies eindrucksvoll, dass sie auch im Spätherbst noch viel Kraft besaß.

Malbec freute sich und sog die Wärme begierig in sich auf. Zwischen den Marktständen war immer noch viel los. Er ging zu einem Obststand mit reifen, violett leuchtenden Feigen und reihte sich hinter zwei asiatischen Touristen in die Schlange.

✳✳✳

»Geht es Ihnen noch gut?«, blaffte ein sichtlich genervter Beamter im dunkelblauen Outfit der Police municipale Malbec an, der gerade sein Auto aufsperren wollte. »So viel Dreistigkeit habe ich selten erlebt.«

Malbec presste seine Einkäufe an den Oberkörper und ließ das Donnerwetter über sich ergehen.

»Wie kommen Sie auf die Idee, Ihr Fahrzeug auf dem Gelände der Polizei abzustellen? Das hat sich bisher niemand getraut. Sie haben Glück, dass ich den Abschleppdienst noch nicht gerufen habe.« Er warf einen vorwurfsvollen Blick auf Malbecs Reiseführer.

»Entschuldigung, ich ...«

»Da gibt es nichts zu entschuldigen, da gibt es klare Regeln. Das wird teuer für Sie.«

»Ich bin mir sicher, das wird es nicht. Abgesehen davon: Auf welcher gesetzlichen Grundlage wollen Sie mir denn einen Strafzettel ausstellen?« Malbec hatte den Beamten aufgrund seines Dienstabzeichens als Brigadier erkannt. »Ich vermute, der Parkplatz gehört der Stadt Apt, und damit handelt es sich um kein öffentliches Gelände. Außerdem«, Malbec legte seine Einkäufe auf die Motorhaube, »bin ich dienstlich unterwegs.« Er zog seinen Polizeiausweis aus der Tasche.

Der Brigadier betrachtete skeptisch den Ausweis. »Aha, aus Carpentras.« Er dehnte die Silben in die Länge, als wäre die Unterpräfektur des Départements Vaucluse mit einem Makel behaftet.

»Ja, aus Carpentras. Ich bin Capitaine Malbec, und es sind dienstliche Ermittlungen, die mich hierherführen.«

»Brigadier Pepin, ganz erfreut, Sie kennenzulernen, Capitaine Malbec.« Pepin schlug nach einem kurzen Zaudern in Malbecs Hand ein.

»Dass Sie im Rahmen einer Ermittlung unterwegs sind, sehe ich.« Er schielte auf Malbecs Einkäufe. »In Carpentras gelten wohl besondere Dienstvorschriften.«

»Entschuldigen Sie bitte, dass ich in der Eile vergessen habe, meine Visitenkarte auf das Armaturenbrett zu legen. Da ich schon einmal bei Ihnen bin, würde ich mich über Ihre kollegiale Unterstützung freuen«, sagte Malbec versöhnlich.

Brigadier Pepin legte seine Stirn in Falten und nestelte an seinem Kinnbart. »Unterstützung?«

»Ich ermittle in einem Mordfall, der sich in den Bergen nördlich von Saint-Saturnin-lès-Apt ereignet hat.« Malbec wechselte in einen schneidigen Tonfall. »Es wäre daher hilfreich, wenn ich Ihren Computer nutzen dürfte, um mich in das IT-System der Gendarmerie nationale einzuloggen.«

»Ich denke, das ist kein Problem«, entgegnete Pepin aufschnaufend. »Kommen Sie mit, ich organisiere Ihnen einen freien Schreibtisch.«

»Wunderbar, aber warten Sie bitte noch einen Augenblick.« Malbec verstaute seine Einkäufe. Nur die Schale mit den Feigen nahm er mit, da er sie nicht im heißen Auto lassen wollte.

Pepin führte ihn durch die Dienststelle zu einem leeren Büro. Anstatt das Zimmer zu verlassen, begann er, einen Aktenschrank aufzuräumen, und verfolgte dabei jeden seiner Schritte mit Argwohn, als wollte er verhindern, dass Malbec heimlich den Computer der Gendarmerie entwendete. Doch Malbec ließ sich nicht aus der Ruhe bringen. Im Gegenteil, er forderte Pepin auf, sich bei seinen Feigen zu bedienen. Nach der zweiten Feige hellte sich Pepins Mimik auf, und er bot Malbec im Gegenzug an, ihm einen Kaffee zu holen, der für eine Polizeiwache nicht einmal schlecht schmeckte. Währenddessen ließ Malbec mehrere Suchabfragen durch das System laufen.

Nach einer knappen Stunde hatte er seine Recherchen beendet und verabschiedete sich mit einem herzlichen Handschlag von Pepin, der ihn bis zur Tür begleitete und ihn mit dem Anflug eines Lächelns wissen ließ, er könne selbstverständlich jederzeit sein Fahrzeug bei der Gendarmerie abstellen, wenn er den Samstagsmarkt besuchte.

SECHS

Zügig verließ Malbec den Parkplatz der Gendarmerie in Richtung Luberon. Der Verkehrsfluss hatte sich normalisiert. Weil ihn das schlechte Gewissen plagte, rief er unterwegs Catherine über die Freisprechanlage an. Diesmal hatte er mehr Glück.

Wirklich gesprächig war sie nicht. Die Verbindung war schlecht, und die Unterhaltung verlief stockend. Catherine berichtete, sie habe ihre Wochenendpläne völlig umgestellt. Den Samstagvormittag habe sie damit verbracht, sich den Fortgang der Arbeiten eines von ihr geplanten Gartens in der Nähe von Le Thor anzusehen. Und später wolle sie nach Nîmes fahren, um einen Ex-Freund zu besuchen, den sie letzte Woche zufällig getroffen hatte. Mit einem »Ich wünsche dir einen schnellen Erfolg bei deinen Ermittlungen« war das Telefonat schon bald beendet.

Malbec war unschlüssig, wie er das Gespräch bewerten sollte, doch dann lenkte ihn der Verkehr auf der kurvenreichen Strecke ab, die ihn hinauf zum Luberon führte, der von einem strahlend blauen Bilderbuchhimmel überspannt wurde.

Die viel befahrene Landstraße, die durch einen Taleinschnitt verlief, spaltete den Bergrücken in zwei ungleiche Teile, die als Grand Luberon und Petit Luberon bezeichnet wurden. Der sanft gebuckelte Gebirgszug, dessen größte Erhebung der tausendeinhundertfünfundzwanzig Meter hohe Mourre Nègre war, war mehr als nur eine schöne Wanderregion. Die Dörfer, die sich an die Hänge des Luberon schmiegten, waren der Inbegriff des provenzalischen Lebensgefühls. Die typischen Vertreter des Landlebens, die ihren Weinberg selbst beackerten, musste man mit der Lupe suchen.

Malbec war bekannt, dass dort zahlreiche Prominente wohnten, darunter der ehemalige französische Kulturminister Jack Lang oder der Schauspieler John Malkovich. In den Sommermonaten gab sich halb Paris ein Stelldichein im Luberon.

Entsprechend groß war das Entsetzen über Peter Mayles Bestsellererfolg »A Year in Provence« gewesen, in denen der ehemalige Werbetexter das provenzalische Landleben verherrlichte. Diverse Fortsetzungen in schneller Folge hatten Mayle reich und berühmt gemacht.

Und die befürchtete Touristenschwemme folgte auf dem Fuß: Ganze Busladungen japanischer und englischer Touristen stürmten durch den Luberon und vor allem durch Mayles damaligen Wohnort Ménerbes. Manchen Leser führte die literarische Spurensuche gar bis in den Garten des Erfolgsautors, der schließlich die Provence entnervt verließ und seine Ruhe auf Long Island suchte, bevor er, von Sehnsucht geplagt, in die Provence zurückkehrte und seinen Lebensabend in einem abgeriegelten Anwesen in der Nähe von Lourmarin verbrachte.

Nostalgisch dachte Malbec daran, dass Peter Mayle vor ein paar Jahren im »Chez Gaby« zufällig an einem Nachbartisch gesessen hatte.

Die von imposanten Felsen eingerahmte Straße verengte sich und erforderte Malbecs ganze Konzentration. Hinter der Combe de Lourmarin, einer beeindruckenden Schlucht, weitete sich das Tal, und die Straße führte bergab. Schon im Mittelalter war ein wichtiger Handelsweg durch dieses felsige Tal verlaufen. Malbec genoss den Ausblick.

Minuten später erreichte er Lourmarin, dessen Wahrzeichen ein wuchtiges, nicht zu übersehendes Renaissanceschloss war, das sich am Rande des Städtchens auf einer kleinen Anhöhe erhob. Lourmarin galt als provenzalisches Traumdorf und gehörte zum erlesenen Kreis der »Plus Beaux Villages de France«.

Als er zufällig einen freien Parkplatz am Rande der Altstadt erspähte, nutzte Malbec die Gelegenheit für einen Zwischenstopp. Er setzte sich in ein Café, bestellte einen *café crème* und beobachtete das muntere Treiben.

Lourmarin hatte Charme, stimmte gelassen. Kein Wunder, dass sich Albert Camus in den fünfziger Jahren vom Geld seines Literaturnobelpreises ein Haus mitten im Herzen des Dorfes gekauft hatte. Fern der von Neid und Missgunst geprägten Pariser Intellektuellenszene sollen ihn die provenzalische Sonne und das Licht mit ihrer überwältigenden Schönheit an das Algier seiner Kindheit erinnert haben. Der Luberon als imaginäre mediterrane Traumlandschaft. Und durch den Garten seines Hauses war ein fahlgrauer Esel stolziert, den er aus Nordafrika importiert hatte; Camus hatte sich in Lourmarin mit seiner Herkunft versöhnt, Frieden gefunden.

Malbec bewunderte Camus' Werke mehr als die von Sartre. Mehrfach hatte er in seiner Jugend »Der Fremde« und »Die Pest« gelesen und sich an der existenziellen Wucht seiner Worte berauscht oder sich nach der Lektüre von »Der Mythos des Sisyphos« den Sinnfragen des Seins gestellt. Später hatte er den Faden wieder aufgenommen, denn die Absurdität menschlichen Denkens und Handelns spiegelte sich nirgendwo so sehr wider wie in moralischen Falltiefen und der Verlorenheit der kriminellen Taten.

Vor mehreren Jahren war er schon einmal auf dem Dorffriedhof von Lourmarin gewesen und hatte das Grab des früh verstorbenen Schriftstellers besucht, der unter einer schlichten, mit einem Lavendelbusch verzierten Steinplatte seine letzte Ruhestätte gefunden hatte. Albert Camus' Leben endete tragisch: Er hatte den Jahreswechsel in Lourmarin verbracht und sich mit Michel Gallimard, dem Neffen seines Verlegers, auf der Rückfahrt nach Paris befunden, als bei dem von Gallimard gelenkten Fahrzeug ein Hinterreifen platzte, das Auto von der Fahrbahn abkam und an einer Platane zerschellte. Camus, der auf dem Beifahrersitz gesessen hatte, war sofort tot gewesen. Besonders dramatisch war, dass Camus bereits das Zugticket nach Paris gekauft hatte, bevor er von Michel Gallimard zur Autofahrt überredet worden war.

Malbec warf einen Blick auf die Uhr und stand auf. Er legte fünf Euro in das schwarze Plastikschälchen mit dem Kassenbeleg und wunderte sich über seine Tischnachbarn, die innerhalb einer Viertelstunde schon die zweite Runde Pastis geordert hatten. Auf dem Weg zum Auto entschied er sich spontan, zum *cimetière* zu fahren.

Die ummauerte Stille des Friedhofs mit den verwitterten Grabsteinen, den vertrockneten Blumenschalen, Marmorgedenktafeln und vergilbten Schwarz-Weiß-Fotos der Verstorbenen ließ ihn melancholisch werden. Nach kurzem Suchen fand er den ihm bekannten Grabstein, auf dem nur die Lebensdaten und der Name des Nobelpreisträgers eingraviert waren. Ein in Zellophan eingewickelter Blumenstrauß lag dekorativ auf dem Grab.

Als Malbec näher kam, bemerkte er, dass die dunkelroten Rosen längst vertrocknet waren. Er ging in die Hocke und gönnte sich den sentimentalen Moment. Doch die Arbeit wartete. Schließlich war er nicht zur literarischen Spurensuche nach Lourmarin gefahren, sondern um Pascal Barré zu vernehmen – jenen Makler, der ihm von Sophie Dupont als potenzieller Kaufinteressent für Trouvac genannt worden war.

Wenn er Glück hatte, war Barré am frühen Samstagnachmittag zu Hause. Wenn er Pech hatte, stand er auf dem Golfplatz oder besuchte ein Weingut. Einen Versuch war es jedoch wert. Zur Fahndung konnte er Barré schwerlich ausschreiben lassen, schließlich gab es keinen begründeten Tatverdacht. Und ihn offiziell ins Präsidium zur Zeugenbefragung einzuladen, würde viel zu lange dauern. Malbec hatte keine Lust, bis Mitte nächster Woche zu warten.

Lourmarin, das sich am Südhang des Luberon erstreckte, gehörte zu den bei Touristen beliebtesten Dörfern der Provence und erfreute sich auch in Kreisen von wohlhabenden Zweithaus-Besitzern großer Beliebtheit. Das historische Zentrum war verkehrsberuhigt.

Malbec wurde von seinem Navigationssystem auf einer Nebenstraße am Renaissanceschloss vorbei zur eingegebenen Adresse geleitet. Unweit des Schlosses stand der Temple de Lourmarin. Die größte reformierte Kirche des Départements mahnte in ihrer Schlichtheit daran, dass Lourmarin zu den bedeutendsten Orten gehörte, in denen sich einst die Waldenser angesiedelt hatten.

Malbec bog in eine Straße ab, die von Häusern mit hohen Grundstücksmauern und blickdichten Hecken gesäumt war, hinter denen sich schmucke Landhäuser versteckten. Der Kies knirschte, als er in der Einfahrt des Hauses vor einem mächtigen Metalltor anhielt. Auf dem Nachbargrundstück bellte ein Hund laut und aggressiv.

Dem Polizeicomputer zufolge waren Pascal Barrés Firmen- und Privatadresse identisch. Am Briefkasten fand sich kein Namensschild, einzig eine Hausnummer mit geschwungenen Ziffern diente als Orientierung, dafür prangten die Initialen »PB« in goldenen Lettern an dem mit Kupfer beschlagenen Eingangstor.

Malbec stieg aus dem Auto. Eine hohe Bruchsteinmauer schirmte neugierige Blicke ab, nur das Dach des Hauses und ein paar Zypressenspitzen ragten hervor. Er rümpfte die Nase und dachte daran, dass sich Catherine stets vehement geweigert hatte, Zypressen zu pflanzen. Keine Palmen, keine Zypressen in der Provence – das gehörte zu ihrem Credo als Landschaftsgärtnerin.

Malbec drückte auf die Klingel, neben der die Linse einer Kamera herauslugte, trat einen Schritt zurück und wartete. Es dauerte, bis durch die Gegensprechanlage ein schroffes »*Oui?*« ertönte.

»Monsieur Barré?«

»*Oui.*«

»Capitaine Malbec von der Gendarmerie nationale. Ich bin untröstlich, dass ich Sie aus ermittlungstechnischen Gründen stören muss.«

»Welche Ermittlungen?«, raunzte Barré in einer Tonlage, die Malbec gar nicht gefiel.

»Das würde ich Ihnen gern von Angesicht zu Angesicht mitteilen.«

»Muss das sein?«

»Nicht unbedingt. Ich kann Sie auch morgen Vormittag ins

Präsidium nach Carpentras einbestellen, wenn Ihnen das lieber ist.«

Ein genervtes Schnaufen erklang. »Warten Sie, ich komme.« Zu Malbecs Ärger ließ Barré ihn minutenlang in der Einfahrt stehen. Dann öffnete er das Tor unwillig schulterbreit.

Die Beschreibung mit dem Stiernacken traf zu. Barré, dessen verbliebene Kopfhaare auf wenige Millimeter gestutzt waren, hatte in seinen jüngeren Jahren vermutlich Bodybuilding betrieben – aber die Muskelmasse wurde inzwischen von einer Fettschicht überlagert. Ein dunkelblaues Poloshirt mit dem bekannten Krokodilemblem spannte sich über seiner Brust und an den muskulösen Oberarmen. Am Handgelenk reflektierte eine protzige Uhr die Sonnenstrahlen.

Barré lehnte sich mit seiner linken Schulter betont lässig an die Mauer und erkundigte sich gelangweilt nach Malbecs Dienstausweis.

»Was wollen Sie von mir, Capitaine? Bin ich zu schnell gefahren?«

Malbec hielt ihm seine Polizeimarke entgegen.

Barré kniff die Augen zusammen. »Ist die echt?«

»Wenn ich richtig informiert bin, sind Sie in der Immobilienbranche tätig?«, fragte Malbec, ohne auf die Provokation einzugehen.

»Wer hat Ihnen denn das verraten?« Barrés Körpersprache brachte seinen Missmut unübersehbar zum Ausdruck.

»Haben Sie sich auf eine bestimmte Immobiliensparte spezialisiert?«

»Ich habe mich darauf spezialisiert, Geld zu verdienen.«

»Oh, das hört sich nach einem vielversprechenden Geschäftsmodell an.«

»Das ist es auch. Sehen Sie sich um …« Barré breitete die Arme aus und verwies auf sein Anwesen. »Es scheint zu funktionieren.«

»Sind Sie derzeit auf der Suche nach kleinen, authentischen provenzalischen Dörfern?« Malbec war bemüht, sich nicht aus der Ruhe bringen zu lassen, während er angesichts des imposanten Oberarmumfangs die Überlegung anstellte, dass es für einen Mann wie Barré nicht schwer sein dürfte, einen Menschen über eine Mauer zu stoßen.

»Wenn die Provision stimmt, verkaufe ich auch Lagerhallen, aber ich glaube nicht, dass Sie eine Immobilie zum Verkauf anpreisen möchten.«

»Nein, das beabsichtige ich nicht.«

»Das dachte ich mir.«

»Was würden Sie sagen, wenn ich Ihnen stattdessen ein ganzes Dorf anbieten würde?«

Barré warf seinen Kopf provokant in den Nacken und schnaufte. »Wie kommen Sie dazu? Denken Sie an ein bestimmtes?«

»Wie mir zu Ohren gekommen ist, sind Sie unlängst in Trouvac gewesen. Aber ...«, Malbec zögerte den Satz hinaus, »Sie sollen dort nicht wohlgelitten gewesen sein.«

»Das ist im Prinzip richtig – ich wurde schon freundlicher empfangen.«

»Es gibt Zeugen, die berichten, Sie hätten sich mit Monsieur Steger, dem Eigentümer des Dorfes, gestritten.«

»Streit würde ich es nicht nennen.«

»Sondern?«

»Wir haben über die Höhe meines Angebots diskutiert.«

»Ah, die Höhe Ihres Angebots – das klingt interessant.«

»Warum fragen Sie überhaupt danach? Ist es etwa verboten, Geschäfte mit Immobilien zu machen?«

»Keineswegs. Aber wenn der potenzielle Geschäftspartner sich dem Gesuch entschieden verweigert und wenig später tot aufgefunden wird, schiebt sich über diese vermeintlichen Geschäftsbeziehungen ein dunkler Schatten.«

»Was ...«, Barré kniff die Augen zusammen, »der alte Kauz ist tot?«

»Und er kam nicht unter natürlichen Umständen ums Leben. So viel steht definitiv fest.«

»Nun wird mir einiges klar. Soll das heißen, Sie verdächtigen *mich*?«, fragte er und drückte das Tor zur Hälfte auf.

»›Verdächtigen‹ ist ein schweres Wort. Sagen wir mal, ich interessiere mich für Sie, da Sie zum Kreis jener Personen gehören, die mit Monsieur Steger in den Tagen vor seinem Tod Kontakt hatten.«

Barrés Schläfen pochten.

»Was hat Sie nach Trouvac geführt?«

»Zu meinen Klienten gehört die Tochterfirma eines europaweit agierenden Touristikunternehmens, das historische Anwesen aufkauft und sie unter dem Namen ›Club Authentic Vacances‹ als Nobelferiendomizile für einige Tage oder Wochen an gut situierte Gäste vermietet. Geboten werden viel Komfort und Luxus, verpackt in einer historischen Hülle.«

»Warum stellen sie kein Feriendorf auf die grüne Wiese?«

»Das entspräche nicht den Vorstellungen unserer potenziellen Urlaubsgäste. Gefragt ist Luxus in Verbindung mit Authentizität. Am Fuß der Pyrenäen und in den Cevennen betreibt CAV bereits zwei Dörfer dieser Art. Abgestimmt auf eine exklusive Klientel. Aus diesem Grund bin ich viel in der Region unterwegs und suche geeignete Objekte. Ein arbeitsintensives Unterfangen. So war ich beispielsweise erst vor ein paar Wochen in Vieil Aiglun, einem unweit von Digne-les-Bains gelegenen Weiler in der Haute-Provence. Das Areal, zu dem sogar eine Kapelle gehört, ist von den Eigentümern sehr schön renoviert worden und besitzt eine herrliche Lage auf einem Bergvorsprung mit Panorama auf das Tal der Bléone – leider ist Vieil Aiglun zu klein, um den Ansprüchen von CAV zu genügen.«

»Mich interessiert vor allem, was Sie nach Trouvac geführt hat«, wiederholte Malbec.

»Über eine Bekannte, die dort eine Ausstellung besucht hat, habe ich durch Zufall von Trouvac erfahren. Neugierig geworden, unternahm ich einen Abstecher in die Berge und war von der Szenerie sehr angetan. Das Dorf ist für meinen Auftraggeber bestens geeignet. Es hat nahezu die ideale Größe für so ein Projekt. Kein Denkmal-, nur Ensembleschutz, sodass man als Investor relativ frei schalten und walten kann. Dann habe ich mir das Grundbuch angesehen und Monsieur Steger aufgesucht. Freundlich habe ich ihn gefragt, ob er an einem Verkauf von Trouvac interessiert sei. Ich schilderte ihm die Pläne des Investors, sicherte ihm den Erhalt des gesamten Dorfensembles zu und beschrieb die möglichen Restaurierungs- und Erweiterungsmaßnahmen in den schönsten Farben, doch leider bin ich bei ihm auf Granit gestoßen.«

»Wie hat er auf Ihre Pläne reagiert?«

»Er hat mein Angebot zurückgewiesen und mir erklärt, dass in dem Weiler nie mehr als fünfzig Menschen gleichzeitig gelebt hätten. Dieser Dorfcharakter solle niemals zerstört werden. Aber so schnell gebe ich nicht auf. Also fuhr ich wenige Tage später erneut zu Monsieur Steger und stellte ihm dreieinhalb Millionen Euro in Aussicht, wenn er Trouvac verkaufen würde. Das Dorf hat Potenzial. Leider brachliegendes Potenzial – wer will denn heute noch in einer alternativen Künstlerkommune leben? Und dreieinhalb Millionen Euro sind eine ganze Stange Geld. Ich bin damit bis an die Schmerzgrenze gegangen. Doch was hat mir dieser Sturkopf entgegnet? Er meinte nur lapidar, seine Kinder würde er auch nicht verkaufen und damit sei das Thema für ihn erledigt.«

»Haben Sie ihn bedrängt?«

»Keineswegs. Ich habe nur versucht, Überzeugungsarbeit zu leisten.«

»Ist Ihre Überzeugungsarbeit etwas heftig ausgefallen?«

»Möglich, als Makler lebe ich schließlich von der Provision. Und der Club zahlt im Erfolgsfall großzügige Provisionen. Besondere Aufgaben erfordern daher ungewöhnliche Methoden – was soll daran verwerflich sein?«

»Verwerflich – das ist es nicht, allerdings kann man Ihr Vorgehen auch als anmaßend oder gar übergriffig empfinden. Wie auch immer, ich muss Ihnen die Frage stellen, wo Sie am Abend und in der Nacht von Donnerstag auf Freitag gewesen sind.«

»Ernsthaft?«

»Todernst.«

»Ich bin hier in unserer Villa in Lourmarin gewesen. Das wird Ihnen meine Frau gern bestätigen. Marie!« Barré wandte sich in Richtung Haus, aber es kam keine Antwort.

»Kommen Sie mit«, forderte er Malbec schließlich auf und öffnete das Tor. »Befragen Sie meine Frau doch selbst.« Er ging breitbeinig voraus.

Malbec folgte ihm und warf aus den Augenwinkeln einen Blick auf den gepflegten Garten mit den Terrakottablumentöpfen und dem in der Provence obligatorischen Pool.

»Pascal, weshalb schreist du denn so?« Eine üppige Blondine trat mit tippelnden Schritten und einem knappen weißen Rüschenrock vor die Haustür. Malbec wunderte sich, dass Marie Barré sogar an einem Samstagnachmittag in den eigenen vier Wänden mit Stöckelschuhen umherstolzierte.

»*Chérie*, könntest du bitte diesem netten Herrn von der Gendarmerie nationale erzählen, was ich von Donnerstagabend bis Freitagmorgen gemacht habe?«

»Donnerstagabend?« Sie dachte nach und strich sich dabei den Rock glatt. »Da hast du eine Familienpizza vom Imbissstand geholt, *prosciutto e funghi* – wie immer. Dazu haben wir uns eine Flasche Côtes du Rhône Villages gegönnt. Nach dem Essen haben wir uns zwei – oder waren es drei? – Episoden von ›Marseille‹ angesehen, Sie wissen schon, diese Netflix-Serie, in der Gérard Depardieu einen in Intrigen und Skandale verstrickten Bürgermeister von Marseille spielt. Und dann«, sie kicherte gekünstelt, wobei ihre Gesichtszüge seltsam statisch blieben, »dann habe ich meinen Mann ein wenig verwöhnt.«

Marie Barré war zweifellos eine attraktive Frau – jedenfalls aus der Sicht jener Männer, die eine große Oberweite und lange blonde Haare als wichtige weibliche Attribute erachteten.

Während Malbec die Aussage für sich bewertete, legte Pascal Barré demonstrativ den rechten Arm um die schlanke Taille seiner Frau und bekundete mit dem Brustton der Überzeugung:

»Sie glauben doch nicht ernsthaft, dass ich mitten in der Nacht nach Trouvac hinauffahre, um jemanden umzubringen?«

»Ich glaube gar nichts, versichere Ihnen aber, dass ich einstweilen keine Fragen mehr habe.« Malbec verabschiedete sich mit einem angedeuteten Kopfnicken.

»Dann bin ich ja beruhigt. Ach, eines würde mich noch interessieren«, rief Barré ihm hinterher. »Wissen Sie zufällig, wer Trouvac erben wird?«

✳ ✳ ✳

In Gedanken versunken, saß Malbec in seinem Auto, nahm sein Portable in die Hand und überflog die zwischenzeitlich eingegangenen Mails und Textnachrichten. Eine Mail mit dem Betreff »Philippe Dupuis« und dem Hinweis auf ein Gerichtsverfahren gegen Dupuis beflügelte seine Phantasie.

Er startete den Motor und fuhr schwungvoll rückwärts aus der Einfahrt hinaus. Nachdem er das Ortsschild von Lourmarin hinter sich gelassen hatte, drückte er das Gaspedal durch und schaltete das Radio ein. Genervt von aggressiven Werbejingles und bemühten Witzen, die mit eingeblendeten Lachern unterlegt waren, zappte er zwischen den Sendern hin und her. Er begeisterte sich weder für »France Bleu Vaucluse« noch für »Rire & Chansons«. Schließlich blieb er bei »France Culture« hängen.

Zufällig wurde in dem wortlastigen Kultursender eine neue Krimiserie vorgestellt, die ausschließlich im 19. Pariser Arrondissement gedreht worden war. Von besonderer Realitätsnähe und faszinierendem Alltagscharme jenseits des touristischen Paris war in dem euphorischen Kommentar die Rede.

Das weckte Malbecs Erwartungen. Im Fernsehen fuhren die Kommissare immer mit dem Auto am Arc de Triomphe und an anderen bekannten Sehenswürdigkeiten vorbei, soffen oder prügelten sich, manchmal trieben sie auch Sport, aber er erinnerte sich nicht, jemals einen Ermittler beim Staubsaugen oder Zähneputzen gesehen zu haben.

Er hingegen wusste, dass er sich selbst versorgen musste, wollte er in Trouvac nicht hungrig ins Bett gehen. Vorausschauend steuerte er einen Supermarkt an, um sich mit Verpflegung einzudecken. Im Film würde der Polizist an farbenfrohen Marktständen vorbeischlendern, mit Kennerblick die reifsten Tomaten auswählen und am Käsestand die lokalen Produkte verkosten.

Die Realität sah anders aus: Malbec lief im Eilschritt durch die Regalreihen und füllte seinen roten Einkaufskorb mit Camembert, fingerdünnen Minisalamis und eingelegten Oliven, die in praktischen Plastikverpackungen eingeschweißt waren.

Kurz hinter der Kasse vibrierte sein Mobiltelefon. Auf dem Display erschien Chantals Nummer. In der Hoffnung auf neue Erkenntnisse nahm er den Anruf neugierig entgegen.

»Schön, dass du dich meldest, Chantal!«

»Sei gegrüßt, Olivier. Wo treibst du dich herum?«

»Momentan stehe ich auf einem Supermarktparkplatz, bevor ich nach Trouvac zurückfahre. Irgendwo muss man ja sein Wochenende verbringen«, fügte er sarkastisch hinzu.

»Immerhin hast du Tageslicht, während ich meinen Samstag im Neonlicht unseres Labors am Mikroskop verbracht habe. Doch jetzt ist Schluss. Anne erwartet mich schon in Marseille, und wir wollen heute Abend am Cours Julien um die Häuser ziehen.«

»Da werde ich fast neidisch.« Das für seine vielen Graffiti und Kneipen bekannte Szeneviertel hatte Malbec aus seiner Zeit bei der Drogenfahndung in Marseille gut in Erinnerung. »Was hast du herausgefunden?«

»Es war uns möglich, auf Stegers Kleidung die DNA von drei Personen, einer Frau und zwei Männern, zu isolieren. Das muss nichts bedeuten und kann auch von zufälligen Begegnungen oder einer Umarmung stammen. Ich habe die Ergebnisse durch den Computer laufen lassen und mit den Daten der zentralen Datenbank der FNAEG abgeglichen: Übereinstimmungen mit bis dato bekannten straffälligen Personen sind leider nicht aufgetaucht.«

»Wäre auch zu schön gewesen.«

»Ebenso wenig gibt es eine genetische Übereinstimmung zwischen den drei unbekannten Personen und Dieter Steger.«

»Damit wären Nathan und Sarah entlastet«, schlussfolgerte Malbec.

»Richtig. Es deutet auch nichts auf Kampfspuren hin. Unter den Fingernägeln des Toten ließ sich jedenfalls keine fremde DNA feststellen. Auffällig ist ein großer, in den schönsten Farben schillernder Bluterguss auf der rechten Seite des Brustkorbs, der drei oder vier Tage alt sein dürfte. Der Erguss könnte auch von einem Sturz herrühren, beim Röntgen wurde kein Rippenbruch diagnostiziert.«

»Interessant.«

»Der Schlag auf den Hinterkopf wurde mit einem Holzknüppel oder einem Holzscheit durchgeführt. In der Wunde wurden mehrere Splitter lokalisiert, die darauf hindeuten, dass es sich um eine Tatwaffe aus naturbelassenem Holz handelt.«

»Also kein versiegelter Baseballschläger oder Ähnliches?«

»Genau. Du erinnerst dich, dass beim nächstgelegenen Haus neben dem Eingang ein Stapel mit Kaminholz aufgeschichtet war?«

»Vage.«

»Vorsorglich habe ich von dort ein Holzscheit mitgenommen und im Labor mit den Splittern verglichen. Beide stammen vom selben Baum. Es ist eine Flaumeiche, die in diesem Teil der Provence heimisch ist.«

»Super Arbeit. Das wird uns voranbringen.« Malbec wertete dies als Indiz für die These, dass der Mord nicht geplant gewesen war.

»Für alle Fälle habe ich Blütenstaubpartikel isoliert. Man weiß ja nie, wofür die später noch benötigt werden.«

»Gut.« Malbec hatte einen Bericht über die zunehmende Bedeutung der forensischen Pollenanalyse gelesen. Blütenstaub konnte so individuell sein wie ein Fingerabdruck. Tatorte ließen sich damit geografisch sehr genau eingrenzen. Mehrfach wurden in den letzten Jahren Kriminalfälle mit Hilfe der Blütenstaubanalyse aufgeklärt.

»Mittlerweile habe ich auch das Obduktionsergebnis der Gerichtsmedizin vorliegen. Es birgt durchaus Überraschungen.«

»Lass hören.«

»Dem toxikologischen Befund zufolge waren im Blut des Opfers Rückstände von Cannabis nachweisbar.«

»Das überrascht mich nicht.« Malbec erzählte Chantal von dem Marihuanavorrat, den er in Dieter Stegers Haus gefunden hatte.

»Wahrscheinlich weißt du auch schon, dass unser Toter Prostatakrebs hatte.«

»Aber daran stirbt man nicht so schnell. Mein Onkel wurde trotz Prostatakrebs steinalt.«

»Das ist richtig, bei Stegers Karzinom handelte es sich jedoch um einen aggressiven Typus im fortgeschrittenen Stadium. Länger als ein oder höchstens zwei Jahre hätte er nicht mehr gelebt, behauptet unser Médecin légiste.«

»Wer bringt einen Schwerkranken um?«, fragte Malbec. »Ich nehme an, der Täter wusste nichts von der Krebserkrankung.«

»Dafür spricht einiges. Das Karzinom bietet Raum für Spekulationen. Ich hoffe, dir helfen diese Hinweise.«

»Doch, durchaus.«

»Ansonsten gibt es eine Blinddarmoperation und einen schlecht verheilten Wadenbruch zu vermerken – beide Vorfälle haben sich vor Jahrzehnten ereignet. Alkohol war auch nicht im Spiel. Der Promillewert im Blut ist so gering, dass man ihn vernachlässigen kann. Im Magen fanden sich noch Reste von Weißbrot und Blutwurst, zudem von in Olivenöl gebratenem Gemüse – ich tippe auf Ratatouille. Das war die Kurzversion.«

»Ich danke dir einstweilen für deine Hilfe.«

»Klar, gern geschehen.«

»Dann wünsche ich dir ein schönes Wochenende, Chantal. Übrigens: Solltest du heute Abend im ›Petit Nice‹ vorbeischauen, richte Richard herzliche Grüße von mir aus. Er ist ein toller Typ. Kennst du ihn zufällig?«

»Leider nicht, und wenn ich ehrlich bin, kenne ich nicht einmal das ›Petit Nice‹ – ich wohne ja erst seit ein paar Monaten in Marseille.«

»Stimmt, daran habe ich nicht gedacht. Du solltest dieses Versäumnis unbedingt nachholen: Richard Caramanolis ist ein ehemaliger Boxchampion und seine Eckkneipe an der Place Jean Jaurès eine Institution. Sind nur fünf Gehminuten vom Cours Julien. Ich bin mir sicher, es wird dir dort gefallen.«

***

Der Verkehrsstau rund um Apt hatte sich aufgelöst – was dem Umstand geschuldet war, dass die Marktstände abgebaut und Händler wie Kunden längst abgereist waren. Malbec fuhr nicht auf dem direkten Weg nach Trouvac, sondern unternahm noch einen Abstecher nach Saint-Saturnin-lès-Apt, um Charles Monod einen Besuch abzustatten.

Er kannte den Ort von zwei oder drei früheren Besuchen und erinnerte sich, dass sich das Dorf an einen lang gestreckten Bergrücken schmiegte. Das letzte Mal war er hinauf zu den Ruinen eines mittelalterlichen Châteaus spaziert, zu dem wuchtige Festungsmauern und eine Kapelle gehörten. Wer auf dem Felskamm entlanglief, kam an einem künstlichen Staubecken vorbei und gelangte schließlich zu einer Windmühle, die als markanter Blickfang diente und vom Tal aus gut zu sehen war. Sie war ein typisches Beispiel für die traditionellen provenzalischen Mühlen, da ihr zurückspringender Dachstuhl dem Mistral nur wenig Angriffsfläche bot. Gourmets pilgerten zum Denkmal des hier geborenen Joseph Talon, der als Vater des modernen Trüffelanbaus galt und stets beteuert hatte: »Wenn Sie Trüffel ernten wollen, müssen Sie Eichen pflanzen.«

In Saint-Saturnin-lès-Apt angekommen, musste sich Malbec erst einmal orientieren: Die Police municipale war nicht wie oft üblich dem Hôtel de Ville angegliedert, sondern in einem gesichtslosen Bau aus den achtziger Jahren am unteren Rande des Ortes untergebracht. Wahrlich kein repräsentativer Anblick: Eingeklemmt zwischen Pharmacie und Kindergarten, war die Polizeistation von Wind und Wetter gezeichnet. Der Putz blätterte ab, und die braune Fassade hätte fraglos dringend einen neuen Anstrich gebraucht. Wahrscheinlich war in der Gemeindekasse das Geld knapp geworden, sodass die Renovierung mehrfach hatte verschoben werden müssen.

Als Malbec das Gebäude betrat, überkam ihn ein Anflug von Mitleid, der sofort erstarb, als er an seine eigenen Büroräume dachte. Das Commissariat in Carpentras besaß den unverwüstlichen Charme einer Flüchtlingsunterkunft.

Monods mürrischer Gesichtsausdruck hellte sich auf, als er seinem unangekündigten Besuch die Tür öffnete. »Schön, dass Sie vorbeikommen, Capitaine. Ich wollte Ihnen von meinen Ermittlungen berichten und habe mir schon überlegt, nach Trouvac hinaufzufahren.«

»Den beschwerlichen Weg können Sie sich glücklicherweise sparen«, entgegnete Malbec lächelnd.

»Ja, durchaus.« Monod grinste breit und forderte Malbec auf, ihm in sein Büro zu folgen.

»Setzen Sie sich bitte.« Er rückte einen hellblauen Resopalstuhl zurecht, der noch aus dem Vorgängerbau zu stammen schien.

Bei der Police municipale gab es keine Spur von Steuerverschwendung. Auch die restliche Büroeinrichtung war sichtlich in die Jahre gekommen, aber immerhin stand ein halbwegs modern aussehender Computer auf dem Schreibtisch.

»Sie sehen mitgenommen aus, wenn ich mir die Bemerkung erlauben darf.«

»Ich habe mich über meinen Bürgermeister geärgert«, erklärte Monod und strich sich über seinen Schnauzbart.

»Warum das?«

»Er hat von dem Mord erfahren und befürchtet nun, dass der

Vorfall negative Auswirkungen auf den Ruf seiner Gemeinde haben könnte.«

»Wie kommt er zu dieser Annahme?«

»Er ist verständlicherweise nervös. Die Bürgermeisterwahlen finden in ein paar Wochen statt, und er hat Angst, dass sein Gegenkandidat vom Rassemblement National den Mord im Wahlkampf thematisiert, um die Gunst der Wähler zu gewinnen.«

»Und was wirft er Ihnen vor?«

»Nichts Konkretes, indirekt macht er mich dafür verantwortlich, dass der Täter noch nicht hinter Schloss und Riegel sitzt und so Touristen verschreckt. Er sieht seine Wiederwahl gefährdet.«

Malbec legte die Stirn ungläubig in Falten.

»Ist letztlich halb so wild«, beteuerte Monod. »Und sollte der Rassemblement National wider Erwarten doch ins Rathaus einziehen, kündige ich umgehend. Mit dem rechten Pack werde ich nicht zusammenarbeiten – lieber suche ich mir eine andere Wirkungsstätte.«

Malbec fühlte sich in seiner Wertschätzung für Charles Monod bestätigt.

»Erzählen Sie, wie kommen Sie voran?«

»Wie man es nimmt«, sagte Malbec ausweichend. »Es gibt vage Verdachtsmomente im familiären Umfeld und gegen einen Immobilienmakler. Noch ermittle ich offen in alle Richtungen. Haben Sie mit Jules Bourcart gesprochen?«

»Ich bin zu ihm hinaufgefahren. Was gar nicht so einfach war, da sein Bauernhof ziemlich abgeschieden in einem Nachbartal von Trouvac am Ende einer langen, holprigen Schotterstraße liegt. Dieser Bourcart ist ein störrischer Typ, einer von der Sorte Männer, die lieber ein Wort zu wenig als eins zu viel verlauten lassen. Wahrscheinlich ist es die Einsamkeit der kargen Bergregion, durch die man zum Eigenbrötler wird. Wer den ganzen Tag mit einer Schafherde verbringt, der braucht wohl auch sonst niemanden zum Reden.«

Monod schnäuzte sich, und Malbec erinnerte sich, dass der schweigsame Schafzüchter zu den beliebten Stereotypen gehörte.

»Wie auch immer, die Familie von Bourcart ist dort schon seit Generationen ansässig und hat sich über all die Jahrzehnte mehr schlecht als recht durchgeschlagen. Reichtümer waren in den karstigen Hügeln nicht zu erwirtschaften, dafür war das Land zu trocken, und der Boden hat zu wenig hergegeben. Ein paar Jahre hat er es halbherzig mit dem Lavendelanbau versucht. Ein mühsames Geschäft. Da Bourcart und seine Frau kinderlos geblieben waren, wurde im Dorf spekuliert, wie lange sie den Hof wohl noch bewirtschaften würden, schließlich waren die beiden auch schon jenseits der siebzig. Daher hat Bourcart die meisten seiner Schafe vor zwei Jahren verkauft. Einen Nachfolger zu finden, ist schwer.«

»Das kann ich mir vorstellen.«

»Früher hat er eine florierende Schafzucht mit ein paar hundert Muttertieren betrieben. Es wird gemunkelt, er habe heimlich mit einem Züchter aus der Nähe von Sisteron zusammengearbeitet. Der habe Bourcarts Lämmer unter dem berühmten Sisteron-Label verkauft – was für beide finanziell lohnend gewesen sei. Keine Ahnung, ob die Geschichte stimmt, aber Bourcart hat den Ruf, ein ausgekochtes Schlitzohr zu sein. Jahrzehntelang waren er und seine Frau die Einzigen, die oben in den Bergen Schafe gezüchtet haben, und dann kam auf einmal dieser junge Deutsche an und beanspruchte Weidegründe für seine Herde. Jahrelang haben sie sich um Gemarkungen sowie den Zugang zu den Wasserlöchern und Weideplätzen – bis hin zur Prügelei – gestritten. Einmal wurde Bourcart sogar von Steger angezeigt, da er ihn verdächtigt hatte, für den Schwund von Jungtieren verantwortlich zu sein. Während Bourcart behauptet hat, die Tiere seien einem wildernden Hund zum Opfer gefallen oder hätten sich verlaufen, da Steger seine Herde nicht im Griff habe, hat ihm Dédé unterstellt, er habe seine Lämmer heimlich abtransportiert und verkauft. Mit anderen Worten: Die beiden hatten alles andere als eine harmonische Beziehung. Als Dieter Steger dann vor über zehn Jahren die Schafzucht aufgab, hörten die Streitereien auf. Die alte Feindschaft bestand fort. Wenn sie sich zufällig in den Hügeln oder auf dem Wochenmarkt begegnet sind, haben sich die beiden Sturköpfe stoisch ignoriert. Sie wären niemals miteinander ein Glas Wein trinken gegangen.

»Eine typische Nachbarschaftsfehde«, kommentierte Malbec.

»Als Mörder kommt Jules Bourcart aus einem ganz anderen Grund nicht in Betracht: Am Donnerstagabend ist seine Frau im Krankenhaus von Apt den Folgen eines Herzinfarkts erlegen. Er hatte andere Sorgen und Probleme, als nach Trouvac zu fahren und seinen alten Widersacher zu töten.«

»Danke für Ihren ausführlichen Bericht«, entgegnete Malbec, der Jules Bourcart ohnehin nicht zum engeren Täterkreis gerechnet hatte und sich in dieser Vermutung bestätigt sah.

»Darf ich Ihnen etwas zu trinken anbieten?«, fragte Monod höflich.

»Gern.«

»Kaffee oder Wasser?«

»Ein Glas Wasser wäre mir lieber.«

Monod stand auf und holte zwei Gläser und eine Mineralwasserflasche.

»Ich hoffe, Sie mögen *eau gazeuse*?«

»Ja, danke, ich trinke gern mit Sprudel.«

»Bitte – bedienen Sie sich.« Monod stellte die Flasche auf den Tisch.

Malbec schenkte das Glas randvoll ein und leerte es mit kräftigen Schlucken.

»Lässt sich – sieht man von Jules Bourcart ab – der Mord mit einem anderen Ereignis aus der lokalen Vergangenheit in Verbindung bringen?«, fragte er, nachdem er seinen Durst gelöscht hatte.

Monod kratzte sich bedächtig am Kinn. »Vor etlichen Jahren gab es mal Ärger zwischen Steger und Denis Trudez.«

Malbec beugte sich interessiert vor.

»Trudez ist der Neffe von Anne Courtet, die zusammen mit ihrem früh verstorbenen Mann François Courtet mehrere Häuserruinen in Trouvac besessen hat«, erklärte Monod. »Nach Annes Tod hat Trudez als Erbe der früheren Eigentümerin seine Ansprüche angemeldet. Er hat behauptet, Monsieur Steger habe den Immobilienbesitz seiner Tante und seines Onkels seinerseits unter Vorspiegelung falscher Tatsachen zu günstig erworben. Keine Ahnung, wer ihm diesen Floh ins Ohr gesetzt hat. Jedenfalls wollte er Steger deswegen verklagen. Es wird erzählt, er habe ihn einmal in Saint-Saturnin-lès-Apt auf dem Dorffest aggressiv beschimpft und beschuldigt, ihn um einen Teil seines Erbes betrogen zu haben.«

»Und was passierte dann?«

»Trudez ist, wenn ich mir die Bemerkung erlauben darf, nicht ganz der Hellste, und wenn er zu viel getrunken hat, redet er sich schnell einmal um Kopf und Kragen. Aber letztendlich hat er doch noch auf die Ratschläge eines guten Freundes gehört und seine Klage zurückgezogen.«

»Das wäre sonst ein aussichtsloses und kostspieliges Unterfangen gewesen. Ein Zusammenhang mit dem Mord an Dieter Steger erscheint mir auch mit viel Phantasie als unwahrscheinlich. Stegers Tod hätte Trudez auf dem Weg zu seiner Wunschimmobilie keinen Schritt weitergebracht«, schlussfolgerte Malbec.

»Da will ich Ihnen nicht widersprechen, aber Sie hatten mich ja gebeten, von ungewöhnlichen Ereignissen aus der Vergangenheit zu berichten. Ein Bezug zu einem anderen Vorkommnis ist auch weit hergeholt.«

»Ich bin neugierig, erzählen Sie mir von dem Vorfall.«

»Vor mehr als zwanzig Jahren, das war weit vor meiner Zeit als Chef de Police, gab es in den Hügeln oberhalb von Trouvac schon einmal einen rätselhaften Todesfall. Ich wusste davon nur vom Hörensagen, doch nun habe ich mir interessehalber die alten Unterlagen ausführlich angesehen. Der Fall ist sehr gut dokumentiert, schließlich handelt es sich um den einzigen, noch dazu ungeklärten Mord, der sich in den letzten Jahrzehnten auf dem Territorium unserer Gemeinde ereignet hat.«

Malbec spitzte die Ohren.

»Zwei Wanderer hatten sich bei einer Frühjahrstour in den Hügeln ein paar Kilometer von Trouvac entfernt verlaufen. Bei dem Versuch, den richtigen Weg zu finden, sind die beiden über Stock und Stein den Berg hinaufgeklettert. Zufällig stießen sie dabei an einer schwer zugänglichen Stelle auf menschliche Rippenknochen, die aus der Erde ragten. Wie später rekonstruiert wurde, hatten schwere Regenfälle in den Tagen zuvor Teile der Leiche, die zu einem Mann gehörten, freigespült. Die Polizei wurde verständigt, und die Spurensicherung rückte an, um den Leichnam zu exhumieren. Das ganze Programm, an einer schwer zugänglichen Stelle mitten im Wald. Der Abtransport der Leiche erfolgte mit dem Helikopter, den man erst von der Bergrettung aus den Hautes-Alpes anfordern musste, die Erfahrung mit der Bergung verunglückter Skifahrer aus unwegsamem Terrain hatte. Die Obduktion hat ergeben, dass der Mann aufgrund massiver Gewalteinwirkung ums Leben gekommen ist. Es wurden ein Bruch des rechten Schulterblatts und Schädelverletzungen diagnostiziert, die auf heftige Schläge zurückzuführen waren.«

Monod stockte, seine Nasenflügel zitterten, dann musste er dreimal heftig niesen. »Entschuldigung.«

»Kein Problem, ich hoffe, Sie haben sich nicht erkältet.«

Der Chef de Police schnäuzte sich kräftig und fuhr fort: »Obwohl sofort eine Sonderkommission zusammengestellt wurde, sind die Ermittlungen letztlich im Sande verlaufen. Der Gerichtsmediziner hat in seinem Bericht vermerkt, dass die Leiche schon über drei Jahre zuvor im Wald vergraben worden sein musste – was den stark skelettierten Zustand erklärte.«

»In welchem Jahr wurde der Tote gefunden?«

»Im April 1996.«

»Das würde bedeuten, der Mord hat sich im Jahr 1992 ereignet.«

»Davon ist auszugehen.«

»Wurde der Mann auch im Wald ermordet?«

»Das ließ sich nicht mehr genau rekonstruieren, aber die Ermittler vermuteten, dass er absichtlich an dieser entlegenen Stelle verscharrt wurde. Er trug keine Ausweispapiere bei sich, und bis auf einen Silberring fanden sich keine persönlichen Gegenstände, die eine Identifizierung ermöglicht hätten. Ungewöhnlich waren Spuren einer früheren Schussverletzung, die an seinem rechten Oberarmknochen festgestellt wurde. Die forensische Pathologie hat zudem ermittelt, dass der Tote einen Meter achtzig groß war und höchstwahrscheinlich aus Nordeuropa stammte. Die stark verwitterten Reste seiner Bekleidung ließen keine genauere Bestimmung seiner Herkunft zu. Die Jeans, das T-Shirt und die Turnschuhe sollen in ganz Europa vertriebene Markenprodukte gewesen sein. Das Alter des Mannes wurde auf Mitte oder Ende dreißig geschätzt. Ein Suizid oder ein Unfall wurde laut Obduktionsbericht definitiv ausgeschlossen. Als Todesursache galten gezielte Schläge auf die Schädeldecke. Auf eine gewalttätige Auseinandersetzung deutete auch der Bruch der Elle am linken Unterarm hin, eventuell infolge einer Abwehrbewegung.«

»Könnte der Knochenbruch theoretisch auch post mortem beim Transport oder seiner Beerdigung erfolgt sein?«

»Das lässt sich nicht ausschließen.« Monod trank einen Schluck Wasser und benetzte seine Lippen. »Trotz intensiver Nachforschungen ist es den Ermittlern nicht gelungen, einen Zusammenhang zu aktenkundigen Vermisstenfällen in der Provence oder ähnlichen Gewaltverbrechen in der Region herzustellen. Der Abgleich des Zahnstatus wurde erfolglos an alle Zahnarztpraxen im Département geschickt. Selbst die Fernsehsender haben über den mysteriösen Fall berichtet. Befragungen in Saint-Saturnin-lès-Apt und den umliegenden Weilern und Gehöften haben ebenfalls keine nennenswerten Hinweise erbracht. Übrigens wurden damals nicht nur Dieter Steger und seine Frau Vivienne, sondern auch die Eheleute Bourcart vernommen, wie den Akten zu entnehmen ist. Auch Verbindungen zur organisierten Kriminalität ließen sich nicht bestätigen. Obwohl umfangreich ermittelt wurde, blieb die Identität des Toten ungeklärt. Nach einem halben Jahr wurde die Sonderkommission aufgelöst, und wenig später stellte man die Ermittlungen in diesem mysteriösen Todesfall endgültig ein.«

»Und leider geriet der Fall schon bald in Vergessenheit«, bilanzierte Malbec.

»Ja. Der Tote wird für immer namenlos und die Tat ungesühnt bleiben. Ich habe spontan versucht, Kontakt zu meinem damaligen Amtsvorgänger aufzunehmen, doch leider ist er in einem fortgeschrittenen Stadium an Alzheimer erkrankt. Er lebt in einem Pflegeheim in Apt und kann nicht mehr befragt werden.«

»Oh, das ist bedauerlich.« Malbec dachte an seinen Vater, dessen letzte Lebensjahre von seiner Alzheimer-Erkrankung geprägt gewesen waren. »Es bleibt uns daher einzig die kleine Hoffnung, dass eines Tages eine Cold-Case-Abteilung auf den Fall angesetzt wird und dadurch die Ermittlungen fortgesetzt werden.«

»Der letzte Hoffnungsanker.«

»Wissen Sie, was mit der Leiche geschehen ist? Wurden DNA-Proben genommen, die bei der Suche nach der Identität des Toten helfen könnten?«

»Das lässt sich den Akten nicht entnehmen, aber ich werde es herausfinden.«

»Das wäre schön.«

»Gern. Darum kümmere ich mich umgehend.«

»Es wird Zeit, dass ich nach Trouvac zurückfahre«, sagte Malbec. »Vielen Dank für Ihre Bemühungen.«

»Gern geschehen, *mon capitaine*. Wenn Sie meine Unterstützung benötigen, melden Sie sich bitte umgehend. Sie haben ja meine Mobilnummer.« Monod begleitete ihn noch zur Tür.

Malbec blinzelte, als er vor dem Gebäude der Police municipale in der provenzalischen Sonne stand. Er hielt große Stücke auf Charles Monod. Eigentlich war er für seinen Job als Chef de Police von Saint-Saturnin-lès-Apt vollkommen überqualifiziert.

Er beschloss, ihn bei der nächsten Gelegenheit zu fragen, ob für ihn ein Wechsel zur Gendarmerie nationale vorstellbar wäre.

SIEBEN

Der Spätsommer zeigte sich von seiner schönsten Seite. Malbec hatte das Fenster geöffnet und erfreute sich am Fahrtwind. Er war zügig in Richtung Trouvac unterwegs.

Die Landstraße war leer. Ohne Gegenverkehr gelangte er zum Dorf hinauf, wo er neben einem ihm unbekannten Auto parkte. Als er ausstieg und seine Einkäufe aus dem Kofferraum holen wollte, fiel ihm eine Frau am Dorfeingang auf, die, ausgerüstet mit einem Notizblock und einer Kamera, vor Maurice Favrod stand.

Die Presse hatte Malbec gerade noch gefehlt. Er stöhnte innerlich auf und eilte auf die beiden zu. Beim Näherkommen hörte er, dass die Frau Favrod mit Fragen zu Dieter Stegers Tod löcherte. Verärgert rätselte er, auf welchen Wegen sie von Stegers Ableben erfahren hatte.

»Dürfte ich erfahren, was Sie hier zu suchen haben?«, fragte er.

»Mein Name ist Claudine Ducasse. Ich berichte für ›La Provence‹ über den Todesfall.« Die knapp Dreißigjährige schob sich lässig eine Haarsträhne aus dem Gesicht. »Dieser Mord ist für unsere Leser von großem Interesse.«

»Das wage ich zu bezweifeln«, entgegnete Malbec trocken.

»Ich vermute, Sie waren länger verreist und haben nichts davon mitbekommen. Jedenfalls hat mir dieser Mann soeben von einem mysteriösen Todesfall erzählt.«

Malbec fixierte Maurice Favrod skeptisch. »Der Herr scheint mir ein wenig verwirrt zu sein. Es gab zwar einen tödlichen Unfall, aber der ist für die Öffentlichkeit nicht relevant. Es ist vor allem ein tragisches Unglück für die Angehörigen, deren Privatsphäre respektiert werden sollte. Außerdem möchte ich Sie darauf hinweisen, dass Sie sich auf Privatgrund befinden. Bitte verlassen Sie umgehend das Dorf.«

Claudine Ducasses Gesichtszüge verhärteten sich. »Mir wurden ganz andere Informationen zugetragen.«

»Ich weiß nicht, welche Gerüchte im Umlauf sind, es müssen unbegründete Spekulationen sein, sonst würde auch die Gendarmerie nationale ermitteln. Allerdings sehe ich nirgendwo einen einzigen Polizisten oder ein Fahrzeug der Gendarmerie. Es wäre schön, wenn Sie aus Respekt vor den Angehörigen gehen würden.«

»Wer sind Sie überhaupt?« Claudine Ducasse drückte verunsichert ihren Notizblock an die Brust.

»Mein Name ist Gérard Tivès, und bin der Verwalter von Trouvac«, erklärte Malbec breitbeinig mit verschränkten Armen. »Und in dieser Funktion bitte ich Sie höflichst, das Dorf unverzüglich zu verlassen – sonst werde ich die Polizei informieren müssen. Sie befinden sich hier auf Privatbesitz. Und Sie möchten doch keine Anzeige wegen Landfriedensbruch bekommen?«

Missgelaunt murmelte Claudine Ducasse vor sich hin, dies sei eine unerhörte Einschränkung der Pressefreiheit. Malbec fixierte sie so lange, bis sie seiner Aufforderung Folge leistete. Unwillig packte sie ihre Kamera und den Block ein und ging in Richtung Parkplatz davon.

»Das haben Sie gut hinbekommen«, sagte Maurice Favrod sichtlich amüsiert. Er lächelte und zeigte seine vom Nikotin gelb verfärbten Zähne.

»Es tut mir leid, dass ich Ihnen unterstellt habe, verwirrt zu sein«, sagte Malbec, »aber ich möchte keinen Presseauflauf.«

»Verständlich. Ich auch nicht, die Dame hat mich ziemlich überrumpelt. Ich wusste nicht, wie ich mich ihren Fragen entziehen sollte.«

»Kein Problem.«

»Sie wollten doch mit Philippe Dupuis sprechen. Er ist heute Nachmittag wieder in Trouvac aufgetaucht.«

»Danke für den Hinweis. Ich werde gleich einmal bei ihm vorbeischauen.« Malbec wollte sich gerade auf den Weg machen, als Favrod fragte: »Wissen Sie, wo er wohnt?«

»So halbwegs.«

»Kein Problem, ich beschreibe es Ihnen: Es ist das Haus dort hinten«, Favrod streckte seinen Arm aus, »das mit dem schiefen Kamin.«

Malbec bedankte sich und lief zum Parkplatz, um sich zu vergewissern, dass die Journalistin das Dorf verlassen hatte. Zufrieden holte er seine Einkäufe aus dem Kofferraum, um sie in seine Unterkunft zu bringen. Er lüftete einmal durch und machte sich schließlich auf den Weg zu Philippe Dupuis.

Trouvac hielt Mittagsschlaf. Bis auf Klaus Schröder war kein Mensch zu sehen. Einzig der Pfau schlug stolz ein Rad, und zwei oder drei Hühner gackerten im Gebüsch.

***

Die Tür zu Philippe Dupuis' Haus stand eine Handbreit offen. Malbec sah einen glatzköpfigen, übergewichtigen Mann, der sich über einen Koffer beugte, um Pullover und Schuhe zu verstauen.

Da ihn Dupuis nicht wahrgenommen hatte, klopfte Malbec an den Türstock.

»*Bonjour, Monsieur* – wie ich sehe, reisen Sie ab?«

»Ja, äh, nein, nicht jetzt, wie kommen Sie zu dieser Annahme?«, platzte es aus ihm heraus, bevor er zur Gegenfrage überging: »Wer sind Sie, und was berechtigt Sie dazu, mir Fragen zu stellen?«

»Monsieur Dupuis, wenn ich mich nicht irre?«, fragte Malbec betont ruhig.

»*Oui, c'est moi.*«

»Wie Sie wissen, ist Monsieur Steger letzte Nacht unter bisher ungeklärten Umständen ums Leben gekommen.«

»Davon wurde mir vor einer Stunde berichtet. Ein tragischer Vorfall«, entgegnete Dupuis.

»Als Capitaine der Gendarmerie nationale ist es leider meine Aufgabe, Licht in die Angelegenheit zu bringen und die Hintergründe des Todesfalls zu ermitteln.«

Dupuis richtete sich auf. »Haben Sie bereits in meinem Haus herumgeschnüffelt?«

»Warum sollte ich?«

Dupuis griff sich missmutig in den Nacken. »Keine Ahnung. Ich hatte den Eindruck, jemand hätte sich für meine Sachen interessiert.«

»Ich war es jedenfalls nicht«, versicherte Malbec wahrheitsgemäß. »Mich beschäftigt etwas ganz anderes: Wie ich erfahren habe, soll es zwischen Ihnen und Monsieur Steger vor wenigen Tagen einen heftigen Streit gegeben haben.«

»Wer hat Ihnen das erzählt?«

»Ihr Wortwechsel soll nicht zu überhören gewesen sein.«

Dupuis blickte schräg nach unten, als würde er sich vor der Frage wegducken.

»Wären Sie so freundlich, mir zu erklären, weshalb Sie sich in die Haare bekommen haben?«

»Es war nichts Besonderes. Wir haben über die Sozialpolitik von Emmanuel Macron diskutiert. Streit würde ich es nicht nennen.«

»Mich interessiert zwar brennend, ob Sie Macrons Reformen befürworten oder ablehnen – aber ging es bei dem Streit nicht eher um Ihre Aktivitäten als Schatzsucher?«

»Das ist eine haltlose Unterstellung!«

»Spielen Sie nicht das Unschuldslamm. Schließlich gab es schon vor drei Jahren eine Anzeige gegen Sie aufgrund einer illegalen Raubgrabung. Damals sind Sie unweit von Rennes-le-Château mit dem Spaten zugange gewesen. Wie den Akten zu entnehmen ist, hatten Sie sich auf die Suche nach einem Templerschatz gemacht. Das Verfahren am Landgericht von Perpignan wurde dann, wie Sie selbst wissen, gegen eine Geld- und Bewährungsstrafe eingestellt.«

Zerknirscht kaute Philippe Dupuis auf der Unterlippe.

»*Oui*, ich bin nach Trouvac gekommen, da es Gerüchte und Überlieferungen gibt, die besagen, dass die Waldenser auf ihrer Flucht einen Schatz vergraben hatten.« Er faltete die Hände.

»Gold und Edelsteine?«

»Ja, Gold, aber auch Silbermünzen und allerlei liturgische Gegenstände, die die Waldenser in Sicherheit gebracht hatten. Dieser Schatz soll an einem geheimen Ort versteckt worden sein, der vom Luberon aus schnell zu erreichen war. Unter geografischen Gesichtspunkten passt Trouvac aufgrund seiner abgeschiedenen Lage perfekt ins Bild. Mit dem Pferd ist es beispielsweise nur einen Tagesritt von Cabrières-d'Avignon und den anderen während der ›blutigen Woche‹ verwüsteten Dörfern entfernt. Außerdem haben später nachweislich ein paar Waldenserfamilien hier oben gelebt.«

»Eine durchaus plausible Erklärung.«

»Ich möchte betonen, dass es mir dabei keineswegs um das Geld geht, wie Sie vermuten, sondern ich möchte als Hobbyarchäologe meinen Teil zur Erforschung der tragischen Geschichte der Waldenser beitragen.« Ein Hustenanfall unterbrach Philippe Dupuis. »Leider sind die schrecklichen Ereignisse rund um das Waldensermassaker kaum mehr bekannt. Das möchte ich gern ändern.« Er hob den Kopf ein kleines Stück und streckte Malbec trotzig das Kinn entgegen.

»Das überzeugt mich nicht.«

»Doch, das müssen Sie mir glauben. Das Amtsgericht von Limoux hat mich zu einer Geldstrafe von dreitausend Euro und zu fünfzehn Monaten auf Bewährung verurteilt. Seither weiß ich die Gesetze zu respektieren. Deswegen habe ich ja das Gespräch mit Monsieur Steger gesucht, aber er hat mir unverständlicherweise die Grabungen verboten, obwohl ihm als Grundstückseigentümer ein großer Anteil des Fundes zugestanden hätte. Steger hätte den Schatz einem Museum als Dauerleihgabe vermachen oder von mir aus auch verkaufen können. Ein schönes finanzielles Polster für einen sorgenfreien Ruhestand wäre ihm sicher gewesen. Schließlich war er ja auch nicht mehr der Jüngste.« Dupuis atmete durch. »Ich habe mehrfach versucht, sein Einverständnis zu bekommen, aber er wollte von meinem Ansinnen nichts wissen. Ihm war vor allem wichtig, dass die Atmosphäre von Trouvac erhalten bleibt, wie er mir vehement klargemacht hat. Monsieur Steger hat befürchtet, dass ein Schatzfund zu einem Medienrummel führen würde. Einzig aus diesem Grund haben wir uns gestritten.«

»Und? War Ihre Schatzsuche von Erfolg gekrönt?« Malbec wies auf einen Metalldetektor, der in der Ecke stand.

»Leider nein.« Dupuis zuckte demonstrativ mit den Schultern.

»Wollen Sie mir weismachen, dass Sie nicht mit dem Detektor im Gelände waren?«

»Ja, da es mir ausdrücklich untersagt wurde.«

»Und dann hat Monsieur Steger Sie dennoch beim Sondeln erwischt?«

»Das hat er nicht. Aber ...«, Philippe Dupuis schlug die Augen nieder, »... jemand muss mich dabei beobachtet haben, obwohl ich nur mit einem kleinen Handdetektor unterwegs war. Einmal hätte mich um ein Haar dieses deutsche Paar überrascht, aber ich nehme an, dass es George war, der mich an Steger verpfiffen hat. Der alte Kautz schwirrt immer irgendwo in der Gegend herum.«

»Wo haben Sie denn in Trouvac gesucht?«

»An verschiedenen Stellen rund um das Dorf, in der unterhalb gelegenen Schlucht oder oben in den Hügeln. Zuletzt habe ich vergeblich bei den Resten eines Turmes gegraben.« Dupuis beschrieb den Ort. »Aber dieses Unterfangen hat der Suche nach der sprichwörtlichen Stecknadel im Heuhaufen geähnelt.«

»Die hätten Sie mit dem großen Metalldetektor schneller gefunden«, befand Malbec provozierend. »Ihre Schatzsucherei ist mir nicht so wichtig. Ich arbeite bei der Mordkommission. Daher ermittle ich nicht wegen illegaler Raubgrabungen.«

»Glauben Sie ernsthaft, ich hätte Monsieur Steger deswegen getötet? Das ist doch absurd, dadurch wäre ich doch meinem vermeintlichen Ziel keinen Schritt näher gekommen.«

»Wer weiß, vielleicht sind Sie ja auch schon fündig geworden und er war nur noch ein lästiger Mitwisser. Es wurden schon Menschen wegen ein paar hundert Euro umgebracht.«

Nervös trat Dupuis einen Meter zurück. »Von mir aus können Sie sich umsehen. Einen Schatz werden Sie nicht finden. Übrigens zweifle ich verstärkt an der Trouvac-Theorie. In den einschlägigen Foren kursieren neuerdings auch ernst zu nehmende Berichte, die auf die südlich von Murs gelegenen Gorges de Véroncle als Versteck hindeuten. Die tief eingeschnittene Schluchtenlandschaft ist schwer zugänglich und bietet viele Möglichkeiten, Wertgegenstände zu vergraben – aber ganz abgesehen davon habe ich für die besagte Nacht ein lupenreines Alibi«, fügte er mit triumphierendem Trotz hinzu.

»Dann erzählen Sie mal von Ihrem Alibi. Und seien Sie sich gewiss, ich werde es ganz genau überprüfen.«

***

Obwohl Philippe Dupuis zweimal beteuert hatte, auf der Geburtstagsfeier seiner Schwägerin in Avignon gewesen zu sein, war Malbec nicht restlos überzeugt. Das mit bunten Details ausgemalte Alibi klang zwar durchaus plausibel, aber sein Bauchgefühl mahnte ihn zur Vorsicht.

Er notierte sich den Namen und die Adresse der Schwägerin sowie die Namen der Geburtstagsgäste und beschloss, die Kollegen vor Ort zu bitten, die Angaben zu verifizieren.

Dupuis' Ausführungen zu den Waldensern und ihrem Schatz hatten Malbecs Interesse und seine Abenteuerlust geweckt. Da er sich selbst einen Eindruck verschaffen wollte, entschied er sich, noch eine kleine Erkundungstour zu unternehmen. Eine kriminalhistorische Spurensuche vor Ort. Es ließ sich nicht leugnen, dass sich hinter jedem Mann, ihn selbst eingeschlossen, ein kleiner Schatzsucher und Glücksritter verbarg.

Malbec musterte die Bergflanke, die sich vor ihm auftürmte, besah sein Schuhwerk, atmete kräftig ein und lief los.

Die Trockenterrassen mit den Olivenbäumen ließ er links

liegen und ging tatendurstig voran. Um den möglichst direkten Weg einzuschlagen, visierte er die Bergkuppe an, zu deren Füßen sich die beschriebenen Grundmauern eines Verteidigungsturms befinden sollten, den feindliche Truppen während der Zeit der Religionskriege zerstört hatten. Den Erläuterungen von Philippe Dupuis zufolge sind die Reste des Turms knapp zweihundert Meter oberhalb des Dorfes zwischen zwei mächtigen Steineichen auszumachen.

Malbec stolperte den Hügel bergauf. Mehrere abgebrochene Äste lagen auf dem Pfad – eine Folge des Sturmes und des starken Gewitters, das vor zwei Tagen in der Region gewütet hatte. Das Laub leuchtete in den schönsten Farbtönen von Goldgelb bis Zinnoberrot. Zu seiner Linken ragte ein markanter Fels ins Tal. Malbec ging bis zur Abbruchkante und erfreute sich an dem einzigartigen Ausblick, der bis zu dem charakteristischen Gebirgskamm des Luberon reichte.

Zwischen dem hüfthohen Gestrüpp aus Macchia und Ginster existierte ein ganzes Gewirr von Pfaden, die vom Dorf wegführten. Bestrebt, sein Ziel im Auge zu behalten, verließ sich Malbec auf seine gute Orientierung und kämpfte sich den Hügel hinauf. Wenn er stehen blieb, um zu verschnaufen, durchbrach vereinzeltes Vogelgezwitscher die Stille.

Nachdem er zwei- oder dreimal einen falschen Weg eingeschlagen hatte, musste er an die Wanderer denken, die laut Monod oberhalb von Trouvac eine Leiche gefunden hatten, als sie sich auf einer Fernwanderung verirrt hatten und vom Pfad abgekommen waren. Es war mühsam, sich in dem Terrain zurechtzufinden. Durch das dichte Buschwerk spitzte eine auffällig gekrümmte Steineiche hindurch, die er gezielt anvisierte.

Schließlich erreichte er die beschriebene Stelle. Er stemmte die Arme in die Hüften, aber zwischen den beiden verknöcherten immergrünen Bäumen konnte er kein zerstörtes Mauerwerk identifizieren.

Er kniete nieder. Die oberarmdicken Wurzeln der größeren Steineiche hatten sich über quadratisch behauene Steine gestülpt. Eine Smaragdeidechse, die sich in der Herbstsonne gewärmt hatte, verschwand blitzschnell im Unterholz.

Malbec genoss die nur vom Zirpen der Zikaden unterbrochene Stille und überlegte, ob es der richtige Fundort war. Ihm fehlte es an der nötigen Phantasie, um sich einen befestigten Turm vorzustellen.

Er stand auf und musterte die Umgebung der Steineiche, wobei ihm ein kleinerer Hügel mit aufgeworfener Erde und dahinterliegender Mulde auffiel. Es war nicht zu übersehen, dass hier vor nicht allzu langer Zeit eine Grabung stattgefunden hatte.

Er ging nochmals in die Hocke, um das Terrain genauer zu studieren, und sah aus den Augenwinkeln, dass George durch das Unterholz strolchte und langsam näher kam. Er lebte seit Jahrzehnten in Trouvac und kannte die Gegend wie seine Westentasche. Malbec zweifelte nicht daran, dass er ihn längst erspäht hatte. Der alte Mann lief geradewegs auf ihn zu.

Wenig später war George so dicht neben ihm, dass Malbec die Alkoholfahne und der Schweißgeruch unangenehm in die Nase stiegen. George schaute wortlos in die Grube. Dann ließ er erst die Hand in der linken Hosentasche verschwinden, um dann triumphierend eine dreckige Münze in die Höhe zu halten. Seine Augen funkelten wild. Er warf den Kopf demonstrativ in den Nacken, steckte die Münze ein und forderte Malbec zum zweiten Mal auf, ihm zu folgen.

Malbec hielt zwei Meter Abstand und trottete ihm folgsam hinterher. Wie bei ihrem ersten Zusammentreffen am Vortag hüllte sich George in Schweigen. Für sein Alter und den Alkoholpegel war er erstaunlich leichtfüßig und legte ein flottes Tempo vor. Schon nach wenigen Minuten wischte sich Malbec einen Schweißfilm von der Stirn.

Die Richtung, die George eingeschlagen hatte, führte durch eine kleine, baumlose Senke zu einem in der Nähe liegenden Bergausläufer. Ein schmaler Pfad schlängelte sich zwischen Garrigue, Steineichen und ausladenden Wacholderbüschen hindurch. Während sich George ungerührt einen Weg durch das Dickicht bahnte, bückte sich Malbec immer wieder, damit ihm die Zweige und Äste nicht das Gesicht zerkratzten. Mit den schwarzen Lederhalbschuhen war er für eine solche Wanderung nicht optimal ausgerüstet. Mehrfach rutschte er an den steileren Passagen auf dem Steinschotter geräuschvoll weg. Seine trockene, am Gaumen klebende Zunge mahnte ihn, dass er vergessen hatte, eine Flasche Wasser mitzunehmen.

Er atmete erleichtert auf, als George brummend stehen blieb und auf einen mannshohen Felsen zeigte, der unter einer mächtigen Atlaszeder stand. Der Fels verjüngte sich nach unten und wies eine tiefe Wölbung auf.

Die Sonne schien durch die Äste und zauberte Lichtflecke auf den Waldboden und seine Unebenheiten. Mehrere kleine Erdhaufen und das noch feuchte Erdreich samt Wurzelgeflecht deuteten darauf hin, dass jemand erst kürzlich am Fuß des Felsens gegraben hatte.

George blickte in das Loch, dessen scharfe Abbruchkanten von den Spuren eines Spatens zeugten. Schnaufend kletterte er in die Grube und ließ sich auf die Knie fallen. Er bückte sich nach vorn und förderte mit Hilfe eines Holzstocks und den bloßen Händen eine weitere Münze zutage, die er Malbec zusammen mit der anderen stolz entgegenstreckte.

Interessiert musterte Malbec die Fundstücke und stieß einen anerkennenden Pfiff aus. Bedächtig ergriff er eine der beiden Münzen und rubbelte die Erde ab. Aufgrund des Gewichts vermutete er, dass sie aus reinem Gold war. Ihr Durchmesser maß knapp zweieinhalb Zentimeter, sie war nicht rund, sondern eher oval geformt, der rillige Rand war beschädigt. Auf der Vorderseite prangte ein Lilienkreuz-Blumenmotiv, auf der Rückseite waren ein Krönungswappen und darüber eine kleine Sonne zu sehen, am Prägerand ließ sich zudem deutlich die Inschrift »REX« entziffern.

Malbec war kein Numismatiker, aber er schätzte, dass er eine unter François I. geprägte Münze in den Händen hielt, wahrscheinlich einen *Écu d'or au soleil*. Das zweite Goldstück mit seinem ausgefransten Rand war in einem schlechteren Zustand und wies ein ähnliches Motiv auf.

Malbec bückte sich und klopfte George anerkennend auf die Schulter. Er fragte ihn, ob er Dupuis beobachtet habe, worauf George mit einem vielsagenden Brummen reagierte. Philippe Dupuis hatte also den richtigen Riecher gehabt: Die Waldenser – oder wer auch immer – hatten in Trouvac einen Schatz vergraben! Sobald er wieder im Dorf war, würde sich Malbec ihn ausführlich vorknöpfen.

Die beiden Goldmünzen steckte er in seinen Geldbeutel. Er vermutete, dass Philippe Dupuis in Eile gewesen war, offenbar war er gestört worden oder hatte sich von George beobachtet gefühlt, sonst hätte er nichts am Fundort zurückgelassen.

Es war ein Beifang, der zum eigentlichen Schatzfund gehört hatte. Malbec beugte sich hinunter. In der Erde erkannte er Stoff- und Lederreste. Er nahm an, dass das Gold in einem Beutel aufbewahrt worden war, der sich im Laufe der Jahrhunderte in der feuchten Erde aufgelöst hatte.

»George, bitte lassen Sie die Grube so, wie wir sie vorgefunden haben. Ich werde den Fall umgehend den Behörden melden. In den nächsten Wochen wird sich ein Grabungsteam von der Universität Aix-Marseille darum kümmern und retten, was es noch zu retten gibt«, beschied Malbec in der Hoffnung, George von weiteren Grabungen abzuhalten. »Und haben Sie bitte ein wachsames Auge auf die Fundstelle.«

George nickte stumm.

Malbec streckte ihm seine Faust mit erhobenem Daumen entgegen. Dann wandte er sich ab und lief eiligen Schrittes den Berg hinunter, stellenweise schlitterte er geräuschvoll über das Geröll. Nachdem er zweimal beinahe gestürzt wäre, mäßigte er sein Tempo. Er wollte sich nicht den Knöchel verstauchen – und auf zwei oder drei Sekunden mehr kam es letztlich nicht an.

Erleichtert atmete er auf, als die ersten Dächer von Trouvac auftauchten. Zielstrebig steuerte er auf das Haus mit dem schiefen Kamin zu. Noch bevor er die Türklinke heruntergedrückt hatte, spürte er, dass Philippe Dupuis verschwunden war. Und richtig: Das Haus war menschenleer.

Gewissenhaft inspizierte Malbec die Räumlichkeiten. Nicht nur der halb volle Mülleimer, auch leere Plastikflaschen und ungelesene Magazine zeugten von einem überstürzten Aufbruch – eine zurückgelassene Zahnbürste und ein Rasierset stützten diese Vermutung. Möglicherweise hatte ihn Philippe Dupuis beobachtet, bevor er sich sprichwörtlich vom Acker gemacht hatte.

Malbec war drauf und dran, zum Parkplatz zu rennen und mit dem Auto die Verfolgung aufzunehmen, doch schnell wurde er sich der Sinnlosigkeit dieses Unterfangens bewusst. Er atmete tief durch und entschied sich, die Kollegen im Präsidium mit dem Satellitentelefon anzurufen und über den Vorfall zu unterrichten. Er würde sie bitten, Philippe Dupuis unverzüglich zur Fahndung auszuschreiben. Immerhin wusste er zu berichten, dass Dupuis in einem weißen Škoda Octavia auf der Flucht war.

»Alles klar, Chef. Zuvor werde ich noch überprüfen, ob es einen Škoda Octavia gibt, der auf seinen Namen zugelassen ist. Wenn ja, haben wir das Kennzeichen – das würde die Suche erleichtern«, erwiderte Adjudant Blanc pflichtbewusst auf Malbecs Anweisungen.

»Danke, weitere Informationen und die Adresse sind in unserer Datenbank hinterlegt, da gegen ihn schon einmal aufgrund einer Anzeige wegen illegaler Raubgrabung ermittelt wurde. Ich habe noch eine Bitte: Kannst du die Kollegen in Avignon anweisen, seine Schwägerin zu vernehmen? Falls es sie wirklich gibt.«

Malbec diktierte die Namen und Adressen aller Geburtstagsgäste, die ihm Dupuis genannt hatte.

»Wird augenblicklich erledigt. Aber der Fall nimmt möglicherweise noch eine andere Wendung«, sagte Blanc. »Taurel will dich sprechen. Er steht neben mir und scharrt schon mit den Füßen. Ich reiche dich weiter.«

Es raschelte im Hörer, ehe die sonore Stimme von Sous-Lieutnant Jacques Taurel ertönte.

»Chef, ich habe interessante Erkenntnisse. *Alors*, ich hatte ja den Auftrag, Informationen zu allen Personen aus Trouvac zusammenzutragen. Die Unterlagen zum Gerichtsverfahren gegen Philippe Dupuis habe ich schon vorab per Mail gesendet. Maurice Favrod, Cloé Livet sowie Clément und Francine Schmidt sind allesamt unbescholtene Bürger – keine Vorstrafen oder sonstigen Einträge im Strafregister, sieht man einmal von dem Umstand ab, dass Francine Schmidt stellvertretende Vorsitzende der französischen Frutariervereinigung ist. Louis Dognon hingegen wurde vor einem Jahr von einer Kollegin beschuldigt, sie sexuell belästigt zu haben, woraufhin er erst beurlaubt und ihm dann gekündigt wurde. Ein Prozess steht noch aus.«

»*Bon*, aber das macht ihn nicht zum Mörder«, sagte Malbec. »Und was ist mit der deutschen Kolonie in Trouvac?«

»Das ist schwierig. Ich habe Amtshilfe beantragt, leider hat der Server derzeit ein Verbindungsproblem. Der Zugriff auf die polizeilichen Datenbanken in Deutschland ist nicht möglich, daher musste ich mich mit banalen Internetrecherchen behelfen. Und diesbezüglich war meine Trefferquote ziemlich gering. Über Karin Staudacher finden sich viele Infos in Zusammenhang mit ihrer Tätigkeit als Lehrerin und Berichte über Kunstausstellungen, an denen sie beteiligt war. Klaus Schröder hat leider einen in Deutschland sehr häufigen Nachnamen – das ist so aussichtslos, als würde man in Frankreich nach einem Pierre Martin suchen. Und über das Ehepaar Bockelmann, Vera und Christian mit Vornamen, habe ich im Netz ebenfalls nichts gefunden, das mir relevant erschien.«

»Das hilft uns wenig«, bilanzierte Malbec nüchtern. Er wusste, dass es von vielen älteren Personen kaum Spuren im Netz gab.

»Dafür war ich in einer anderen Angelegenheit erfolgreicher. Ich habe begonnen, die familiären Hintergründe und die finanziellen Verhältnisse von Dieter Steger auszuloten. Seine Kinder habe ich in die Recherche mit einbezogen. Dabei bin ich auf ein paar interessante Details gestoßen. Der in Kanada gemeldete Sohn Jean-Claude lebt in gesicherten Verhältnissen und arbeitet als Departement Manager bei einem großen Finanzdienstleister in Québec. Ich habe im Internet recherchiert: Da Jean-Claude zum Organisationskomitee der lokalen Gay Pride Parade gehört, gehe ich davon aus, dass er schwul ist. Von einer Ehefrau oder eigenen Kindern ist jedenfalls nichts bekannt, ebenso wenig von einem Ehemann. Bei Sarah und Nathan Steger gibt es finanziell gewisse Engpässe.«

»Das könnte ein Ansatzpunkt sein. Ich bin gespannt.«

»Sarahs Ehemann hat vor mehreren Jahren als Start-up-Unternehmer eine fette Insolvenz hingelegt, Zwangsversteigerung des eigenen Hauses inklusive. Da sie für ihren Mann gebürgt hat, wird bis heute ein Teil ihres Gehalts gepfändet. Und bei Nathan Steger schaut die wirtschaftliche Situation ebenfalls schlecht aus. Das Fahrradgeschäft, das er vor drei Jahren eröffnet hat, steckt tief in den roten Zahlen. Moderne Fahrräder sind ja nicht billig, und er hat da kräftig investieren müssen. So ein leistungsstarkes elektrobetriebenes Mountainbike kostet schnell mehrere tausend Euro. Allein die Ratenzahlungen für seine Kredite belaufen sich auf über zehntausend Euro monatlich, hinzu kommen noch die Miete für das Ladengeschäft und seine laufenden Kosten. Abgesehen davon muss Nathan Steger Alimente für zwei minderjährige Kinder zahlen, die aus einer früheren Beziehung mit einer Italienerin mit dem verführerischen Namen Sophia Cardinale stammen. Mutter und Kinder leben laut Melderegister momentan in Ligurien, in einem Dorf unweit von Sanremo.«

Malbec brummte zustimmend.

»Bei Dieter Steger sind mir allerdings auch diverse Eigentümlichkeiten aufgefallen. Er hat zwei Tage vor seinem Tod in Apt bei der dortigen Filiale der Crédit Agricole fünfzigtausend Euro abgehoben.«

»Fünfzigtausend Euro in Scheinen? Das erscheint mir in der Tat ziemlich ungewöhnlich.«

»Vor allem, wenn man bedenkt, dass das nahezu seine gesamten Ersparnisse waren.«

»Auf einen Enkeltrick wird er nicht hereingefallen sein – schließlich hatte Steger kein Telefon. Hast du in der Vergangenheit schon mal eine ähnliche Kontobewegung gefunden?«

»Nein, laut Computerprogramm der Bank wurden in den letzten Jahren keine vergleichbaren Buchungen vorgenommen. Normalerweise waren es nur kleinere dreistellige Beträge, die überwiesen oder abgebucht wurden. Hin und wieder waren es auch Einzahlungen in geringer Höhe. Ich vermute, dass seine Gäste in bar bezahlt haben.«

»Von einem zusätzlichen Geschäftskonto ist nichts bekannt?«, fragte Malbec.

»Alles deutet darauf hin, dass er nur dieses eine Konto besessen hat. In finanzieller Hinsicht hat sich Steger sehr traditionell verhalten – ich habe nicht einmal eine Kreditkartenabrechnung entdeckt.«

»Nur Bares ist Wahres.«

»So könnte man in Stegers Fall sagen. Abgesehen davon läuft das Konto auf den Namen seiner Frau Vivienne – warum auch immer.«

»Das muss nichts bedeuten. Kümmerst du dich bitte um den Namen und die Adresse des Filialleiters? Mit Glück weiß er mehr.«

»Schon geschehen. Das war nicht allzu schwer. Er heißt Pierre Tremelin. Da die Geschäftsstelle am Samstag geschlossen ist, habe ich seine Privatadresse eruiert und zwischenzeitlich schon mit ihm telefoniert, weil ich mir dachte, er würde sich an eine so große Abhebung bestimmt erinnern.«

»Gut gemacht«, lobte Malbec, der sich freute, dass Taurel nach seinen anfänglichen Schwierigkeiten auf dem besten Weg war, ein hervorragender Polizist zu werden. Das hatte er ihm nicht zugetraut. Seine Vorbehalte hatten auf dem Umstand beruht, dass der schüchterne Taurel stets so wirkte, als hätte er erst kürzlich die Baccalauréat-Prüfungen bestanden. Ansonsten vereinte er die klassischen Klischees aller Computerspezialisten auf sich – bis auf die Tatsache, dass er keine Nerdbrille trug.

»Monsieur Tremelin war erst sehr zurückhaltend und hat angezweifelt, dass sich die Gendarmerie nationale für Stegers Kontobewegungen interessiert. Obwohl ich ihn über Dieter Stegers Tod und die betreffenden Ermittlungen unterrichtet habe, berief er sich auf das Bankgeheimnis und seine Schweigeverpflichtung gegenüber dem Kontoinhaber. Erst nachdem ich angedeutet hatte, dass ich ihn in diesem Fall leider noch heute zur Vernehmung ins Commissariat einbestellen müsste, wurde er gesprächiger – ich weiß auch nicht, warum niemand seinen Samstagabend bei uns in der Dienststelle verbringen will«, sagte Taurel.

Malbec musste schmunzeln.

»Tremelin hat mir dann freimütig berichtet, dass er sehr überrascht gewesen sei, als Dieter Steger unvermittelt vor ihm gestanden und ihn mit seinem Anliegen konfrontiert habe. Er habe das Geld sofort haben wollen und sei verärgert gewesen, dass ihn Tremelin auf den nächsten Tag vertrösten musste, da die Zweigstelle nicht so viel Bargeld vorrätig hatte. Als Steger dann erneut nach Apt gekommen ist, um die fünfzigtausend Euro abzuholen, soll er sehr kurz angebunden, geradezu mürrisch gewesen sein. Tremelin hat Steger in sein Büro gebeten und ihm die Scheine vorgezählt. Es waren je zur Hälfte Hundert- und Fünfhundert-Euro-Scheine. Steger hat den Empfang schriftlich bestätigt und das Geld umgehend in einem alten Wanderrucksack verstaut. Keine Viertelstunde später hat er die Filiale verlassen. Tremelins Frage nach seinen Plänen soll er abgeblockt haben.«

»Warum ist Dieter Steger nach Apt gefahren und hat fünfzigtausend Euro von seinem Konto abgehoben?«, fragte Malbec.

»Das weiß ich nicht. Das werden Sie selbst herausfinden müssen, Chef.«

»Stellt sich natürlich auch die Frage, wo das Geld geblieben ist. Ich werde mich nochmals gründlich in Trouvac umsehen.«

»Wenn Sie Unterstützung vor Ort benötigen, geben Sie mir bitte unverzüglich Bescheid.«

»Mache ich. Danke für die Hinweise. Du wirst von mir hören«, sagte Malbec und beendete das Gespräch.

***

Taurels Informationen warfen ein ganz neues Licht auf die Geschehnisse. Die ominöse Abhebung entlastete Philippe Dupuis indirekt. Wer sich auf die Schnelle fünfzigtausend Euro unter den Nagel reißen konnte, grub nicht nach Schätzen.

Malbec dachte angestrengt nach: Aus welchem Grund hatte Dieter Steger so viel Bargeld benötigt? Transaktionen in dieser Höhe fanden heute kaum mehr statt – außer jemand wollte etwas verschleiern oder Schwarzgeld waschen, damit das Finanzamt davon nichts erfuhr. Selbst millionenschwere Immobilienkäufe durften in bar abgewickelt werden.

Doch wo war Stegers Geld geblieben? Hatte er es in Trouvac versteckt? Was hatte er mit fünfzigtausend Euro gemacht? Oder hatte er damit etwas bezahlt? Schulden beglichen?

Malbec setzte sich mit einem *café noir* auf die steinerne Bank vor seinem Haus. Die Sonne stand tief, und die Dächer warfen bereits lange Schatten, das Tal war in ein gräuliches Halbdunkel getaucht. Ein Habicht oder Bussard nutzte die günstige Thermik und kreiste ohne Flügelschlag hoch über dem Dorf.

Es war ein anstrengender Tag gewesen. Malbec genoss die flachen herbstlichen Sonnenstrahlen, die sich durch die lichten Bäume zwängten. Er versuchte, einen Zusammenhang zwischen den fünfzigtausend Euro und einem mutmaßlichen Mordmotiv herzustellen. Erpressung oder eine Lösegeldforderung erschien ihm absurd.

Bedächtig trank er seinen Kaffee. Die von der Sonne aufgeheizte Bank wärmte wohltuend. Vereinzelt zirpten noch ein paar Grillen. Ein kühler Windzug strich um die Ecke und wirbelte die herbstlichen Blätter auf. Und obwohl die abendlichen Temperaturen momentan angenehm waren, nahm sich Malbec vor, den Ofen rechtzeitig anzuschüren.

In diesem Moment lief Maurice Favrod unterhalb seiner Terrasse vorbei. Malbec winkte ihn heran. »Haben Sie einen Moment Zeit?«

»Selbstverständlich.«

»Setzen Sie sich. Möchten Sie einen Kaffee trinken?« Malbec griff demonstrativ nach dem Espressokocher.

»Warum nicht?«

Malbec stand auf und holte eine zweite Tasse aus dem Haus.

»Ich wollte Sie sowieso noch fragen, wie das Verhältnis von Dédé zu seinen Kindern war«, sagte er, während er Favrod einschenkte. »Milch? Zucker?«

»Nein danke, ich trinke ihn am liebsten schwarz.«

Malbec setzte sich.

»Dédé und seine Kinder – das ist eine lange Geschichte.«

»Ich bin gespannt.«

»Jean-Claude kenne ich am wenigsten. Er ist übrigens nicht Dédés leiblicher Sohn, sondern stammt aus Viviennes früherer Beziehung. Dédé hatte ihn zwar adoptiert, aber Jean-Claude konnte nichts mit den alternativen Lebensvorstellungen seiner Eltern anfangen. Das war nicht seine Welt; er blieb auf Distanz. Statt provenzalischem Landleben liebte er die Großstadt mit ihren Zerstreuungen. Nach dem Abitur ist er nach Montpellier gezogen und hat dort an der Universität Wirtschaft studiert. Gleich nach seinem Studienabschluss ist er dann ins Ausland gegangen und hat bei einer Investmentbank angeheuert. Erst London, dann New York.« Favrod lachte laut auf. »Gewissermaßen der größtmögliche Kontrast zu Dédés linksalternativem Idealismus. Wenn ich richtig informiert bin, lebt Jean-Claude seit mehreren Jahren in Québec, also dort, wo Kanada noch den Geist Frankreichs atmet.«

»Hat er seine Eltern oft in der Provence besucht?«

»Nein, soweit ich weiß, ist er das letzte Mal in Frankreich gewesen, als seine Mutter starb. Vivienne ist zwar schon länger schwer krank gewesen, doch ihr schneller Tod hat alle überrascht und eine tiefe Lücke gerissen. Bei der Beerdigung hat Jean-Claude eine bewegende Rede gehalten und Vivienne als Seele von Trouvac gerühmt. Ich erinnere mich noch gut daran, schließlich bin ich aufgrund meiner jahrzehntelangen Verbundenheit mit der Familie direkt aus Paris zu den Trauerfeierlichkeiten angereist.«

Maurice Favrod zündete sich eine Zigarette an und inhalierte tief.

»Und Sarah?«, erkundigte sich Malbec.

»Von seinen Kindern hatte Dédé zu Sarah das innigste Verhältnis. Sie stand ihm auch emotional sehr nahe. Vor allem in den ersten Wochen und Monaten nach Viviennes Tod hat sich Sarah sehr um Dédé gekümmert, der in ein tiefes Loch gefallen war. Mehrmals in der Woche ist sie trotz des beschwerlichen Weges nach der Arbeit von Aix nach Trouvac gefahren, um ihren Vater zu unterstützen.«

»Was ist mit ihrem Ehemann? Ist er auch immer mitgekommen?«

»Valentin?« Favrod verneinte. »Er und Dédé haben sich nicht besonders gut verstanden; sie hatten ein distanziertes Verhältnis. Oder – um es anders zu formulieren: Valentin war nicht unbedingt sein Wunschschwiegersohn. Er war eher der smarte Businesstyp – ein Gegenpol zur idealistisch-bäuerlichen Welt von Trouvac, der er nicht ohne Überheblichkeit entgegentrat. Das änderte sich auch nicht, als Valentin Insolvenz anmelden musste und dadurch sein Image als erfolgreicher Geschäftsmann eingebüßt hat.«

»Die Insolvenz betraf auch Sarah, wie ich gehört habe.«

»Ja, den beiden wurde sprichwörtlich der Teppich unter den Füßen weggezogen. Zwangsversteigerung, Gehaltspfändung – alles kein Spaß. Dédé hat seiner Tochter und seinem Schwiegersohn trotz mancher Bedenken eines der größeren Häuser in Trouvac als Übergangsquartier angeboten, aber sie – oder wohl vor allem Valentin – zogen es vor, in Aix-en-Provence zu bleiben, und so sind sie dort in eine kleine Wohnung in einem weniger gut beleumundeten Vorort gezogen.«

Malbec dachte über einen Zusammenhang zwischen Valentins finanzieller Situation und dem Mord nach; er beschloss, mögliche Kontobewegungen überprüfen zu lassen.

»Wie steht es mit Nathan? Weshalb hat er sich mit seinem Vater zerstritten?«

»Darüber lässt sich nur spekulieren. Dédé hat sich dazu nicht äußern wollen, hat jedes Gespräch abgeblockt. Da die Gäste im Dorf oft wechseln und nur ein paar Wochen bleiben, hat monatelang niemand bemerkt, dass Nathan nicht mehr nach Trouvac kam. Es gab Gerüchte, aber keiner wusste, ob dem Familienzwist ein Vorfall oder eine Meinungsverschiedenheit vorausgegangen war. Wenn Sie mich fragen, ist es eine persönliche Tragödie, unter der Dédé sehr gelitten hat. Lange Zeit habe ich gedacht, dass Nathan das Lebenswerk seines Vaters fortführen würde. Er wäre der perfekte Nachfolger gewesen. Er ist ein Naturbursche, der das Leben in den Bergen geliebt hat. Letztlich waren sich Vater und Sohn auch zu ähnlich. Er hat für sich entschieden, Trouvac fernzubleiben. Nathan hat ja in Apt ein Fahrradgeschäft eröffnet, wie Sie bestimmt schon erfahren haben. Das wird ihn in Anspruch nehmen.«

»Eine letzte Frage hätte ich noch: Wissen Sie, ob und wie Dédé seine Hinterlassenschaften geregelt hat? Hat er sich jemals über die Zukunft von Trouvac geäußert?«

»Da bin ich überfragt. Ich hatte den Eindruck, dass er der Frage, was nach seinem Tod aus Trouvac werden würde, aus dem Weg gegangen ist. Möglicherweise wollte er die Richtung nicht selbst bestimmen. Andererseits: Warum hätte er sich damit beschäftigen sollen?«

»Bekanntlich sind Testamente ja immer ein sehr heikles Thema. Mit einem klugen Nachlass lässt sich ein späterer Streit unter den Erben vermeiden. Daher hätte Monsieur Steger allen

Grund gehabt, sich darüber Gedanken zu machen«, gab Malbec zu bedenken. »Da ist noch etwas.«

Favrod zog die Augenbrauen hoch.

»Bei der Obduktion wurde festgestellt, dass Monsieur Steger nicht mehr sehr lange gelebt hätte.«

»Krebs?«

Malbec nickte.

»Das ist mir vollkommen neu«, entgegnete Favrod sichtlich erschüttert. »Mir gegenüber hat Dédé diesbezüglich kein Sterbenswörtchen verloren. Ich vermute, er wusste selbst nichts davon. Gern ist er jedenfalls nicht zum Arzt gegangen.«

»Das habe ich schon vermutet, selbst mit seiner Tochter hat er darüber nicht gesprochen«, erklärte Malbec.

»Haben Sie noch Fragen? Ich müsste nämlich …«

»Kein Problem.« Beide erhoben sich. Malbec schüttelte Favrods sonnengebräunte Hand und bedankte sich für seine Erläuterungen.

Er trug die leeren Kaffeetassen ins Haus und spülte sie in einer dafür vorgesehenen Schale ab. Dabei stieg ihm sein eigener Schweißgeruch dezent in die Nase. Er sollte duschen gehen. Sarah Steger hatte ihm das Sanitärgebäude gezeigt, dessen spartanische Ausstattung ihn bei einem Blick ins Innere abgeschreckt hatte.

Er beschloss, seinen Widerwillen zu unterdrücken und die Gemeinschaftsduschen aufzusuchen. Er schnappte sich seine Waschutensilien, warf sich ein Handtuch über die Schulter und machte sich auf den Weg zu dem Haus, das sich am unteren Rand des Dorfes unweit des Parkplatzes befand.

Auf der moosbewachsenen Treppe kam ihm Cloé Livet mit einem gut gefüllten Einkaufskorb entgegen.

»Wenn Sie Lust haben, Monsieur le Capitaine, kommen Sie doch später auf einen Apéritif vorbei.«

»Gern«, entgegnete er erfreut.

»Falls Sie hungrig sind, wird sich noch eine Kleinigkeit auf dem Herd finden«, raunte sie ihm im Vorbeigehen zu.

»Köstlichkeiten aus Lyon?«, fragte Malbec erwartungsvoll.

»Lassen Sie sich überraschen.« Cloé lächelte verschmitzt.

»Ich befürchte, mit den bei uns in Lyon *quenelles* genannten Hechtklößchen oder *tablier de sapeur* kann ich leider nicht dienen.«

»Auf Kutteln verzichte ich dankend«, antwortete Malbec wahrheitsgemäß. Manchen Delikatessen der französischen Küche konnte er nichts abgewinnen. Allein die Vorstellung, auf das glibberige panierte Fleisch zu beißen, ließ ihn erschaudern.

»Viel Spaß beim Duschen!«, rief ihm Cloé hinterher, während er die Treppe hinunterging.

✳✳✳

Als sich Malbec beschwingt dem Sanitärhaus näherte, hörte er Wasser auf den Boden prasseln. Zu seinem Unmut war er nicht allein in den Duschräumen.

Der Türstock war so niedrig, dass Malbec den Kopf einziehen musste. Vorsichtig öffnete er die Tür und ließ seinen Blick durch das Halbdunkel des Raumes schweifen. Durch die feuchtkalte Luft fühlte er sich an seinen letzten Urlaub auf einem Campingplatz erinnert, den er nach der Jahrtausendwende in der Toskana verbracht hatte. Mehr als die einfachen Duschen waren ihm die toskanischen Stehtoiletten des Campingplatzes im Gedächtnis geblieben, mit denen er, obwohl als hygienisch gepriesen, bis heute schreckliche Erinnerungen verband. Es war ihm stets schleierhaft gewesen, aus welchem Grund ein zivilisierter Mensch freiwillig seine Notdurft in der Hocke verrichten sollte.

Es dauerte ein paar Sekunden, bis sich seine Augen an das dämmrige Licht gewöhnt hatten. Nur eine einzige Glühbirne hing traurig ohne Lampenschirm in der Fassung. Im Sanitärgebäude gab es einen kleinen, von einer mannshohen Mauer abgetrennten Vorraum, an dessen Stirnseite ein paar provisorische Kleiderhaken über einer schmalen hölzernen Sitzbank in die Wand gedübelt waren, darüber machten sich in einer Ecke Spinnweben breit. Über zwei der Haken waren Kleidungsstücke gestülpt, und darunter waren Schuhe abgestellt, die einer Frau gehörten.

Beim Anblick des unebenen Zementbodens, der sich bis hinüber zum Duschraum erstreckte, war Malbecs erster Gedanke, dass es doch keine schlechte Idee gewesen wäre, Trouvac in ein Luxusferiendomizil zu verwandeln. Kurz träumte er von Regenduschen, edlen Fliesen und einer Fußbodenheizung. Glücklicherweise hatte er seine Badeschlappen mitgenommen, so musste er nicht mit nackten Füßen über den feuchten Boden laufen, der nicht den saubersten Eindruck erweckte.

Selbst abgetrennte Duschkabinen fehlten. Er wusste, dass die Deutschen als Anhänger der Freikörperkultur im Gegensatz zu den Franzosen nackt in der Sauna saßen, nichtsdestotrotz fühlte er sich durch die erzwungene Nähe in seiner Intimsphäre gestört. Er wäre auch nie im Leben auf die Idee gekommen, seinen Sommerurlaub im legendären Nudistenhotspot Cap d'Agde zu verbringen.

Doch auf derartige Befindlichkeiten konnte er keine Rücksicht nehmen, und so zog er sich im Vorraum aus. Er fröstelte in der nasskalten Luft.

Als er mit dem Shampoo in der Hand um die Ecke lief, blieb ihm angesichts der nackten Frau der Atem weg – doch leider war es nicht Cloé Livet, die sich neben ihm die Haare wusch. Was er aus den Augenwinkeln gesehen hatte, reichte ihm vollkommen, um zu wissen, dass er sich mit Francine Schmidt den Raum teilte.

Peinlich berührt stierte er an die Wand und versuchte, das Bild ihres ausgemergelten Körpers, der nur aus Haut, Falten und Knochen zu bestehen schien, zu verdrängen, während ihn die nackte Frutarierin mit einem freundlichen »Hallo« begrüßte und ihm ungefragt vorschwärmte, wie wohltuend erfrischend eine kalte Dusche am Abend sei.

Malbec antwortete ausweichend: »Na ja, warmes Wasser

wäre mir lieber«, woraufhin Francine Schmidt ihm erklärte, dass sie durch ausgiebiges tägliches Kaltduschen ihren Kreislauf anregen und leichter zu ihrer inneren Mitte finden würde.

Zügig ging Malbec in die andere Ecke des Raumes und öffnete den antiquierten Hahn. Ein dünner Wasserstrahl tröpfelte auf seine Schultern. Immerhin war das Wasser, das von einem Gasboiler aufgeheizt wurde, halbwegs warm. Er ließ sich viel Zeit, darauf hoffend, den Raum bald für sich allein zu haben.

Während er sich einseifte, rätselte er, wie man auf die Idee kommen konnte, eine Gemeinschaftsdusche für beide Geschlechter einzurichten, und beobachtete verwundert, dass das Wasser durch eine in den Boden eingelassene Rinne samt Shampooschaum durch die Außenmauer direkt ins Freie floss. Ein Ökolabel würde Trouvac wohl nicht verliehen bekommen.

Als er in den Vorraum zurückging, war Francine Schmidt glücklicherweise verschwunden. Dafür traf er auf Clément Schmidt, der sein Hemd über den Kopf zog.

»*Bonjour*, Monsieur le Capitaine, meine Frau hat mir berichtet, dass ich Sie hier vorfinden würde.«

»Ja, eine gewisse räumliche Nähe lässt sich in Trouvac nicht vermeiden«, entgegnete Malbec knapp und registrierte, dass sich auf Schmidts Oberkörper jede Rippe abzeichnete. Er nahm sich vor, das nächste Mal mitten in der Nacht zu duschen, um ungestört zu sein.

»Sie müssen wissen, es will mir einfach nicht in den Kopf, dass Dédé ermordet wurde. Es ist mir unbegreiflich …«

»Da haben Sie wohl recht.« Malbec streifte sich die Hose über.

»Es ist übrigens gut, dass ich Sie antreffe«, sagte Clément Schmidt. »Ich wollte Ihnen nämlich etwas Wichtiges erzählen. Vor fünf Tagen oder einer Woche habe ich spätabends, als ich Luft schnappen wollte, einen heftigen Streit mitbekommen.«

»Was für einen Streit?«

»Ein Mann hat mit Dédé diskutiert. Es ging hoch her. Dann knallte eine Tür, und es herrschte Ruhe.«

»Sie wissen nicht, wer der Mann war?«

»Nein, es ist möglich, dass es zwei Männer waren, die beteiligt waren. Sicher bin ich mir nur, dass Dédé involviert war. Sein tiefer Bass war nicht zu überhören.« Schmidt zog sich ungerührt seine Unterhose aus.

»Und die andere Person?«

»Die Stimme konnte ich leider niemandem zuordnen.«

»Haben sich die beiden auf Deutsch oder Französisch gestritten?«

»Da bin ich überfragt, sie waren zu weit weg, und der Wind wehte auch stark.« Clément Schmidt stand nun vollkommen nackt vor Malbec.

»Trotzdem danke für den Hinweis.« Malbec wusste, dass sich laut Stegers Belegungsbuch alle aktuellen Gäste schon seit mindestens einer Woche im Dorf aufhielten. Zwei Tage vor dem Mord war ein Gast abgereist und kam als Täter nicht in Frage.

»Es tut mir leid, dass ich Ihnen davon nicht schon bei der ersten Befragung berichtet habe«, sagte Schmidt sichtbar verunsichert.

»Da müssen Sie sich keine Vorwürfe machen. Es ist gut, dass Sie es mir erzählt haben«, versicherte Malbec, bevor er sich zu seiner eigenen Überraschung mit einem »Viel Spaß beim Duschen« aus der Tür stahl und das Sanitärgebäude eiligen Schrittes hinter sich ließ.

Er konnte sich nicht erinnern, in seinem bisherigen Berufsleben jemals halb nackt einen Zeugen befragt zu haben. Auf der einen Seite war ihm das Zusammentreffen zutiefst unangenehm gewesen, andererseits hatte er einen Lachanfall unterdrücken müssen – niemand, nicht einmal sein Kollege Roland Cabanel, würde ihm die Geschichte glauben. Dabei würde die wahrheitsgemäße Schlagzeile »Capitaine Malbec ermittelt nackt« die Auflage der Regionalpresse zweifellos nach oben treiben.

Plötzlich wurde sich Malbec bewusst, dass er in all der Hektik vergessen hatte, sich vollständig anzuziehen. Er stolzierte mit nacktem Oberkörper durch das Dorf, als liefe er über einen Campingplatz. Er verharrte und vergewisserte sich, dass ihn niemand beobachtet hatte, dann klemmte er sich das feuchte Handtuch und den Kulturbeutel zwischen die Beine und streifte sein schwarzes T-Shirt über.

Über die Bedeutung von Clément Schmidts Aussage sinnierend, bemerkte er erst relativ spät, dass ihm Sarah Steger entgegenkam. »Monsieur le Capitaine, wissen Sie, ob der Leichnam meines Vaters schon von der Gerichtsmedizin freigegeben wurde?«

»Nein, ich befürchte, das wird wohl noch ein paar Tage dauern. Sie müssen sich gedulden.«

»Ich wäre Ihnen sehr dankbar, wenn Sie mich umgehend informieren würden, sobald …« Sarah Steger stockte und setzte noch einmal an. »Es ist für uns wichtig, damit wir einen Termin für die Beerdigung bekannt geben können. Sie werden verstehen, dass es für meine Familie und für unsere Freunde und Bekannten von großer Bedeutung ist, von ihm würdevoll Abschied zu nehmen.«

»Selbstverständlich. Das verstehe ich gut.«

»Danke.«

»Wenn ich mich nicht täusche, besitzt Trouvac weder eine Kirche noch einen Friedhof?«, fragte Malbec und strich sich über die feuchten Haare.

»Es gibt nur eine kleine Hirtenkapelle auf einem benachbarten Hügel, die manchmal von Wanderern aufgesucht wird. Sie dient mehr als Schutz vor Regen denn als Andachtsstätte.«

Malbec nickte. »Wo wollte Ihr Vater dann beerdigt werden?«

»Dazu hat er sich mir gegenüber nie geäußert.«

»Trotz seiner schweren Krebserkrankung?«

»Schwer?«

»Dem Obduktionsbericht zufolge hätte er wohl nicht mehr allzu lange gelebt.«

Dieter Steger wurde vom Gerichtsmediziner vorschriftsmäßig seziert. Malbec wusste, dass ihm zahlreiche innere Organe wie Herz, Gehirn, Leber, Lunge, Nieren, Milz und auch die Prostata entnommen worden waren. Der Médecin légiste agierte nicht so umsichtig wie ein Schönheitschirurg. In manchen Fällen wurde sogar der Schädel aufgesägt.

Malbec verschwieg Sarah Steger das genaue Vorgehen, die meisten Angehörigen blendeten die Vorstellung aus oder wussten glücklicherweise nicht, dass es zum Prozedere eines unnatürlichen Todesfalles gehörte. Das war auch gut so. Das Wissen, einen mit Spangen und Nähten notdürftig zusammengeflickten Angehörigen zu beerdigen, würde bei vielen Familienmitgliedern zu einem psychischen Zusammenbruch führen.

»Das ... das war mir nicht bekannt«, stammelte Sarah Steger mit zitternden Lippen. »Ich wusste von seiner Prostataerkrankung, aber er hat nicht gern darüber gesprochen. Die Männer seiner Generation reden nicht viel über Gefühle und eigene Ängste. Möglicherweise wusste er ja selbst nicht um die Schwere seiner Krankheit.«

»Das ist gut möglich. Hat er sich nie mit seinem Tod beschäftigt?«

»Nein, nie – ich hatte den Eindruck, der Tod war gar kein Thema für ihn.«

»Damit hat sich auch meine Frage erübrigt, ob Ihr Vater Verfügungen hinsichtlich seines Todes getroffen hat.«

»Davon weiß ich nichts.«

»Das ist nachvollziehbar, viele Menschen verdrängen diesen Gedanken.«

»Es wäre für Papa ganz selbstverständlich gewesen, an der Seite unserer Mutter beerdigt zu werden. Da sind wir Geschwister uns einig. Dédé und Vivienne waren unzertrennlich. Daher habe ich mich mit meinen Brüdern bereits darüber verständigt, dass wir ihn auf dem Dorffriedhof von Saint-Saturnin-lès-Apt beisetzen lassen werden. Ich bin auf der Suche nach einem Grabredner. Ein christliches Begräbnis kommt für ihn als überzeugten Atheisten und Marxisten nicht in Frage. Sie wissen schon, ›Die Religion ist das Opium des Volkes‹.«

Malbec verkniff sich ein Lächeln. »Werden Ihre Brüder zur Beerdigung kommen?«

»Jean-Claude wird einen Flug nach Paris buchen, sobald der genaue Termin feststeht. Und«, Sarah Steger zögerte, »Nathan wird auch dabei sein.«

Malbec versuchte, das Schweigen zu interpretieren, während er sich nach Dédés Mobiltelefon erkundigte.

»Wie kommen Sie darauf?«

»Ganz einfach: Weil bisher kein *portable* sichergestellt wurde.«

Sarah Steger lachte herzhaft. »Das werden Sie auch nicht. Mein Vater war altmodisch. Als Kind ist er in Deutschland auf eine Waldorfschule gegangen. Das hat Spuren hinterlassen. Er stand den Errungenschaften der modernen Technik ablehnend gegenüber – egal, ob Fernsehen, Kreditkarten oder Internet, dafür schätzte er die Kunst und liebte handwerkliche Arbeiten. Er hat sich sogar eine kleine Werkstatt eingerichtet, um Schmiede- und Schreinerarbeiten zu erledigen. Abgesehen davon ... warum sollte er in unserem Funkloch ein Mobiltelefon benötigen?«

»Da haben Sie auch wieder recht. Was mich ebenfalls umtreibt: Wo hat er seine Wertsachen aufbewahrt?«

»Wertsachen?«

»Beispielsweise Erbschmuck, Dokumente oder auch Bargeld.«

»Ich muss Sie enttäuschen. Meine Eltern hatten wenig Interesse an materiellen Gütern.«

»Verstehe. Und was hat Ihr Vater mit dem Geld gemacht, das er für die Vermietung der Häuser bekam?«

»Um ehrlich zu sein, dafür habe ich mich nie interessiert. Seine Einnahmen waren überschaubar und haben vor allem die alltäglichen Bedürfnisse gedeckt. Überschüsse wurden in die Renovierung von Trouvac gesteckt. Das Dorf ist schon immer ein Fass ohne Boden gewesen. Ständig mussten Dachziegel und andere Dinge repariert oder erneuert werden.«

»Es gibt also keinen Tresor oder ein geheimes Depot im Haus oder im Dorf?«

»Nein. Wofür auch? Sollten Sie überraschenderweise ein paar Millionen finden, lassen Sie es mich bitte wissen«, antwortete sie verschmitzt.

»Das eine oder andere Versteck scheint es durchaus gegeben zu haben …«

Sarah Steger legte ihre Stirn in Falten. »Auf was wollen Sie hinaus?«

»Nun, im Fußboden seines Schlafzimmers habe ich ein kleines Marihuanalager entdeckt.«

»Ach, das meinen Sie«, sagte sie sichtlich amüsiert. »Mein Vater hat gelegentlich abends auf der Terrasse einen Joint geraucht. Sein kleines Laster, aber das ist nicht wirklich spektakulär, oder?«

ACHT

Nachdenklich schlenderte Malbec zu seinem Haus zurück, warf sich auf das knarzende Bett und legte die Beine hoch. Seine Füße schmerzten von der Wanderung, und seine Zehen glänzten rot. Er fluchte innerlich, weil sein Schuhwerk für die hügelige Schatzsuche vollkommen ungeeignet gewesen war. Er befürchtete, dass ihn in den nächsten Tagen ein paar Blasen quälen würden.

Die Ruhe tat ihm gut. Schnell entspannte er sich – es hätte nicht viel gefehlt, und er wäre eingeschlafen. Doch dann gab er sich einen Ruck, sprang wieder aus dem Bett und schaltete das Satellitentelefon ein. Das Display leuchtete und forderte zur Eingabe des PIN-Codes auf. Wenige Sekunden später signalisierte das Gerät seine Sende- und Empfangsbereitschaft.

Malbec tippte Capitaine Cabanels Durchwahl ein.

»*Oui?*«

»Hallo, Roland, ich bin immer noch in Trouvac.«

»Schön, dass du mich anrufst, Olivier. Das trifft sich gut. Ich habe vor einer halben Stunde vergeblich versucht, dich zu erreichen«, sagte Cabanel, der zu dieser späten Stunde die Stellung im Commissariat hielt. »Dein Mobiltelefon war anscheinend ohne Netz, und unser dienstliches Satellitentelefon besitzt unverständlicherweise keine Mobilbox, sodass ich dir keine Nachricht hinterlassen konnte.«

»Liegen neue Erkenntnisse vor?«, fragte Malbec erwartungsvoll.

»Durchaus. Ich habe routinemäßig die Ergebnisse aller Radarfallen rund um Apt ausgewertet, die in den vierundzwanzig Stunden vor und nach Dieter Stegers Tod von den zuständigen Polizeistationen dokumentiert wurden.«

»Fleißig!«, lobte Malbec, obwohl er wusste, was hinter Cabanels Überstunden steckte. Bei ihm hing der häusliche Segen häufig schief, weshalb er nicht ohne Hintergedanken die unbeliebten Wochenenddienste übernahm. Malbec erinnerte sich gut daran, wie sehr er darunter gelitten hatte, als er – zur Untätigkeit verdammt – mehrere Wochen krankgeschrieben gewesen war, weil er sich den Knöchel gebrochen hatte.

»Und?«

»Treffer! Aber Nathan Steger ist nicht nur zu schnell gefahren, sondern war auch in einen Unfall mit Sachschaden verwickelt.«

»Das soll vorkommen …«

»In diesem Fall scheint es gut zu passen. Der Unfall ereignete sich am letzten Freitag in den frühen Morgenstunden!« Cabanels triumphierender Unterton war nicht zu überhören.

»Wo?«

»Auf der Route nationale, genau auf jenem Streckenabschnitt, der von Céreste nach Apt führt.«

Malbec blies die Luft durch die Zähne. »Das ist nicht der direkte Weg von Trouvac nach Apt, aber der Vorfall lässt durchaus Raum für Spekulationen. Was steht im Polizeibericht?«

»Nathan Steger ist von der Straße abgekommen und hat dabei vor der Stadtgrenze von Apt zwei Begrenzungspfosten und ein Verkehrsschild abgeräumt.«

»Ein Fahrfehler aus Unachtsamkeit oder infolge eines Sekundenschlafs«, gab Malbec zu bedenken.

»Warum auch immer – Nathan Steger hat nicht angehalten. Der Vorfall wurde von einem aufmerksamen Lkw-Fahrer aus Marseille gemeldet, der sich das Kennzeichen von Stegers Citroën notiert hatte. Nach einer Halterabfrage sind unsere Kollegen von der Police municipale direkt zu Stegers Haus gefahren und haben ihn aus dem Bett geklingelt. Er bestreitet zwar, gefahren zu sein, aber das wird ihm nicht helfen. Ein Alkoholtest wurde angeordnet, und zwei Stunden nach dem Vorfall hatte er immer noch einen Restalkoholwert von eins Komma eins Promille im Blut.«

»Gute Arbeit! Dieser Ausflug in der Tatnacht rückt ihn verstärkt in den Kreis der Verdächtigen. Wie hat Steger seinen Alkoholkonsum begründet?«

»Er sei ziemlich spät zu Bett gegangen, die Nacht will er zu Hause vor dem Fernseher verbracht und dabei eine Flasche Wein getrunken haben.«

»Und das beschädigte Auto?«

»Das stand direkt vor seiner Haustür. Laut seinen Aussagen wurde es für eine Spritztour entwendet.«

»Sprechen Indizien dafür?«

»Angeblich lässt er stets den Schlüssel im Zündschloss stecken, damit die Nachbarn den Wagen in der engen Straße bei Bedarf umparken und rangieren können.«

»Das klingt doch alles sehr plausibel«, kommentierte Malbec ironisch.

»Ja, das finde ich auch – obwohl es nicht vollkommen auszuschließen ist.«

»Mir hat er von dem Vorfall gar nichts erzählt. Ich werde ein paar Takte mit ihm reden müssen. Auf alle Fälle sollte man noch die Anwohner über ihre Parkgewohnheiten befragen.«

»Was geschieht mit Stegers Auto?«, fragte Cabanel.

»Das sollten wir aus dem Verkehr ziehen, um es in Ruhe auf handfeste Spuren zu überprüfen.«

»Okay. Das wäre eine Option. Ich kümmere mich darum. Und? Wie möchtest du vorgehen?«

»Auf alle Fälle müssen wir sämtliche Konten von Nathan im Blick behalten, ob es verdächtige Transaktionen gibt.«

»Wie wäre es mit einer Hausdurchsuchung?«

»Ich befürchte, dass uns dafür momentan die rechtliche Grundlage fehlt. Staatsanwalt Brice wird uns das zum jetzigen Zeitpunkt nicht genehmigen. Er ist in diesen Dingen bekanntlich zurückhaltend. Außerdem wäre Nathan Steger schön blöd, wenn er die fünfzigtausend Euro in seinem Schlafzimmer aufbewahren würde«, sagte Malbec.

»Und – was hast du bis dato herausgefunden?«

»Leider nicht viel. Es gibt nur einen vagen Kreis von Tatverdächtigen, zu dem – abgesehen von Nathan – auch ein Immobilienmakler und der geflüchtete Hobbyarchäologe gehören.

Immer noch keine ernsthafte Spur, sieht man von den ominösen fünfzigtausend Euro ab, deren Verbleib ungeklärt ist. Nebenbei bemerkt: Ist die Fahndung nach Philippe Dupuis schon rausgegangen?«

»Selbstverständlich. Sein Wohnsitz und sein Arbeitsplatz stehen unter Beobachtung. Seine Ex-Frau, Freunde und Verwandte wurden bereits befragt, noch scheint er in der Versenkung verschwunden zu sein. Spätestens wenn ihm das Geld ausgeht, wird er auftauchen. Dupuis ist kein Profi, daher wird ihn die Situation bald überfordern. Weder sein Mobiltelefon noch seine Bank- oder Kreditkarten kann er benutzen, ohne seinen Aufenthaltsort preiszugeben. Und sicherlich werden die zuständigen Kollegen genau verfolgen, ob auf eBay oder auf einer anderen einschlägigen Plattform in nächster Zeit wertvolle Münzen zum Verkauf angeboten werden, bei denen man davon ausgehen muss, dass ihre Herkunft ungeklärt ist. Das wird uns zu Dupuis führen.«

»Das sehe ich auch so. Bargeld könnte er sich bei einem zwielichtigen Händler oder Hehler besorgen.«

»Das stimmt, doch dann würde er wohl nur einen Bruchteil des Wertes bekommen«, pflichtete Roland Cabanel Malbec bei.

»Wir warten auch noch auf die Bestätigung seines Alibis. Wenn du mich fragst, ist er nicht der Täter. Dupuis fürchtet sich davor, erneut als Raubgräber vor Gericht gestellt zu werden und dieses Mal nicht mit einer Bewährungsstrafe davonzukommen. Mit Glück findet er auch einen guten Anwalt, der ihn rauspaukt. Wenn sich Dupuis seiner Situation bewusst wird und zur Besinnung kommt, was ich für ihn hoffe, wird er sich in Kürze den Behörden stellen.«

»Sind dir Hinweise bekannt, die Rückschlüsse auf ein Beziehungs- oder Eifersuchtsdrama erlauben?«

»Wir kennen ja das Obduktionsergebnis: Prostatakrebs im fortgeschrittenen Stadium. Da war Schicht im Schacht – und ohne Erektion bleibt nicht mehr viel vom Sex.«

Cabanel lachte herzhaft.

Malbec mochte seinen Kollegen sehr gern, wenngleich ihm dessen offen geäußerte Sympathien für den Rassemblement National missfielen. Damit war Cabanel leider kein Einzelfall: Rechtes Gedankengut war in den Dienststellen der Gendarmerie nationale weit verbreitet. Den Vorschlag, eine landesweite Rassismusstudie in Auftrag zu geben, um den Anteil rechter Strömungen unter den Polizeikräften zu ergründen, hatte das Innenministerium bisher erfolgreich zu blockieren gewusst. Zu groß war die Angst vor der Veröffentlichung unerfreulicher Ergebnisse und dem daraus resultierenden medialen Wirbel. Andererseits musste sich Malbec ehrlicherweise eingestehen, dass er politischen Diskussionen mit Cabanel aus dem Weg ging, um den Frieden im Commissariat zu wahren. Opferte er seine politische Gesinnung zugunsten einer pragmatischen Haltung?

»Brauchst du – abgesehen von einer kompetenten sexualpsychologischen Beratung – Unterstützung vor Ort?«

Cabanels Frage erheiterte ihn und brachte ihn auf andere Gedanken. »Nein danke. Momentan komme ich ganz gut allein zurecht. Voraussichtlich werde ich noch zwei oder drei Tage bleiben.«

»Gönnst du dir einen Kurzurlaub?«

»Nicht unbedingt, aber das Dorf mit seiner weltentrückten Stimmung besitzt durchaus seine Reize. Das wäre auch etwas für dich, wenn du mal eine Auszeit von Frau und Familie nehmen möchtest.«

»Nein, nein, da soll es ja weder Pay-TV noch einen Internetanschluss geben. Für eine Auszeit würde mir eher ein anderer Ort vorschweben.«

»Dann möchtest du auch nicht nach Le Courbat?«

»An einem Burn-out oder an Depressionen leide ich glücklicherweise auch nicht«, sagte Cabanel und wehrte Malbecs Anspielung auf ein landesweit bekanntes Therapiezentrum für traumatisierte Polizisten ab. »Ich gehe davon aus, du meldest dich, solltest du Unterstützung benötigen. Ich kann jederzeit

Simone hinbeordern. Sie war bereits vor Ort und kennt sich aus.«

»Nicht nötig. In diesem Fall würde ich sie direkt anrufen. Sie soll lieber ihr Wochenende genießen. Apropos: Was treibt unser Commandant? Hat er schon von sich hören lassen?«

»Ich befürchte, Chevaline hat es bei den Seniorentennismeisterschaften bis in die Endrunde geschafft oder er hat eine attraktive Mixed-Partnerin gefunden, da hat er keine Zeit, sich um profane Ereignisse wie einen Mord zu kümmern«, witzelte Cabanel. »So ein Tennisspiel erfordert schließlich die volle Konzentration. Von mir aus kann er auch ins Endspiel kommen und als Départementsmeister triumphieren, dann haben wir wenigstens unsere Ruhe.«

»Lieber nicht, sonst musst du dir am Montag stundenlang seine sportlichen Heldentaten anhören«, erwiderte Malbec sarkastisch.

»Da hast du auch wieder recht. Und wenn er im Endspiel verloren hat, wird es an den Fehlentscheidungen des Schiedsrichters gelegen haben.«

»Ich wäre zu gern bei dem Heldenbericht dabei, aber leider werde ich noch in Trouvac gebraucht.« Malbec hielt seinen Vorgesetzten für einen Blender, der seinen Job als Leiter des Commissariats nur seinem Onkel verdankte, der als ehemaliger Minister über die notwendigen politischen Beziehungen zum Regionalparlament verfügte. Er hoffte insgeheim, dass Chevaline mit einem höheren Posten in der Regionalpräfektur liebäugelte und er ihn auf diese Weise endlich loswerden würde.

»Wie wollen wir dem Geld auf die Spur kommen?«, fragte Cabanel.

»Vorerst möchte ich von einem großen Einsatzkommando absehen. Taurel hatte übrigens die Idee, aus Avignon einen Spürhund anzufordern, der auf Bargeld trainiert ist.«

»Das erscheint mir besser, als das gesamte Dorf mit einer Sondereinheit auf den Kopf zu stellen.«

»Hast du in der polizeiinternen Datenbank schon einen Suchlauf nach Dieter Steger gestartet?«

»Nein, aber ich werde unser System gleich befragen. Zu den anderen Dorfbewohnern habe ich noch neue Infos zusammengetragen. In Trouvac scheint sich ein skurriles Publikum versammelt zu haben.«

»*Alors, dis-moi tout*«, sagte Malbec und hörte gespannt zu.

***

Nachdem Malbec minutenlang vor seiner Schautafel gestanden und nachgedacht hatte, beschloss er, einen abendlichen Erkundungsspaziergang durch das Dorf zu unternehmen. Es gab noch einige Ecken, die er nicht kannte und von denen er sich weitere Erkenntnisse erhoffte.

Zwar konnte er sich halbwegs gut auf dem Gelände orientieren, aber richtig vertraut war er mit Trouvac keineswegs. Er spazierte über das holprige Pflaster und scheuchte schon auf den ersten Metern drei Hühner auf. Die verschachtelten Häuser des provenzalischen Dorfes standen oft so eng, dass der Weg nur breit genug für einen Eselskarren war. Das hatte auch den Wiederaufbau des Dorfes erschwert, da die Baumaterialien mühsam mit der Schubkarre befördert werden mussten.

Er stand vor der ehemaligen Scheune, einem der wenigen Gebäude, die nicht an Touristen vermietet wurden. Da sie in einer Mulde errichtet worden war, führten drei Steinstufen zur doppelflügeligen Eingangstür hinunter. Ein handbemaltes Schild mit der Aufschrift »L'Atelier de la Grange« wies auf die Nutzung hin.

Als Malbec den schweren Holzflügel öffnete, stieg ihm der Geruch von Ölfarbe und Terpentin in die Nase. Seine Schritte hallten laut. Er ließ den bis zum Dachstuhl offenen Raum auf sich wirken. Die in der Nordwand eingefügten großen Sprossenfenster waren zwar nicht denkmalkonform, aber durch das einfallende Licht eignete sich die Scheune hervorragend als Atelier.

Ein vierfüßiger gusseiserner Ofen dominierte den Raum. Daneben waren Holzscheite und altes Zeitungspapier in einem Korb gestapelt. Ein Klavier mit Schemel und vergilbte Plakate an den Wänden kündeten davon, dass das Atelier wiederholt für Feste sowie als Ausstellungsraum genutzt worden war. Der zementierte Boden war mit einer dicken Schicht bunter Farbkleckse besprenkelt und erschien mit seiner überdimensionalen Drippingtechnik als ungewollte Reminiszenz an Jackson Pollock.

Die Öl- und Aquarellfarben wiesen auf die vielen Mal- und Zeichenkurse hin, die hier stattgefunden hatten. Drei Staffeleien standen im Raum, in einem Regal lagen Zeichenpapiere in verschiedenen Formaten, in einem Ständer fand er zahlreiche Entwürfe mit Kohlestift und Aquarelle.

Neugierig blätterte er durch die Skizzen, darunter viele Stillleben und Akte – die Zeichnungen erinnerten ihn daran, dass er in seiner Jugend selbst in einer Pariser Kunstakademie Modell gestanden hatte, um sich ein paar Francs für das Studium zu verdienen.

Unbefriedigt verließ er das Atelier und zog die Tür fest hinter sich zu. Sein Weg führte an dem mit Holzplatten abgedeckten Dorfbrunnen vorbei. Er verlangsamte seinen Schritt. Seine Neugier war geweckt. Schwungvoll wuchtete er eines der schweren Bretter hoch, stützte sich auf die Brunnenmauer und schaute in die Tiefe. Eine kühle, stickige Brise umspielte seine Nase.

Seine Augen mussten sich an die Dunkelheit gewöhnen; er erkannte in dem Brunnenschacht einen hölzernen Eimer, der an einem alten Hanfseil befestigt war und einen halben Meter über der dunklen Wasseroberfläche baumelte. In einem kleinen Lichthalbkreis spiegelte sich der Himmel. Der obere Teil des Schachtes war gemauert, der untere in den Felsen geschlagen. Der Brunnen war noch funktionstüchtig, wurde aber offensichtlich nur selten genutzt.

Malbec leuchtete mit der Taschenlampe seines Smartphones vergeblich über die Wände. Er richtete sich auf, steckte das Mobiltelefon ein und legte das Holzbrett über den Brunnenrand. Da er das Gefühl hatte, dass sich ein Augenpaar in seinen Rücken bohrte, hielt er den Atem an. Er dachte an George, dieses Faktotum, von dem er wusste, dass es früher als Lateinlehrer in Dorchester gearbeitet hatte. Gerüchteweise soll er nicht darüber hinweggekommen sein, dass sich einer seiner Schüler bei einem Ausflug an die Küste Dorsets in der Lulworth Cove über das Badeverbot hinweggesetzt hatte und im Meer ertrunken war. Vergebens hatte George einen verzweifelten Rettungsversuch unternommen und sich in die kalten Fluten gestürzt. Von Schuldgefühlen geplagt, hatte er den Schuldienst quittiert und England für immer verlassen.

Da er niemanden sah, setzte er seine Dorferkundung fort.

In dem verschachtelten Ensemble glich kein Haus dem anderen. Sein Interesse galt zwei am Rande des Dorfes gelegenen nicht vermieteten Gebäuden, die er nacheinander inspizierte. Bezüglich der Ausstattung unterschieden sie sich kaum von dem Haus, in dem er untergebracht war. Archaische Wohnwelten, auf das Nötigste reduziert. Obwohl es wenige Schränke und andere Staumöglichkeiten gab, existierten dennoch theoretisch unendlich viele Optionen, um einen Rucksack oder mehrere Bündel Geldscheine zu verstecken. Vergeblich suchte Malbec im Mauerwerk nach losen Steinen.

Er verließ das Haus und widmete sich einem kleinen Anbau, dessen Funktion sich ihm bisher nicht erschlossen hatte. Für einen Schafstall war der angrenzende halbhohe Trockenmauerbau zu klein.

Er rüttelte an einem Holzverschlag, der sich quietschend öffnete, und spähte hinein. Der dreckige Boden des Lagerraums bestand aus gestampftem Lehm, es roch muffig und nach Mäusekot.

Malbec rümpfte die Nase, verzichtete auf eine Erkundung des nicht einmal mannshohen Anbaus und ging zu einem der beiden Steinbacköfen. Er warf einen Blick durch die Klappe und bildete sich ein, dass der Ofen den Duft von selbst gebackenem Brot verströmte. Er schien erst unlängst von den Gästen genutzt worden zu sein.

Als er die zwei Stufen hinaufging, erspähte er Louis Dognon auf der Terrasse vor seinem Haus, wo er hingebungsvoll mit Tai-Chi-Übungen beschäftigt war. Er trug einen weit geschnittenen dunkelroten Baumwollanzug und verrichtete einen rituellen Ausfallschritt im Zeitlupentempo.

Malbec sah ihm eine Zeit lang interessiert zu. »Dürfte ich Sie behelligen, Monsieur Dognon?«

Der Angesprochene verharrte sekundenlang mit vorgestrecktem Bein und seitlich angewinkeltem Ellbogen, bevor er seine Körperspannung löste und sich langsam Malbec zuwandte. Mit dem dunkelgrau melierten, raspelkurz geschnittenen Haar, der schmalen randlosen Brille und dem seltsamen Baumwollanzug strahlte er eine asketische Aura aus.

»Selbstverständlich, Monsieur le Commissaire.« Das Timbre seiner Stimme machte deutlich, dass er lieber ungestört geblieben wäre.

»Entschuldigen Sie die Unterbrechung. Wir haben uns schon einmal unterhalten, aber es drangen sich neue Fragen auf.«

»*Je vous écoute.*«

»Wie ich sehe, genießen Sie Ihre Auszeit in der Provence.«

»Ja, Meditation und Bewegung sind für mich als Ausgleich sehr wichtig. Momentan habe ich glücklicherweise viel Zeit dafür.«

»Sie beabsichtigen, länger in Trouvac zu bleiben?«

»Ich schätze, noch zwei Wochen. Derzeit bin ich dabei, mich beruflich neu zu orientieren. Demnächst werde ich Seminare und Yogakurse anbieten, dazu Pilates und Tai-Chi.«

Malbec näherte sich ihm. »Würde sich nicht auch Trouvac als Seminarort eignen?«

»Im Prinzip schon, das hätte Dédé jedoch nicht gefallen. Für ihn war Trouvac vor allem ein Ort der Kunst. Aus diesem

Grund habe ich mich in der Haute-Provence nach geeigneten Räumlichkeiten umgesehen und bin fündig geworden.«

»Das ist schön. Bei einem Yogakurs kommt man sich doch bestimmt auch körperlich näher?«

»Wie soll ich das verstehen?«

»Die Grenze zwischen einvernehmlichen und erzwungenen Körperlichkeiten mag zwar fließend sein, aber dennoch sichtbar.«

»Worauf wollen Sie hinaus?« Dognon rieb sich verstohlen die Hände.

»Soweit ich gehört habe, liegt gegen Sie eine Anzeige aufgrund einer – wollen wir es sexuelle Belästigung nennen? – vor.«

Louis Dognons Mundwinkel krümmten sich schlagartig nach unten, schweigend bedachte er Malbec mit einem lauernden Blick.

»So eine Auszeit nach einer fristlosen Kündigung ist verständlich. Aber Sie können beruhigt sein, die Anzeige interessiert mich überhaupt nicht.« Malbec ahnte, wie es Dognon in den letzten Monaten ergangen war. Glänzend ausgebildet, hatte er durch die – berechtigten oder unberechtigten – Vergewaltigungsvorwürfe einer Kollegin von einem auf den anderen Tag seinen gut dotierten Job bei einem Versicherungskonzern verloren. Er wusste nicht, ob die Vorwürfe gerechtfertigt waren. Da der Prozess noch ausstand, wollte er sich kein Urteil erlauben. Der Hinweis sollte ihm lediglich dazu dienen, Dognon aus der Reserve zu locken.

»Sie haben Ihre Akten nicht richtig gelesen«, zischte ihm Dognon entgegen. »Sonst wüssten Sie, dass ich die besagte Dame wegen übler Nachrede und Verleumdung angezeigt habe. Leider steht Aussage gegen Aussage. Die Welle der Anfeindungen, die über mich hereingebrochen ist, war gewaltig. Meine Kollegen und viele meiner Freunde haben sich von mir abgewandt – diesen Spießrutenlauf wünsche ich niemandem, das dürfen Sie mir glauben.«

Malbec bereute seine Anspielung, da er Dognons Empörung einen gewissen Wahrheitsgehalt zumaß. »Sie haben mir erzählt, dass Sie die Nacht, in der Dieter Steger ums Leben gekommen ist, in Trouvac verbracht haben.«

Dognon widersprach nicht.

»Hatten Sie an jenem Abend und in den Stunden zuvor Kontakt zu Dieter Steger oder einem anderen Dorfbewohner, oder ist Ihnen etwas Berichtenswertes aufgefallen?«

Dognon strich sich über den Kopf. »Dédé ist mir im Laufe des Tages mehrfach über den Weg gelaufen. Er war ungewöhnlich wortkarg, in sich gekehrt, als wäre ihm die sprichwörtliche Laus über die Leber gelaufen. Schweigend ist er an mir vorbeigegangen. Sonst haben wir immer eine Runde geplaudert. Dédé hat sich für Meditation interessiert und zufälligerweise in demselben Ashram in Indien gelebt wie ich – jedoch mehr als ein Jahrzehnt früher.«

»Wann haben Sie ihn zuletzt gesehen?«

»Das war am späten Nachmittag. Er hat dort unten zwischen zwei Häusern einen Ast abgesägt, der beim letzten Unwetter abgeknickt wurde.« Er drehte sich in die besagte Richtung und hob den Arm.

»Sind Sie sonst jemandem begegnet, den Sie nicht kannten?«

»Gegen Mittag, da waren zwei Männer in bunter Funktionskleidung auf dem Wanderweg am Rande des Dorfes unterwegs.«

»Haben Sie in den letzten Tagen mitbekommen, dass sich Dieter Steger gestritten hat?«

»Mir ist nichts zu Ohren gekommen. Am Donnerstagabend ist es recht kühl und windig gewesen. Daher habe ich mich nur im Haus aufgehalten und bin dann zeitig schlafen gegangen. Das mache ich meistens, da ich sehr früh aufstehe, um den anbrechenden Tag mit einer Morgenmeditation zu begrüßen.«

»Verstehe ich gut«, erwiderte Malbec, obwohl er noch nie meditiert hatte. »Eine letzte Frage habe ich noch: Könnte es sein, dass Sie ein Halstuch oder einen Schal vermissen?«

✳✳✳

Einen Moment hatte er gezögert, doch dann hatte die Neugier gesiegt. Das Haus lag abseits und wirkte geduckt, da man es in den Hang hineingebaut hatte, und besaß einen ungewöhnlich schrägen Türstock. Der Vorraum ging direkt in eine wohnliche Küche über. Links und rechts vom Herd stand das schmutzige Geschirr vom Frühstück. Ein angrenzendes Wandregal war mit Vorräten gut bestückt. Mehrere Nudelpackungen und -soßen, eine Dose Ravioli und ein ganzer Weinkarton versprachen keine kulinarischen Höhenflüge.

Der Küchentisch diente als Ablage, auf einer alten Zeitung befanden sich Streichhölzer und Zigarettentabak. Die Habseligkeiten waren über Tisch und Boden verstreut. Deutsche Zeitschriften und Magazine stapelten sich auf dem Tisch, darunter ein bekanntes Nachrichtenmagazin mit rot umrandetem Cover.

Das Haus verfügte über zwei Gästezimmer, in denen Vera und Christian Bockelmann – nach dem benutzten Zustand der Betten zu urteilen – getrennt schliefen. Malbec ging erst in das größere der Zimmer. Auf einem als Nachttisch dienenden Holzstuhl lag ein deutsches Buch, doch weder der Titel noch der Name der Autorin war ihm vertraut.

Die Abendlektüre interessierte ihn nicht, dafür die Ecke eines herausspitzenden vergilbten Zeitungsblatts. Vorsichtig zog er die Seite heraus. Eine Reisereportage, die in einer deutschsprachigen Regionalzeitung veröffentlicht worden war.

Soweit Malbec mit seinen rudimentären Deutschkenntnissen verstand, handelte der Bericht vom Landleben in der Provence. Mehrere ihm bekannte Dorfnamen waren im Text erwähnt. Notizen, die er nicht zu entziffern vermochte, waren mit Bleistift an den Rand geschrieben.

Bebildert war der Artikel mit Schwarz-Weiß-Fotos, darunter eines von Trouvac, auf dem auch Dieter Steger zusammen mit seiner Frau Vivienne abgebildet war. Ein Kreis war um Stegers Kopf gezogen.

Malbec fotografierte den Zeitungsbericht mit dem Smartphone ab. Dann schob er den Artikel in das Buch und legte es wieder auf den Holzstuhl.

Ein vor dem Fenster flatternder Vogel ließ ihn erstarren. Erleichtert, dass er die illegale Hausdurchsuchung nicht begründen musste, setzte Malbec die Erkundung fort.

In dem gegenüberliegenden Zimmer, das nur ein kleines Fenster hatte und dadurch viel dunkler war, zeugte ein kniehoher Kleiderhaufen in der Ecke von einem kreativen Umgang mit dem leidigen Thema Schmutzwäsche. Immerhin wusste Malbec nun, dass Christian Bockelmann weiße Feinrippunterhosen mit Eingriff bevorzugte. Kein Wunder, dass das Image des deutschen Mannes von den französischen Frauen nicht mit Erotik in Verbindung gebracht wurde.

Als Nachttisch diente ebenfalls ein Stuhl. Eine Lesebrille mit blauem Plastikgestell lag neben einem Provence-Krimi. Malbec blätterte das Buch auf, ein Bild fiel heraus, das bereits deutliche Gebrauchsspuren aufwies. Er bückte sich und hielt ein Porträtfoto von Vera Bockelmann in den Händen, allerdings war sie zum Zeitpunkt der Aufnahme deutlich jünger gewesen.

Einer Eingebung folgend, nutzte Malbec abermals die Kamera, dann schob er das Lesezeichen zurück.

Schließlich inspizierte er noch die Abstellkammer. Nirgendwo im Haus gab es Zeichenblöcke, Bleistifte oder andere Malutensilien – die Bockelmanns gehörten also nicht zur Künstlerfraktion unter den Gästen. Malbec beschloss, sie nach dem Grund ihres Aufenthalts zu befragen.

∗∗∗

»Monsieur le Capitaine, schön, dass ich Sie endlich antreffe.«

Klaus Schröder lief nur ein paar Meter von Dognons Haus entfernt aufgeregt auf ihn zu.

»Entschuldigen Sie, wenn ich Sie so überfalle, aber haben Sie schon neue Erkenntnisse? Sie müssen wissen, Dédés Tod hat für viel Unruhe gesorgt. Karin Staudacher traut sich abends nicht mehr aus dem Haus.«

»Beruhigen Sie sich, es gibt keinen Grund zu befürchten, dass ein Serientäter sein Unwesen treibt.«

»Das sagt sich so einfach.«

»Nein, das meine ich ernst. Richten Sie bitte Madame Staudacher aus, sie könne sich jederzeit an mich wenden. Ich werde weiterhin in Trouvac wohnen. Spätestens morgen schaue ich persönlich bei ihr vorbei.«

»Das ist gut zu wissen«, sagte Schröder.

»Haben Sie Madame und Monsieur Bockelmann heute schon gesehen?«, erkundigte sich Malbec seinerseits.

»Bockelmann?« Schröder runzelte die Stirn. »Wer soll das sein?«

»Das deutsche Paar, das zwei Häuser neben Ihnen wohnt.«

»Ah, Sie meinen Vera und Christian.«

»Genau. Ich wollte mich mit den beiden unterhalten, aber sie scheinen nicht in Trouvac zu sein.« Malbec verschwieg bewusst, dass er sich bereits im Haus der Bockelmanns umgesehen hatte.

»Keine Ahnung, wo die beiden stecken. Aber wenn der schwarze Kombi nicht auf dem Parkplatz steht, sind sie unterwegs. Möglicherweise sind sie nach Silvacane oder Sénanque gefahren. Vera hat geschwärmt, sie sei von der Schlichtheit der provenzalischen Zisterzienserklöster fasziniert. Ich denke, sie werden bald zurück sein.«

Malbec bedankte sich für den Hinweis. Er war bereits zu demselben Schluss gekommen. Von den Gästen war – abgesehen vom flüchtigen Schatzsucher Dupuis – bisher noch niemand abgereist. Er hatte schon am Freitag alle nachdrücklich aufgefordert, sich bis auf Weiteres zur Verfügung zu halten und die Umgebung von Trouvac nicht zu verlassen.

»Kennen Sie die Bockelmanns näher?«, fragte er.

»Das kann ich nicht behaupten. Die beiden sind ja noch nie zuvor in Trouvac gewesen. Wir haben uns in der letzten Woche zwei- oder dreimal unterhalten. Mehr nicht. Einmal habe ich ihnen mit Butter ausgeholfen. Dafür haben sie mir anderntags Baguette vom Bäcker in Rustrel mitgebracht. Vera und Christian erscheinen mir recht reserviert. Ich habe nicht den Eindruck, dass sie Wert auf Kontakte legen oder viel von sich erzählen möchten. Die beiden machen ihr eigenes Ding, nehmen aber auch Rücksicht auf die anderen Gäste. Zuletzt habe ich sie tagsüber wenig gesehen, da sie Ausflüge in die Umgebung unternommen haben.«

»Das überrascht mich. Ich hatte mir vorgestellt, dass zwischen den deutschen Urlaubern ein engerer Kontakt besteht.«

»Das ist aufgrund fehlender sprachlicher Barrieren im Prinzip schon richtig. So bin ich beispielsweise mit Karin Staudacher seit ihrem ersten Aufenthalt in Trouvac befreundet. Man setzt sich öfters abends bei einer Flasche Wein zusammen und plaudert, oder man verabredet sich zu einer Partie auf dem Bouleplatz – aber es gibt auch Gäste wie die Bockelmanns, die lieber für sich bleiben wollen.«

»Vielen Dank für Ihre Erläuterungen«, erwiderte Malbec.

»Warten Sie, da gibt es noch etwas, das ich Ihnen erzählen möchte.« Schröder zupfte sich nervös am Ohr.

Malbec hielt inne.

»Vielleicht sind die Bockelmanns auch nur mir gegenüber sehr reserviert. Bei unserer ersten Begegnung habe ich die beiden verschreckt, da ich Vera freudestrahlend begrüßt habe und sie umarmen wollte. Schuld war ein Missverständnis, denn Vera hat mich sehr stark an meine frühere Freundin Sabine erinnert, die ich an der Universität kennengelernt habe. Schnell habe ich festgestellt, dass ich mich getäuscht hatte, da die kleine Narbe fehlte, die Sabine von einem Fahrradsturz über dem rechten Auge geblieben war. Dennoch war und bin ich überrascht von der Ähnlichkeit zwischen den beiden. Vera könnte Sabines Zwillingsschwester sein. Die schräg stehenden Augen, aber auch das Seitenprofil mit der großen, geradezu römisch anmutenden Nase sowie die Art, sich zu bewegen. Selbst die Haare trug Sabine ähnlich, und wahrscheinlich sind jetzt auch ihre stark ergraut.«

Malbec beobachtete, wie Schröder mit glasigen Augen fortfuhr.

»Entschuldigen Sie bitte, aber das hat mich richtig aufgewühlt. Wie Sie merken, hat mir Sabine viel bedeutet. Seither sind viele, viele Jahre vergangen – doch bis heute bedauere ich es, dass wir uns völlig aus den Augen verloren haben. Ich hätte mich sehr gefreut, Sabine wieder einmal zu sehen.«

Malbec verabschiedete sich und legte Schröder dabei die Hand auf die Schulter, weil ihn sein sentimentales Geständnis bewegt hatte.

Wie eine dunkle Wolke hatte sich die Dämmerung über Trouvac gestülpt. Der Tag neigte sich dem Ende entgegen. Es wurde kälter. Malbec fröstelte in seinem Pullover. Er steckte die Hände in die Hosentaschen und machte sich auf den Weg.

Er verstand Klaus Schröder. Eine verlorene oder unvollendete Liebe wirft ihren Schatten oft weit in die Gegenwart.

Zaghaft drückte er die Tür zu seinem Haus auf.

**

Lächelnd lief Sarah Steger in Begleitung eines Mannes auf Malbec zu. »Darf ich Sie mit Valentin, meinem Mann, bekannt machen? Er war geschäftlich in Paris und wird nun ein paar Tage hierbleiben, um mir beizustehen und mich zu unterstützen.« Sie trat einen Schritt nach rechts.

»Valentin Dubois.« Der Mann streckte Malbec seine Hand zur Begrüßung entgegen.

Allein optisch setzte sich Dubois in seinem dunkelblauen Jackett und dem weißen Hemd von den anderen Gästen ab. Mit den lockigen, nach hinten gekämmten Haaren und dem Dreitagebart wirkte er auf den ersten Blick nicht unsympathisch.

»Schrecklich.« Er schaute zu Boden. »Ich hoffe, Sie werden den Mord bald aufklären.«

»Wir arbeiten daran«, entgegnete Malbec trocken. »Wann waren Sie zuletzt in Trouvac?«

»Vor zwei oder drei Wochen, als Dédé Geburtstag hatte.«

»Wie würden Sie Ihr Verhältnis zu Ihrem Schwiegervater beschreiben?«

»Dédé war ein linker Idealist. Ein Freigeist, der seinen Lebenstraum verwirklicht hat. Er lebte in diesem abgeschiedenen Bergdorf zwar wie in einer Blase, aber hier war er, umgeben von seiner Familie und den Freunden, die er unter den Gästen gefunden hatte, glücklich. Ich erinnere mich nicht, dass er die Provence überhaupt jemals verlassen hat. Trouvac und die Kunst – das war alles, wofür er sich interessierte. Leider hatte keines seiner Kinder größere künstlerische Ambitionen. Ich weiß, wie sehr er sich gewünscht hat, Sarah würde an der Kunstakademie in Avignon Malerei studieren und danach dauerhaft in Trouvac leben. Umso größer war seine Enttäuschung, als sich meine Frau mit dem Lehramt für einen Brotberuf entschieden und mit mir als Partner einen überzeugten Stadtmenschen gefunden hat«, erklärte Dubois und warf Sarah einen kurzen Blick zu, als wollte er Bestätigung finden oder Mut fassen.«

»Ich vermute, Sie sind nicht sein Wunschschwiegersohn gewesen.«

»Nein, das war er nicht«, sagte Sarah Steger mit Nachdruck.

»Dédé hatte für meine geschäftlichen Projekte wenig übrig«, fuhr Dubois eifrig fort. »Meine Internetaktivitäten waren ihm suspekt – er besaß ja nicht einmal einen Computer. Hinzu kam, dass er schon seit seiner Jugend das kapitalistische Wirtschaftssystem verachtet hat. Karl Marx statt freier Marktwirtschaft. Mit der Vermietung der Häuser hat er sich seine Unabhängigkeit gesichert. Der Preis war symbolisch. Selbst in der Hochsaison haben die Gäste für eine Übernachtung in Trouvac weniger als in einer einfachen Jugendherberge bezahlt. Man hätte leicht das Doppelte verlangen können, aber Dédé war mit den Mieteinnahmen zufrieden. Keine Frage: Dédé war bescheiden und großzügig. Doch um zu Ihrer Frage zurückzukehren: Zuletzt hatten wir eine Art Waffenstillstand geschlossen – wenn Sie wissen, was ich meine.«

»Ja, durchaus.«

»Trotz unserer Differenzen hat sich mein Schwiegervater stets hochanständig verhalten und uns tatkräftig unterstützt, besonders, als ich vor ein paar Jahren unverschuldet in finanzielle Schwierigkeiten geraten bin.« Dubois legte seinen rechten Arm um die Hüfte seiner Frau.

Sarah lächelte ihn sanft an, drückte ihm einen Kuss auf die Wange und wandte sich an Malbec: »Ich lasse Sie kurz allein, um einen Topf Kartoffeln auf den Herd zu stellen.«

Malbec sah ihr nach. »Sind Sie lange in Paris gewesen?«

»Ich bin am letzten Mittwoch frühmorgens mit dem TGV hingefahren. Es standen mehrere geschäftliche Meetings mit zukünftigen Geschäftspartnern an. Gestern Abend hatten wir noch ein Abschlussdinner in einem Bistro am Montparnasse, das ich unmöglich absagen konnte. Heute Vormittag bin ich dann sofort mit dem Zug zurück nach Aix gefahren – das lässt sich leicht nachprüfen.«

Malbec kannte das Phänomen. Bei einer Zeugenvernehmung sahen sich selbst völlig unbescholtene Zeitgenossen dem Druck ausgesetzt, sich rechtfertigen und umgehend auf ihre Alibis verweisen zu müssen.

»Glücklicherweise besteht dazu momentan keine Veranlassung«, sagte er beschwichtigend. »Vielmehr interessiert mich, weshalb sich Ihr Schwiegervater mit Nathan zerstritten hat.«

»Da sind zwei Sturköpfe aneinandergeraten. Obwohl Nathan es abstreiten würde, ähnelt er seinem Vater oft in frappierender Weise. Was aber den genauen Hintergrund betrifft, werden Sie wohl meinen Schwager selbst fragen müssen«, antwortete Dubois ausweichend.

Mit einem kurzen Nicken zog Malbec weiter. Die Frage nach der Ursache des Vater-Sohn-Konflikts entpuppte sich zunehmend als Sackgasse.

✳✳✳

Höflicherweise klopfte Malbec an die Tür, obwohl sie zwei Handbreit offen stand.

»Darf ich …?«

»Sehr gern.« Cloé Livet lächelte ihn mit einer ausholenden Handbewegung an. »Ich habe den Tisch bereits gedeckt.«

»Da fügt es sich ja wunderbar, dass ich Ihnen etwas …«

»Waren wir gestern Abend nicht schon beim Du?«, unterbrach Cloé ihn sanft.

»Du hast recht.« Malbec hielt die Arme geheimnisvoll hinter dem Rücken verschränkt. »Ich habe dir eine Kleinigkeit aus Apt mitgebracht.« Mit einer demonstrativ eleganten Bewegung legte er ein in braunes Packpapier eingeschlagenes Päckchen auf den Tisch.

Neugierig entfernte Cloé die Bastschnüre. »Die sind schön!« Strahlend hob sie die in Kobaltblau und Türkis leuchtenden Teller in die Höhe und musterte sie von allen Seiten. »Das wäre nicht notwendig gewesen.«

»Doch, doch«, beteuerte Malbec, »schließlich verköstigst du mich schon den zweiten Abend. Und auf den neuen Tellern wird es noch besser schmecken.« Er fühlte sich in Cloés Gegenwart so wohl, dass er keinen Augenblick an Catherine dachte.

»Danke, aber mit einer Gourmetküche kann ich nicht dienen«, sagte sie entschuldigend, während sie die alten Teller wegräumte und durch Malbecs Gastgeschenk, das sie kurz abwusch, ersetzte.

»Austern oder *foie gras* waren am Wochenmarkt von Trouvac ausverkauft.«

»Kein Problem. Es riecht jedenfalls verführerisch.«

Malbec atmete innerlich auf. Zur Verwunderung seiner Freunde, die ihn als Feinschmecker schätzten, machte er sich nichts aus Austern. Gänseleber mochte er ebenso wenig wie andere Innereien, auch wenn der Dichter Jean-Philippe Rameau einmal schwärmerisch behauptet hatte, Gänseleber sei der Beweis für die Existenz Gottes.

Zwar war sich Malbec bewusst, dass zu jedem Schwein oder Lamm auch Nieren, Leber und Lunge gehörten, aber auf seinem Teller hatten Innereien nichts zu suchen. Schon als Kind hatte er den Geruch gehasst, der sich in der Küche ausgebreitet hatte, wenn seine Großmutter *poumon de veau au vin rouge* gekocht hatte; er hatte den Kalbslungen ebenso wenig abgewinnen können wie einer deftigen *andouillette*, deren Ausdünstung ihn bis heute abstieß. Einzig den zarten Entenmägen einer *salade de gésiers* war er verfallen.

»Ich hoffe, dir schmeckt Couscous?«

»Ja, sogar sehr.« Er erzählte Cloé von seiner Dienstzeit in Marseille, als er oft nach Feierabend zusammen mit seinen Kollegen in den kleinen arabischen Restaurants rund um den Marché de Noailles gesessen hatte, in denen Hartweizengries in zahlreichen Variationen serviert wurde.

»Wunderbar – ich habe für uns einen Couscous-Salat vorbereitet. Das Gericht lässt sich in Anbetracht der eingeschränkten Kochmöglichkeiten schnell und problemlos anrichten.«

Cloé streute klein gehackte Petersilie über die Schüssel.

»Echtes Trouvac-Design«, kommentierte sie zynisch mit Blick auf die selbst getöpferte Schale, die von langjährigen Gebrauchsspuren gezeichnet war.

Malbec lachte laut auf und bewunderte gleichzeitig, wie Cloé den Tisch mit geschickt gefalteten Papierservietten und Herbstblumen in eine festliche Tafel verwandelt hatte.

»Dafür haben wir zwei schöne Teller – da kommt der Salat besser zur Geltung.« Sie hob Malbecs Geschenk empor. »Nochmals danke dafür!«

»Gern geschehen.«

»Zur Feier des Tages gibt es gekühlten Weißwein.«

»Gekühlt?« Malbec runzelte verwundert die Stirn.

»Ich habe einen Beutel Eis im Supermarkt gekauft«, erklärte Cloé. »Das lässt sich relativ lange im Eimer aufbewahren und ersetzt für eine Zeit den Kühlschrank.«

»Eine gute Idee.«

»Du magst hoffentlich Viognier? Sonst hätte ich noch einen Rotwein zu bieten.«

»Trinke ich sehr gern«, sagte Malbec. Zufälligerweise war Viognier, der hauptsächlich entlang der Rhône in Südfrankreich angebaut wurde, einer seiner Lieblingsweine. Er schätzte ihn als einen kräftigen, aromatischen Weißwein, der zu vielen Gerichten passte.

Cloé richtete die arabische Köstlichkeit mit zwei Löffeln auf den bunten Tellern an.

Malbec fischte eine gekühlte Flasche aus dem Eiswasser des Eimers, öffnete sie mit einem Kellnermesser und schenkte beide Gläser halb voll. Selbst im Kerzenschein war die goldgelbe Farbe des Weines gut zu erkennen.

»*À ta santé.*«

Ein heftiger Windstoß drückte gegen die schlecht abgedichtete Tür, die Kerzen flackerten, und ein Fensterladen klapperte.

Malbec, der seit Stunden nichts gegessen hatte, probierte freudig den Couscous, der mit Frühlingszwiebeln, Tomaten und Petersilie zubereitet und mit Kreuzkümmel und anderen orientalischen Gewürzen verfeinert war.

»Sehr lecker«, lobte er schon nach der zweiten Gabel und griff nach einem Stück Baguette.

Cloé lächelte. Die Gläser klirrten zart.

NEUN

Träumte er, oder hämmerte es gegen die Tür?

Malbec zog sich die Decke über den Kopf und dachte glücklich an den gestrigen Abend. Einen Augenblick lang glaubte er, sich getäuscht zu haben, aber dann wummerte es erneut gegen die Haustür.

»Monsieur le Commissaire!«, rief eine Frauenstimme. »Sind Sie da?«

Er streckte sich, um seine Gedanken zu sammeln. »*Une minute*«, antwortete er, dann sprang er mit Elan aus dem Bett und schlüpfte in seine Jeans, rieb sich verschlafen die Augen, widmete sich einer schnellen Morgentoilette und öffnete schließlich barfuß die alte Holztür. Augenblicklich fiel die Sonne ins Haus und blendete ihn.

»Entschuldigung, dass ich Sie so stürmisch geweckt habe. Aber ich habe schon heute Nacht vergeblich nach Ihnen gesucht«, sagte Sarah Steger vorwurfsvoll. »Gestern Abend ist in das Haus meines Vaters eingebrochen worden!«

»Wie kommen Sie darauf?« Malbec versuchte, sich mit der erhobenen Hand vor den Sonnenstrahlen zu schützen.

»Das polizeiliche Siegel wurde aufgebrochen. Mein Mann hat es gesehen, als er sich spätabends die Beine vertreten wollte. Er hat mich sofort herbeigerufen. Ich habe einen Blick ins Haus geworfen und gesehen, dass alle Zimmer gründlich durchwühlt wurden. Wir wollten Sie unverzüglich verständigen, aber Sie waren unterwegs.«

»Haben Sie noch jemanden im Haus gesehen oder gehört?«

»Nein, es war niemand mehr da.«

»Danke für die Benachrichtigung. Ich werde mir den Einbruch gleich ansehen – das wird noch ein paar Minuten dauern.«

Malbec schloss die Tür und setzte sich an den Tisch, um sich zu sammeln. Nachdenklich massierte er sich die Schläfen.

Es wäre besser gewesen, er hätte sich beim Weißwein zurückgehalten.

Wie Filmsequenzen zogen die gestrigen Vorfälle an seinem inneren Auge vorbei, wobei auch Bilder vom vergangenen Abend mit Cloé aufblitzten.

***

Im Wohnzimmer herrschte Chaos. Malbec ging in die Hocke. Der Eindringling musste in Eile gewesen sein. Sonst hätte er vermieden, so deutliche Spuren zu hinterlassen. Hatte er oder sie befürchtet, von einem der Dorfbewohner identifiziert zu werden?

Er erkannte alte Fotos von Trouvac, verstreut über den Holzdielen. Ein Dorfleben, glückliche Jahrzehnte. Bilder von Geburtstagsfeiern, Familienangehörigen, Kunstausstellungen und vielen freudig in die Kamera lächelnden Gästen. Dazwischen lagen Briefe und Rechnungen. Selbst die Bücherregale hatte der Unbekannte durchstöbert.

Malbec registrierte eine feine Schicht Ruß, offensichtlich hatte der Einbrecher auch im Kamin gesucht. Er beugte sich vor und konnte in den Rußpartikeln das Profil eines Schuhabdrucks erkennen. Er schätzte die Schuhgröße auf dreiundvierzig oder vierundvierzig und machte ein Foto.

Der Eindringling war rabiat vorgegangen. In der Küche waren alle Schränke und auch viele Lebensmittelpackungen geöffnet worden, entsprechend sah es in den Räumen aus, sogar die Holzdielen waren an mehreren Stellen aufgestemmt worden. Für die Spurensicherung würde das viel Arbeit bedeuten.

Keine Frage: Fünfzigtausend Euro weckten Begehrlichkeiten. Begehrlichkeiten, die nicht zwangsweise in einem Zusammenhang mit dem Mord an Dieter Steger stehen mussten. Aber das war Spekulation. Fest stand nur, dass derjenige, der in das Haus eingedrungen war, sehr unprofessionell vorgegangen war.

Malbec versiegelte die Tür und ging hinüber zu Sarah Steger, die ihn gemeinsam mit ihrem Mann auf der Terrasse erwartete.

»Haben Sie einen Verdacht, wer sich hier ausgetobt hat?«

Sie schüttelte den Kopf. »Letztlich kommt nur einer der Gäste in Frage.«

»Lässt sich der genaue Zeitpunkt des Einbruchs eingrenzen?«

»Das ist schwer möglich«, sagte Sarah Steger.

»Ich bin zwar am Abend einmal vorbeigekommen«, ergänzte Valentin Dubois. »Bemerkt habe ich es dann durch Zufall eine halbe Stunde vor Mitternacht, als ich mir eine Zigarette angezündet habe.«

»Danke. Die Spurensicherung wird sich des Hauses annehmen. Ich befürchte, Sie werden anschließend ein oder zwei Tage zum Aufräumen benötigen.«

»Es bleibt mir auch nichts erspart.« Sarah Steger strich sich eine Haarsträhne aus dem Gesicht. »Darf ich Ihnen als Entschädigung, dass ich Sie so rüde aus dem Bett geworfen habe, wenigstens einen Kaffee anbieten?«

»Ja, gern.«

»Und ein Croissant vom Vortag hätten wir auch noch im Angebot.«

»Danke. *C'est très gentil.*«

Sarah Steger ging ins Haus und kam mit einem dampfenden Kaffee und dem Gebäck zurück.

Malbec umschloss die Tasse mit beiden Händen. Während eine wohlige Wärme seine Finger durchströmte, stieg ein verführerischer Duft in seine Nase.

»Übrigens haben sich die ersten Dorfbewohner bei mir erkundigt, wie lange sie noch bleiben müssen. Der Mord an meinem Vater hat verständlicherweise viele beunruhigt. Daher ist der Wunsch, räumlich Abstand zu gewinnen, durchaus nachvollziehbar. Es wird einsam werden in Trouvac. Vaters Tod hat sich bereits herumgesprochen und scheint die Besucher abzuschrecken. Zwei Gäste, die nächste Woche anreisen wollten, haben schon abgesagt.«

»Wer wird sich nun um die Vermietung kümmern?«, fragte Malbec und tunkte das trockene Croissant in den Kaffee.

»Da sprechen Sie einen wunden Punkt an«, antwortete Sarah Steger. »Wenn ich das Vermächtnis meiner Eltern fortsetze, muss ich mich gegen meinen Beruf als Lehrerin entscheiden.«

***

Dankbar für das Frühstück und die belebende Wirkung des Kaffees, nahm Malbec seine Ermittlungsarbeit wieder auf. Zähneknirschend musste er sich eingestehen, die Lage vor Ort falsch eingeschätzt zu haben.

Er holte das Satellitentelefon hervor und führte mehrere Gespräche mit den Kollegen in der Dienststelle. Er verständigte die Spurensicherung und forderte Unterstützung an, die im Laufe des Nachmittags eintreffen sollte. Zuletzt wurde er noch mit Sous-Lieutenant Jacques Taurel verbunden.

»Chef, Ihr Toter ist ein Phantom.«

»Der Scherz zum Sonntag?«

»Das würde ich mir nie erlauben«, erwiderte Taurel mit gespielter Ironie. »Ich habe gestern Abend mehrere Stunden damit verbracht, digitale Spuren von Dieter Steger aufzuspüren. Um es auf den Punkt zu bringen: Der Fall ist mysteriös.«

»Inwiefern?«

»Wir haben uns bisher vor allem auf die Hintergründe der möglichen Täter konzentriert, dafür haben wir uns für das Opfer kaum interessiert. Doch dann bin ich stutzig geworden, als ich Dieter Steger nicht im Melderegister der örtlichen Gemeinde finden konnte.«

»Ein Zufall? Die französische Verwaltung ist bekanntlich manchmal überfordert. Vielleicht führt man im Rathaus von Saint-Saturnin-lès-Apt noch Karteikarten«, sagte Malbec zynisch.

»Ja, aber das hat dann meinen Ehrgeiz geweckt. Ich habe zahlreiche Datenbanken befragt, um möglichst viele Informationen zusammenzutragen. Gefunden habe ich zumeist ältere Berichte über Stegers Arbeit als Schafzüchter sowie über von ihm organisierte Kunstausstellungen rund um Trouvac. Außerdem habe ich noch einen reich bebilderten Onlineartikel auf der Homepage der Zeitung ›Libération‹ aufgetrieben, der über das Leben in verstreuten Weilern rund um den Mont Ventoux berichtet und für den er interviewt wurde – das war es auch schon.«

»Das ist doch nicht wenig.«

»Eine Frage der Interpretation. Ansonsten hat Dieter Steger weder im Netz noch in der Realität Spuren hinterlassen. Die behördlichen Kontakte liefen alle über seine Frau Vivienne. Nur sie hat eine Steuernummer beim Finanzamt, und nur auf ihren Namen wird das Konto bei der Crédit Agricole geführt.«

»Steger war doch Kunde der Filiale in Apt und hat dort fünfzigtausend Euro abgehoben.«

»Das stimmt. Wahrscheinlich war eine Kontovollmacht hinterlegt. Aber ich habe mehr herausgefunden: Auch im Grundbuch der Gemeinde ist nur Vivienne Steger als Eigentümerin von Trouvac eingetragen.«

»Seltsam«, murmelte Malbec. »Dazu passt, dass bei Steger bisher weder ein Personalausweis noch ein Führerschein gefunden wurde.«

»Das ist nicht alles: Offensichtlich lebt Vivienne Steger noch.«

»Wie bitte? Sie liegt doch auf dem Dorffriedhof von Saint-Saturnin-lès-Apt begraben. Das hat mir ihre Tochter bestätigt.«

»Das mag schon sein, aber offiziell wird Madame Steger nicht als verstorben geführt. Die Datenbanken verzeichnen keinen Eintrag im Sterberegister.«

»Langsam wird es dubios.«

»Ja, und auf das Konto bei der Crédit Agricole ging noch im letzten Monat eine monatliche Rente in Höhe von knapp dreihundert Euro für Madame Steger ein …«

Malbec holte tief Luft. Hatte Dieter Steger den Tod seiner

Frau nicht gemeldet, damit ihre Rente weiter ausbezahlt wurde? Das wäre nicht der erste derartige Fall.

»Doch zurück zu unserem Phantom«, fuhr Taurel fort. »Auf dem Totenschein der Gerichtsmedizin ist der 13. September 1947 als Stegers Geburtstag eingetragen, und als Geburtsort wurde die Stadt Krefeld in Deutschland angegeben.«

»Ja, das habe ich so vermerkt. Die Eckdaten hat mir Sarah Steger mitgeteilt.«

Taurel schwieg vieldeutig. »Nachdem das Verbindungsproblem mit den polizeiinternen Datenbanken in Deutschland glücklicherweise behoben wurde, wollte ich Stegers Geburtsdaten überprüfen«, sagte er schließlich. »Und siehe da: Fehlanzeige! Das Standesamt in Krefeld hat für diesen Tag zwar sieben Geburten vermerkt, doch in dem besagten Monat wurde kein Dieter Steger registriert. Unser Fall scheint immer mysteriöser zu werden.«

»Was ist, wenn Steger adoptiert wurde oder seine Mutter später nochmals geheiratet hat?«

»Das ist nicht auszuschließen. Meine Recherchen haben ergeben, dass in Deutschland mehrere Männer gemeldet sind, die Dieter Steger heißen, doch es ist unmöglich, eine biografische Verbindung zu unserem toten Dorfbesitzer herzustellen. Weder das Geburtsjahr noch der Wohnort oder andere behördliche Meldedaten bieten einen Ansatzpunkt. Auch in den Registern der Gendarmerie oder der Police nationale ist er ein Unbekannter. Keine Vorstrafen, keine Verkehrsdelikte, keine Eintragungen in einem Schuldnerverzeichnis. Der Mann scheint eine vollkommen weiße Weste zu haben. Dieter Stegers Identität bleibt ein Rätsel. Handelt es sich doch um ein Phantom?«

»Ich hoffe, wir wissen bald mehr«, sagte Malbec. »Einstweilen danke ich dir für deine Nachforschungen.«

»Chef, Sie haben doch für heute Nachmittag Verstärkung vor Ort angefordert. Dürfte ich Sie unterstützen?«

»Jacques, ich fände es wichtiger, wenn du heute im Commissariat die Stellung hältst.« Malbec schätzte Taurels schnelle

Auffassungsgabe und seine Computerkenntnisse sehr, aber in Trouvac wollte er erst einmal auf ihn verzichten. Aufrichtig versprach er, ihn beim nächsten Fall von Anfang an in die Ermittlungen vor Ort einzubinden.

Das Telefongespräch mit Taurel ließ Malbec grüblerisch zurück. Er ermittelte also in einem Mordfall, dessen Opfer zwar Kinder gezeugt und ein ganzes provenzalisches Dorf aufgebaut hatte, dessen sonstige Existenz jedoch hinter einem nebulösen Schleier verborgen geblieben war.

Zum wiederholten Male betrachtete er das Schaubild, dessen Zentrum Dieter Steger bildete. Ein schwarzes mysteriöses Loch.

Er neigte seinen Oberkörper nach hinten, so als würde sich die Situation mit räumlichem Abstand aufhellen und eine Auflösung durchschimmern.

※※※

In eine dicke Jacke eingepackt, öffnete er die Tür und brach mit hochgeschlagenem Kragen zu einer Dorferkundung auf. Die Vögel zwitscherten in den Bäumen und gaukelten eine nicht vorhandene Normalität vor.

Trotz des Windes war der Sonntag ein schöner Herbsttag. Die mit Tau bedeckten goldgelben Blätter glänzten an den Bäumen und Sträuchern in der Sonne. Die Fernsicht war gut, die Falten des Luberon waren deutlich zu sehen. Ein schmales Wolkenband hatte sich über das Gebirgsmassiv geschoben. Das Licht war weich und zauberte eine angenehme herbstliche Stimmung.

Die Funktion, die gewöhnlich einem Schlüsselbrett an der Hotelrezeption zukam, übernahm in Trouvac der Parkplatz, zu dem Malbecs nächster Weg führte. Er hatte sich halbwegs gemerkt, welches Auto zu welchem Gast gehörte, und hoffte, sich schnell einen Überblick verschaffen zu können, wer unterwegs war und wer sich im Dorf aufhielt. Zwei oder drei Lücken waren auszumachen, aber der schwarze Volvo der Bockelmanns stand direkt neben seinem eigenen Auto.

Einer vagen Idee folgend, machte Malbec auf dem Absatz kehrt, um zum höher gelegenen Teil des Dorfes hinaufzugehen und sich noch einmal die Bockelmanns vorzunehmen.

Karin Staudacher saß in einer weinroten Strickjacke konzentriert vor einer Staffelei und zeichnete einen der Steinbacköfen. Malbec schloss daraus, dass sie sich beruhigt hatte.

Maurice Favrod kam ihm mit einer Zigarette im Mundwinkel entgegen. »*Bonjour*, Monsieur le Commissaire!«

»*Bonjour*, Monsieur Favrod.« Malbec blieb ein kleines Stück unterhalb einer Treppe stehen und wartete, bis Favrod mit seinen klappernden Plastiksandalen die Stufen heruntergekommen war. »Ich weiß nicht, ob Sie schon wissen, dass in das Haus von Dieter Steger eingebrochen wurde.«

»Ja – das hat sich schnell herumgesprochen.« Favrod führte den Zeigefinger vor den Mund und blickte in Richtung Karin Staudacher.

»Haben Sie gestern Abend jemanden in der Nähe von Dédés Haus gesehen?«, fragte Malbec mit gedämpfter Stimme.

»Da muss ich Sie leider enttäuschen. Ich war mit Freunden in Saint-Saturnin-lès-Apt verabredet. Wir haben uns im ›L'Estrade‹ zum Diner getroffen. Sie müssen wissen, zwei- oder dreimal in der Woche fahre ich ins Tal, um mich kulinarisch verwöhnen zu lassen, da ich in Trouvac nicht gern koche. Der Ausflug hat sich gelohnt. Gestern stand im ›L'Estrade‹ ein vorzügliches *souris d'agneau* auf der Karte. Butterweich das Lamm, ein herrliches Aroma mit Oregano und viel Knoblauch. Eine kulinarische Offenbarung, dazu Rosmarinkartoffeln und als Dessert eine *île flottante* mit …«

»Beneidenswert. Wissen Sie, wann Sie zurückgekommen sind?«

Favrod schloss die Augen. »Es dürfte so gegen halb elf gewesen sein. Ich war noch ziemlich aufgewühlt.« Er wurde von einem Hustenanfall unterbrochen.

»Warum?«, fragte Malbec und zog die Augenbrauen hoch.

»Weil ich beinahe einen Radfahrer über den Haufen gefahren

hätte. Unglaublich, der Verrückte kam ohne jede Beleuchtung den Berg heruntergeschossen.« Favrod war noch immer über den Vorfall entrüstet. »Ich will mir gar nicht ausmalen, was da alles hätte passieren können. Sie kennen ja die Straße, hinter der Böschung geht es steil in den Abgrund. Nur wenige Zentimeter haben gefehlt.«

»Bitte beschreiben Sie mir den Radfahrer oder den Fahrradtyp so genau wie möglich.«

»Unmöglich, das ging alles viel zu schnell. Ich weiß nicht einmal mit Sicherheit, ob es sich um einen Mann gehandelt hat, außerdem trug er – oder sie – einen Helm oder eine schwarze Mütze. Ein Rennrad war es jedenfalls nicht, denn das Einzige, was ich mit Gewissheit sagen kann, ist, dass das Fahrrad einen breiten und geraden Lenker hatte. Ich tippe daher auf ein Mountainbike.«

»Danke, das hilft uns mit Glück.«

»Gern geschehen. Ich wünsche Ihnen noch einen schönen Sonntag.«

»Das Gleiche wünsche ich Ihnen auch.«

***

Christian Bockelmann stand vor dem Haus und drehte sich mit lässiger Routine eine Zigarette. Als geübter Raucher musste er sich nicht darauf konzentrieren und beobachtete interessiert einen Greifvogel, der mit weit ausgebreiteten Schwingen über Trouvac kreiste.

Malbec stieß einen Stein geräuschvoll an.

»*Bonjour*, Monsieur Bockelmann.«

Der Angesprochene reagierte nicht, sondern verfolgte weiterhin den Flug des Greifvogels, der die morgendliche Thermik geschickt nutzte. Dafür trat einen Augenblick später Vera Bockelmann aus der Tür und stellte sich abwartend neben ihren Mann. Christian überragte sie um eine Haupteslänge, sodass der Größenunterschied zwischen den beiden besonders ins Auge stach. Wie viele große Menschen hatte sich Christian Bockelmann eine gebeugte Haltung angewöhnt.

»*L'Aigle de Bonelli*«, präzisierte Malbec und führte die Hand gen Himmel. »Glücklicherweise haben sich seit ein paar Jahren vermehrt Habichtsadler in der Provence angesiedelt.« Aus den Augenwinkeln registrierte er, dass sich die beiden verständnislose Blicke zuwarfen. Irritiert setzte er zu einer Erklärung an, gleichzeitig wurde ihm bewusst, dass die Bockelmanns kaum Französisch sprachen.

Gezwungenermaßen wechselte er ins Englische, doch leider scheiterte er gleich an der ersten sprachlichen Hürde. Habichtsadler? Er versuchte, sich an das englische Wort zu erinnern, kam aber nicht über den Sammelbegriff *eagle* hinaus.

Doch nicht nur deshalb verlief die Unterhaltung stockend. Auf Malbecs Fragen antwortete hauptsächlich Vera, die, wenn sie nach der passenden Formulierung suchte, meist wild gestikulierte. Ihr Gesicht war blass, und die Augenpartie wies selbst für eine siebzigjährige Frau besonders viele Falten auf.

Christian stand mit gekrümmtem Rücken wortkarg daneben. Er war schlank und drahtig, sein Gesicht mit den tief liegenden dunklen Augen war auffallend schmal. Er sprach mit einer ungewöhnlich hohen Stimme, die bei manchen Vokalen zu brechen schien. Seine gelblich verfärbten Zähne zeugten von jahrelangem Konsum filterloser Zigaretten.

Wie das Ehepaar Schmidt aus dem Elsass gehörten auch die Bockelmanns zu jenen Zeitgenossen, die sich für ein paar Tage nach Trouvac zurückgezogen hatten. Sie wirkten wie ein gut eingespieltes Paar, das selbst ein Erdbeben nicht so schnell aus der Fassung bringen konnte.

Vera erzählte, Freunde hätten ihnen den Ort empfohlen und bis zu Dieter Stegers Tod, den sie zuvor nicht gekannt hätten, habe es ihnen im Dorf und in der Provence gut gefallen. Seither habe sich Tag für Tag ein zunehmendes Unwohlsein ausgebreitet. Unisono verwiesen sie auf wichtige familiäre Verpflichtungen in Deutschland, die sich nicht länger aufschieben ließen, und drückten ihren Wunsch aus, demnächst aufbrechen zu wollen.

Um sie zu beruhigen, signalisierte Malbec Verständnis, bat jedoch noch um Geduld, da er wusste, dass er aus rechtlichen Gründen niemanden an der Abreise hindern durfte.

Was Hinweise zum Mord oder dem gestrigen Einbruch betraf, bedauerten die Bockelmanns einträchtig, keine Angaben machen zu können. Vergeblich versuchte Malbec, sie aus der Reserve zu locken. Geschickt blockten sie Fragen zu ihrem Privatleben mit Allgemeinplätzen ab und ließen ihn ins Leere laufen.

Dankend verabschiedete sich Malbec. Unzufrieden mit dem Gespräch, schlenderte er zurück zu Sarah Stegers Haus. Für eine unverhoffte Unterbrechung sorgte der Dorfpfau, der betont langsam über den Weg stolzierte und sich elegant bewegte, um sein schmuckes Federkleid zu präsentieren.

Er machte einen Bogen um den Pfau und beobachtete unauffällig, wie Klaus Schröder mit feuchten Haaren und einem unter den Arm geklemmten grünen Handtuch aus dem Sanitärhaus eilte. Malbec überlegte, ob er ihn ansprechen sollte, doch Schröder war so tief in Gedanken versunken, dass er ihn nicht wahrnahm, obwohl er nur wenige Meter an ihm vorbeilief.

Malbec wollte Sarah Steger zum rätselhaften Geburtstag ihres Vaters befragen. Vergeblich klopfte er gegen die Tür und entschied sich kurzerhand, hinunter nach Rustrel zu fahren.

Er lief zum Parkplatz und traute seinen Augen nicht, als er einen vierschrötigen Typen sah, der sich vor Sarah Steger echauffierte.

»Madame Steger, Trouvac hat viel Potenzial. Wir würden das Dorf mit unserem Projekt zum Glänzen bringen.«

»Das mag schon sein, aber ich muss erst einmal den Tod meines Vaters verarbeiten. Ein Verkauf des Dorfes steht nicht zur Debatte.«

»Das verstehe ich. Wenn Sie …«

Malbec sprang Sarah Steger bei. »Monsieur Barré, ich befürchte, Ihr Besuch ist nicht erwünscht …«

Nach heftiger Diskussion überreichte Barré Sarah seine Visitenkarte und verließ grimmig das Dorf.

Als Malbec ihr Pascal Barrés Absichten erläuterte, lief Cloé Livet einen Steinwurf entfernt mit einem vielsagenden Lächeln vorbei. Auf seine Frage, woher Sarah wisse, dass ihr Vater am 13. September 1947 in Krefeld geboren sei, entgegnete Sarah entrüstet: »Ich weiß doch, wann wir seinen Geburtstag gefeiert haben und wie alt er ist!«

Er erklärte ihr, dass im dortigen Standesamt an diesem Tag seltsamerweise keine entsprechende Geburt registriert worden sei, und verabschiedete sich.

Einer Eingebung folgend, beschloss er, die bisher versäumte Kennzeichenabfrage nachzuholen. Er ärgerte sich über seine eigene Nachlässigkeit und fotografierte die Nummernschilder aller Fahrzeuge, die auf dem Parkplatz standen. Dann setzte er sich ins Auto, startete den Motor und öffnete das Seitenfenster. Der kühle Fahrtwind sollte ihm einen klaren Kopf verschaffen.

Er kam flott voran, da er die Tücken der Strecke inzwischen kannte. Während er die Kurven geschickt meisterte und den Schlaglöchern auswich, entschied er, Nathan Steger nochmals auf den Zahn zu fühlen. Der Verdacht lag nahe, dass Nathan in das Haus seines Vaters eingebrochen war. Er hatte Geldbedarf – und die Verwüstung ließe sich mit seinem Groll erklären.

⁂

Malbec parkte in Rustrel unweit der Boulangerie am Straßenrand. Er nahm sein Smartphone in die Hand, um Catherine anzurufen und sich nach ihrem Wochenende zu erkundigen, doch zum jetzigen Zeitpunkt hielt er das für keine gute Idee. Stattdessen schrieb er eine knappe und unverbindliche Kurznachricht.

Dann schickte er Sous-Lieutenant Taurel einen Schwung Bilder, verbunden mit der Bitte um eine schnelle Halterabfrage der betreffenden Fahrzeuge.

Ein Auto hupte. Als Malbec aufblickte, winkte ihm Charles Monod aus dem weiß-blauen Dienstfahrzeug der Police municipale zu. Sein Kollege hielt an und stieg aus.

»Ich komme aus den Ockerbrüchen«, erklärte der Chef de Police, während sie sich die Hände schüttelten, und schaute demonstrativ auf seine mit einer dunkelroten Pigmentschicht überzogenen Schuhe. »Es ist nicht zu fassen, irgendein Idiot war heute Nacht mit seinem Motocross-Motorrad im Colorado Provençal unterwegs. Für eine Stunde Spaß hat er das halbe Areal verwüstet. Der Bürgermeister tobt, schließlich sind die Ockerbrüche mit ihren verwitterten Felsformationen die Hauptattraktion von Rustrel und stehen unter Naturschutz.«

»Unglaublich, selbst hier auf dem Land schreitet der Vandalismus voran.« Malbec wusste noch, wie beeindruckt er bei seinem letzten Besuch von der Farbenvielfalt der spektakulär zerklüfteten Ockerlandschaft gewesen war.

»Erst vor wenigen Monaten wurden die markierten Pfade neu angelegt. Pure Zerstörungswut. Die Befragung der Anwohner läuft, und ich habe das Profil mit den Abdrücken der auffälligen Stollenreifen sichergestellt. Mit etwas Glück lassen sich Rückschlüsse auf die Motorradmarke ziehen.« Monod war seine Entrüstung deutlich anzumerken.

»Die Dorfjugend?«

»Nein, die wissen doch alle um die Bedeutung der Ockerbrüche als Touristenattraktion.« Monod zog die Mundwinkel nach unten. »Ich werde mich erst einmal im Dorf umhören, ob gestern Nacht ein Motorradfahrer gesehen wurde und wer in Rustrel ein Geländemotorrad besitzt.«

»Ein Ausdruck von jugendlicher Langeweile?«

»Das sollte man nicht ausschließen«, grummelte Monod. »Übrigens schön, dass ich Sie antreffe. Ich habe recherchiert und Informationen zu dem Toten gefunden, den man vor Jahrzehnten in den Hügeln oberhalb von Trouvac verscharrt hat.«

»Da bin ich gespannt.«

»Wir haben Glück. Vor zwei Jahren haben sich die Pathologen der Universität Aix-Marseille in einem Seminar mit dem Fall beschäftigt. Ihnen ist es gelungen, mit Hilfe der Schädelteile die Gesichtszüge der Leiche zu rekonstruieren. Ein kompliziertes Verfahren, bei dem der Schädel dreidimensional vermessen wird, bevor dann die Weichteile des Gesichts über den Knochenpunkten nachgebildet werden. Das forensische Ergebnis wird maskenbildnerisch bearbeitet und als Porträt fotografiert. Leider ist es nach so vielen Jahren nicht mehr möglich, Aussagen über die Haar- und Barttracht zu treffen. Viel Raum für Interpretationen.« Monod holte sein Portable hervor. »Warten Sie, ich zeige Ihnen Bilder von dem Toten.«

Er tippte auf dem Display herum. Nachdem er die Fotos gefunden hatte, hielt er Malbec das Smartphone entgegen.

»Mit Vollbart, mit Schnurrbart, mit langen Haaren, Denkerstirn oder Glatze – das sind nur einige Möglichkeiten.« Er wischte mehrfach mit dem Zeigefinger über den Bildschirm. »Immerhin haben wir eine Vorstellung, wie er zu Lebzeiten ausgesehen haben könnte. Seine Haarfarbe war dunkelblond, das haben die Forensiker herausgefunden.«

Beeindruckt von der modernen Technologie, studierte Malbec die verschiedenen Porträtstudien des Toten. Plastische Darstellungen, die mit der damaligen Haarmode spielten. Er war sich sicher, dass die Fotos die Identitätssuche und die Fahndung nach dem Mörder erleichtert hätten – aber seither waren mehr als zwei Jahrzehnte vergangen. Wer würde sich heute noch an den Toten erinnern?

»Leiten Sie mir die Bilder bitte weiter?«

»Gern«, sagte Monod.

»Wissen Sie, ob man nochmals versucht hat, die Identität des Toten aufzuklären?«

»Nein, hat man nicht. Warum das nicht geschehen ist, war auf die Schnelle nicht herauszufinden. Wir sollten mit der Regionalpresse zusammenarbeiten und sie bitten, das Foto zu veröffentlichen.«

»Ja, unbedingt, das wäre gut. Verpackt mit der richtigen

Schlagzeile, wird es das Interesse der Leser wecken. Zudem wäre es hilfreich, die Bilder über die sozialen Medien zu verbreiten. Mit viel Glück erinnert sich jemand an den Toten. Nur Ihr Bürgermeister wird nicht begeistert sein.«

»Da dürften Sie recht haben.« Monod hob grinsend die rechte Hand und verabschiedete sich mit einem angedeuteten militärischen Gruß. »Sie entschuldigen, ich muss los.«

***

Vor der Boulangerie saß Klaus Schröder an einem der Tische. Konzentriert hatte er sich über sein Tablet gebeugt und tippte und wischte emsig über das Display, während er an seinem Kaffee nippte.

Malbec ging in die Bäckerei, stellte sich geduldig in die Schlange, bis er an der Reihe war, und orderte einen Kaffee und ein Croissant. Zufrieden bemerkte er, dass das Gebäck noch lauwarm war. Voller Vorfreude, die Erinnerung an das trockene Gebäck seines Frühstücks vergessen zu können, verließ er die Bäckerei.

»*Bonjour*, Monsieur Schröder. Darf ich mich zu Ihnen setzen?« Er nickte Klaus Schröder freundlich zu.

»Selbstverständlich, Monsieur le Capitaine.« Schröder zeigte auf einen der freien Stühle. »Fühlen Sie sich wie zu Hause.«

Malbec nahm ihm gegenüber Platz und legte die Tüte mit dem Croissant auf den Tisch. »Was hat Sie heute so früh nach Rustrel geführt?«

»Für mich ist Rustrel das Tor zur Welt. Hier hat man nicht nur Telefonempfang, sondern sogar einen Internetzugang.«

»Das vermisse ich in Trouvac auch schmerzlich.«

»Haben Sie schon die heutige Zeitung gelesen?« Schröder hob die neben ihm liegende Ausgabe von »La Provence« hoch und strich mit dem Zeigefinger über die fett gedruckte Schlagzeile »Mysteriöser Mord in einem abgelegenen provenzalischen Bergdorf«.

Verärgert stellte Malbec seinen Kaffeebecher ab und griff nach der Zeitung. Er blätterte vom Teaser zur angegebenen Seite und überflog den Artikel, der mit einem Foto von Trouvac bebildert war. Der Bericht war mit haltlosen Vermutungen über mögliche Täter angefüllt, doch die Informationen über die Mitglieder der Familie Steger stimmten. Zudem hatte die Journalistin herausgefunden, dass Vivienne Steger seit ihrer Jugend Mitglied des »Parti communiste français« gewesen war.

Malbec wunderte sich, woher sie die Informationen hatte. Mehr noch weckte der Hinweis, Vivienne sei maßgeblich in einen Anschlag auf eine Kaserne der *Légion étrangère* in Aubagne involviert gewesen, sein Interesse. Die Verdachtsmomente hätten nicht für eine Anklage ausgereicht, die Ermittlungen wurden eingestellt.

»Was halten Sie davon?«, fragte Klaus Schröder.

»Spekulationen statt Recherche. Jeder Mord ist ein gefundenes Fressen für die Presse.« Malbec zog sein Smartphone aus der Hosentasche, um Schröder die Porträtstudien des Toten zu zeigen, die ihm Monod geschickt hatte. »Haben Sie diesen Mann schon mal gesehen?«

Schröder verneinte.

»Sind Sie ihm vor längerer Zeit einmal begegnet?«

»Nein«, wiederholte Schröder und rieb sich nachdenklich mit dem Handrücken über das Kinn. »Ich kenne ihn leider nicht. Wer soll das sein?«

»Ein Unbekannter, der vor über zwei Jahrzehnten in den Bergen oberhalb von Trouvac verscharrt wurde. Der Gerichtsmediziner hat Spuren massiver Gewalteinwirkung in seinem Obduktionsbericht vermerkt. Die Identität des Toten ist bis heute ungeklärt.«

Schröder legte die Stirn in Falten. »Das wird langsam unheimlich hier. Ermitteln Sie auch in dieser Angelegenheit?«

»Momentan nicht. Das ist ein Cold Case. Dieter Stegers Tod hat eindeutig Vorrang«, versicherte Malbec. »Sie wissen bereits von dem gestrigen Einbruch in seinem Haus?«

»Ja, Sarah hat mir heute Morgen davon erzählt. Von dem Vorfall habe ich überhaupt nichts mitbekommen, obwohl ich gestern Nacht noch lange wach gelegen habe.«

Malbec sah ihn auffordernd an und biss in das fluffig weiche Croissant, das köstlich schmeckte.

Schröder schloss die Augen und begann zu erzählen. »Ich hatte Probleme einzuschlafen, da ich an meine frühere Freundin Sabine denken musste. Ich weiß, das wird Sie irritieren, aber mir ist unsere gemeinsame Zeit noch sehr präsent, obwohl das Ganze wie gesagt Jahrzehnte zurückliegt. Von ihrer Ähnlichkeit mit Vera habe ich Ihnen bereits erzählt. Während ich mich im Bett von einer auf die andere Seite gewälzt habe, habe ich an unsere schönen Stunden, unsere gemeinsamen Reisen und Segeltörns gedacht. Dabei fiel mir ein seltsames Erlebnis ein, das wir mit der deutschen Polizei hatten.«

»Ich bin ganz Ohr.«

Schröder nippte an seinem Kaffee und fuhr fort: »Ich weiß nicht, wie gut Sie sich mit der deutschen Geschichte auskennen. Es war die Zeit des Linksterrorismus und der Terroristenfahndung in Deutschland. Zwar waren Andreas Baader, Ulrike Meinhof und Gudrun Ensslin schon längst hinter Gittern, aber nun trieb die zweite und dritte Generation der RAF ihr Unwesen und verübte spektakuläre Attentate auf Wirtschaftsvertreter wie Alfred Herrhausen oder Detlev Rohwedder. Überall in den deutschen Bahnhöfen sowie an allen Litfaßsäulen hingen Fahndungsplakate mit den schwarz-weißen Konterfeis und Personenbeschreibungen der meistgesuchten Terroristen.«

Malbec erinnerte sich an einen spektakulären Besuch von Jean-Paul Sartre bei Andreas Baader in einem deutschen Gefängnis, dessen Name ihm nicht präsent war. Die Bilder von Sartres Stippvisite hatten für Aufsehen gesorgt und die Titelseiten vieler Tageszeitungen in Frankreich geziert. Ansonsten waren ihm die Namen der deutschen Terroristen nur vage bekannt. Die siebziger Jahre waren die Hoch-Zeit des europäischen Linksterrorismus gewesen; es hatte auch in Frankreich mehrere Mordanschläge gegeben, darunter die brutale Ermordung des Renault-Chefs Georges Besse, die von der »Action directe« ausgeführt worden war.

»Eine der gesuchten Terroristinnen sah meiner Freundin Sabine zum Verwechseln ähnlich. Wir haben uns ab und zu darüber lustig gemacht, allerdings ist uns der Spaß vergangen, als wir eines Abends nach einer Feier in meinem R4 nach Hause fuhren und im Zuge der Rasterfahndung von der Polizei angehalten wurden. Es begann mit einer harmlosen Führerschein- und Fahrzeugkontrolle, doch ehe wir uns versahen, haben uns die Beamten mit vorgehaltener Waffe aus dem Auto gerissen. Sie drückten uns beide mit dem Gesicht nach unten auf den Asphalt, während man unsere Hände mit Handschellen auf dem Rücken fixierte. Von der Aktion vollkommen überrascht, waren wir von der Brutalität verängstigt und empört zugleich. Wie Schwerverbrecher wurden wir in einem vergitterten Bus zur nächstgelegenen Polizeiinspektion abtransportiert, wo man uns verhört und erkennungsdienstlich behandelt hat, wie man so schön sagt.«

»Das kenne ich. Terrorverdächtige werden nicht mit Samthandschuhen angefasst.«

»Das hätte ich in meinen kühnsten Träumen nicht für möglich gehalten.« Schröder schnaufte durch. »Wir wurden ruppig behandelt und schließlich in zwei verschiedene Verhörräume geführt. Die Polizisten haben sich stündlich abgewechselt und versucht, uns zu Geständnissen zu bewegen. Sie haben uns Strafmilderung in Aussicht gestellt, wenn wir bereit wären, zu kooperieren und geheime Waffenverstecke sowie konspirative Wohnungen zu verraten. Bis in die frühen Morgenstunden haben die getrennt geführten Verhöre angedauert, ich habe mich wie in einem schlechten Krimi gefühlt. Doch allmählich mussten sich die Polizisten eingestehen, dass eine Verwechslung vorlag und wir nicht zu den per Steckbrief gesuchten RAF-Terroristen gehörten. Die Verhöre wurden daraufhin innerhalb weniger Minuten beendet, und man hat uns aus der Polizeiinspektion hinauskomplimentiert. Keine Entschuldigung, nichts. Stattdessen hat man uns noch beschieden, wir hätten Glück gehabt, dass keine Anzeige wegen Widerstand gegen die Staatsgewalt erhoben wurde, da ich mich gegen die Verhaftung gewehrt haben soll.«

»Ich verstehe, dass Sie das immer noch aufwühlt«, sagte Malbec.

»Da ich den Namen der gesuchten Terroristin nicht mehr wusste, habe ich nach ihr gegoogelt und bin überraschenderweise schnell fündig geworden. Bei der in den siebziger Jahren steckbrieflich gesuchten Frau handelte es sich um Annemarie Velber. Ihr wurden die Beteiligung an einem Attentat auf einen amerikanischen Botschafter sowie mehrere Überfälle auf Banken und einen Geldtransporter vorgeworfen. Jahrelang hat sie im Untergrund gelebt, doch die Fahnder des Bundeskriminalamts sind ihr auf den Fersen geblieben. Letztendlich wurde sie nach einem kurzen Schusswechsel an einem Bahnhof in Ostdeutschland von einem Einsatzkommando überwältigt und vor Gericht gestellt. Eine direkte Mordbeteiligung konnte ihr nicht nachgewiesen werden, aber aufgrund der Zugehörigkeit zu einer terroristischen Vereinigung wurde Annemarie Velber zu fünfzehn Jahren Haft verurteilt. Wegen guter Führung kam sie vorzeitig frei.«

»Wissen Sie, wann Annemarie Velber ihre Strafe verbüßt hatte und aus dem Gefängnis entlassen wurde?«

»Das war im November 2007.«

»Und was hat sie seither gemacht? Wo hat sie gewohnt, und von was hat sie gelebt?«

»Keine Ahnung. Dafür habe ich ein altes Foto von ihr im Netz gefunden.« Schröder hielt Malbec stolz das Tablet entgegen.

Überrascht riss Malbec die Augen auf. Die Frau auf dem Schwarz-Weiß-Bild war unverkennbar Vera Bockelmann! Sie war auf dem Foto zwar mindestens fünfundzwanzig Jahre jünger, aber ihre Gesichtszüge mit den senkrechten Falten an den Mundwinkeln und den schräg stehenden mandelförmigen Augen waren nahezu identisch. Ihre ergrauten Haare waren dunkelblond gewesen und auf derselben Seite gescheitelt, auch wenn sie ein paar Zentimeter kürzer gewesen waren.

Sekundenlang verlor sich Malbec gedanklich in dem Fahndungsfoto, schloss die Augen und prägte sich den Namen ein. Es musste einen Grund geben, weshalb sich eine ehemalige RAF-Terroristin für Trouvac als Urlaubsort entschieden hatte. Sein Bauchgefühl sagte ihm, dass das kein Zufall war.

»Ich möchte Ihnen danken – Sie haben mir sehr geholfen.« Er sprang auf, griff nach seinem Mobiltelefon und ließ Klaus Schröder verwundert zurück.

ZEHN

»Jacques, wunderbar, dass ich dich erreiche.« Malbec beglückwünschte sich insgeheim zu der Entscheidung, Sous-Lieutenant Taurel seinen gestrigen Wunsch nach einem Außeneinsatz abgeschlagen zu haben. In der Dienststelle war er mit seinen Internetkenntnissen unverzichtbar.

»Schön, dass du die Stellung hältst. Ich benötige Informationen über eine ehemalige deutsche RAF-Terroristin namens Annemarie Velber.« Er buchstabierte den Namen. »Wer waren ihre Vertrauten, wer war zusammen mit ihr an den Banküberfällen beteiligt? Versuche bitte auch herauszufinden, ob es Hinweise auf einen Lebensgefährten oder Ehemann gibt, der ebenfalls dem Terroristenmilieu zuzurechnen ist. Er dürfte knapp zwei Meter groß und schlank sein, dunkelgraue Haare und eine auffällige eng stehende Augenpartie haben. Wie es aussieht, benutzt er heute den Namen Christian Bockelmann.«

»Sind Sie auf Terroristenjagd, Chef?«, fragte Taurel verwundert. »Ist der Mordfall in Trouvac aufgeklärt?«

»Leider nicht, aber das eine könnte mit dem anderen zusammenhängen. Melde dich bitte umgehend, sobald neue Erkenntnisse vorliegen.«

»Selbstverständlich. Da gibt es noch etwas, Chef …«

»Wichtig?«, fragte Malbec ungeduldig.

»Ich denke schon, es passt zu Ihrer Terroristenjagd. Sie haben mir doch das rekonstruierte Bild von dem Toten aus den Bergen zukommen lassen. Ich habe unsere neue Gesichtserkennungssoftware mit der Porträtstudie des Toten gefüttert, doch es gab leider keine Übereinstimmung.«

»Schade, wäre auch zu schön gewesen.«

»Spaßeshalber habe ich ein Foto von Dieter Steger durch das Programm gejagt.«

»Und?«

»Treffer!«

»Was für ein Treffer? Lass dir doch nicht alles aus der Nase ziehen«, forderte Malbec seinen zurückhaltenden Sous-Lieutenant auf.

»Es gibt eine Verbindung, die Ihre Vermutung stützt. Ich bin bei meinen Recherchen auf ein Fahndungsfoto gestoßen, das Dieter Steger als jungen Mann zeigt, doch wurde damals mit diesem Bild nach einem Mann namens Wolfgang Szabo gesucht.«

»Steger heißt und ist gar nicht Steger? Das würde so manches erklären.«

»Ja, dieser Wolfgang Szabo wurde verdächtigt, als Mitglied der Revolutionären Zellen an einem Brandanschlag auf das Wohnhaus des Vorstandsvorsitzenden einer Rüstungsfirma beteiligt gewesen zu sein.«

»Revolutionäre was …?«, fragte Malbec irritiert.

»Die Revolutionären Zellen waren eine linksextreme Terrorgruppe, die in Deutschland bis in die neunziger Jahre aktiv war. Im Gegensatz zur RAF haben sie die gezielte Tötung von Menschen abgelehnt, nahmen sie jedoch bei Sprengstoffattentaten durchaus in Kauf.«

Taurel berichtete, dass Wolfgang Szabo sogar zwei Semester bei Joseph Beuys an der Düsseldorfer Kunstakademie studiert habe, bevor sich seine Spuren von einem auf den anderen Tag in nichts aufgelöst hätten. Der polizeiliche Verdacht, dass Szabo Verbindungen zur RAF geknüpft und sich in den Untergrund abgesetzt hatte, ließ sich nicht bestätigen. Nachdem es jahrzehntelang keine Spur mehr von ihm gegeben hatte, wurde in einem Bericht des Bundeskriminalamtes die Vermutung geäußert, dass Wolfgang Szabo nicht mehr am Leben sei.

»So wie es aussieht, hat sich Szabo respektive Steger im Laufe der Zeit von den Revolutionären Zellen abgewandt. Die ihm zur Last gelegten Straftaten waren längst verjährt. Warum hat er weiter im Verborgenen gelebt, obwohl er nichts mehr zu befürchten hatte?«, resümierte Malbec.

Der Fall lichtete sich, aber das entscheidende Puzzleteil fehlte.

»Jacques, melde dich, sobald du neue Informationen hast. Ich fahre nach Trouvac, um mir unser Terroristenpärchen vorzuknöpfen. Da ich vor Ort noch Unterstützung benötigen werde, schicke bitte sofort zwei Streifenwagen los.«

»*Oui*, Chef!«

***

Mit großen Schritten eilte Malbec zu seinem Auto, riss die Tür auf und setzte sich ans Steuer. Er wendete mit quietschenden Reifen am Dorfplatz und bretterte über die Landstraße. Obwohl er sich auf den Verkehr konzentrieren musste, begann er die Hintergründe des Mordfalls neu zu bewerten.

Wolfgang Szabo alias Dieter Steger hatte sich anscheinend vom Terrorismus losgesagt und war in der französischen Provinz untergetaucht. Malbec erinnerte sich, dass es in einem kleinen Dorf in der Normandie vor Jahrzehnten einen ähnlich spektakulären Fall gegeben hatte. Dort hatte sich ein ehemaliger RAF-Terrorist eine zweite Identität als Automechaniker aufgebaut und eine Familie gegründet, bevor er von Zielfahndern aufgespürt, verhaftet und in Deutschland vor Gericht gestellt worden war. Nachdem er seine Haftstrafe verbüßt hatte, war er umgehend in die Normandie zurückgekehrt.

Ein entgegenkommender Fahrer hupte lautstark auf, weil Malbec bei einem Überholmanöver zu knapp vor seinem Auto eingeschert war. Malbec fuhr zwar weiter zügig, doch drosselte er fortan das Tempo, um kein unnötiges Risiko einzugehen, und gab sich seinen Überlegungen hin.

Er vermutete, dass sich Wolfgang Szabo mit Hilfe seiner Frau Vivienne eine neue Lebensgeschichte zurechtgelegt hatte, die gegenüber der Familie und Freunden so lange mit erfundenen Erzählungen und Details ausgeschmückt worden war, bis die Beteiligten zwischen Wahrheit und Fiktion selbst nicht mehr zu unterscheiden vermochten. Nicht einmal die eigenen Kinder kannten das Familiengeheimnis.

Vivienne war wohl die einzige Person gewesen, die von Szabos terroristischer Vergangenheit gewusst hatte. Nur dank ihrer Hilfe hatte Dédé unbehelligt in Trouvac gelebt, alle Verträge oder Bankverbindungen waren über sie gelaufen.

Malbec rätselte, warum er nicht den Namen seiner Frau angenommen hatte. Allerdings war er sich unsicher, ob das damals schon rechtlich möglich gewesen wäre. Und ein erfundener französischer Name hätte aufgrund mangelnder Sprachkenntnisse für Verdacht gesorgt – möglicherweise hatte Szabo daher seine deutsche Identität beibehalten und sich den Namen Dieter Steger zugelegt. Bei der Durchsuchung des Hauses hatte Malbec keinen Pass oder ein anderes Dokument gefunden, das auf den Namen Wolfgang Szabo ausgestellt war. Mit Sicherheit hatte Steger alle verräterischen Ausweise und Unterlagen vernichtet.

Vor diesem Hintergrund leuchtete ihm auch ein, warum Steger keine Reisen ins Ausland unternommen und selbst die Provence nur selten verlassen hatte. Ohne eine *carte nationale d'identité* wurde eine Personenkontrolle schnell zum Problem. Flugreisen waren unmöglich.

Malbec vermutete, dass Steger jahrzehntelang auch ohne gültigen Führerschein unterwegs gewesen war. Nur im begrenzten Dunstkreis von Trouvac hatte er sich sicher gefühlt. In den Dörfern rund um Rustrel kannte man ihn, da hatte er keine Nachfragen zu befürchten.

Malbec blinkte und bog in die schmale Straße ein, die hinauf in das Bergdorf führte. Die Sonne brach plötzlich durch die Wolken. Während er die Blende hinunterklappte, kreisten seine Gedanken um die noch ungeklärten Fragen. Es musste einen dunklen Punkt in Stegers Vergangenheit gegeben haben. Was hatte die Beziehung zu seinem Sohn Nathan belastet? Und woher war das Geld gekommen, mit dem das Ehepaar Steger Trouvac erworben hatte? Die Erbschaftstheorie war mehr als unwahrscheinlich. Stammte das Geld von Viviennes Eltern? Oder …?

Ein vager Verdacht stieg in Malbec auf.

***

Nach zwei engen Kurven passierte er den ausgebrannten Lieferwagen, der als Wegmarke diente. Routiniert steuerte er sein Auto zwischen dem Abgrund und den sich rechter Hand auftürmenden Felsgebilden hindurch. Die Stoßdämpfer signalisierten mit einem dumpfen Schlag, dass er zu schnell über ein Schlagloch gefahren war.

Als Malbec zwei Drittel der Strecke bewältigt hatte und nach einer unübersichtlichen Kurve einen Gang herunterschalten musste, kam ihm auf einem flacheren Straßenabschnitt der Volvo der Bockelmanns entgegen. Zwischen beiden Fahrzeugen verengte sich die Straße aufgrund des am Rand brüchigen Asphalts, sodass Malbec den Fuß vom Gaspedal nahm. Obwohl ihn die Sonne blendete, sah er, dass Vera am Steuer saß.

Beide verlangsamten das Tempo, und Malbec versuchte, dem Volvo den Weg zu versperren. Doch dann eskalierte die Situation innerhalb eines Sekundenbruchteils: Vera drückte das Gaspedal voll durch. Der Motor heulte auf, und der Volvo schoss direkt auf Malbec zu, der intuitiv ebenfalls beschleunigte.

Während sie aufeinander zurasten, lehnte sich Christian Bockelmann mit einer Pistole im Anschlag aus dem Beifahrerfenster und zielte auf Malbec, der den Kopf einzog und sich mit gekrümmtem Rücken hinter dem Lenkrad wegduckte. Die Autos näherten sich unaufhaltsam.

Die Windschutzscheibe zerbarst, und wenige Augenblicke bevor die Fahrzeuge frontal ineinandergekracht wären, griff Malbec reflexartig nach der Handbremse und riss gleichzeitig das Lenkrad nach rechts. Sein Wagen stellte sich quer und donnerte mit dem ausschlagenden Heck gegen den Volvo, der durch die heftige Karambolage in Richtung Abhang geschleudert wurde, wo er in eine gefährliche Seitenlage geriet.

Just in dem Moment, als der Volvo zum Stehen kam, brach das Straßenbankett unter dem Vorderreifen weg. Da Malbec höchstens drei Meter von Vera entfernt war, sah er ihre in einer Mischung aus Wut und Entsetzen entgleisten Gesichtszüge deutlich. Wie in Zeitlupe kippte das Fahrzeug, rutschte den Abhang runter und überschlug sich dabei. Während er die Tür aufdrückte und aus dem Auto sprang, hörte er, wie der Volvo mit einem berstenden Knall gegen einen Felsen oder Baum krachte.

Sekunden später stand Malbec am Rand der Straße. Schweißgebadet und mit pochender Halsschlagader blickte er die steile Böschung hinunter. Der Volvo hatte sich mehrmals überschlagen und lag mit zersplitterten Scheiben auf dem Dach. Zwei Räder drehten sich noch, aus der aufgesprungenen Motorhaube stieg Rauch auf. Von Vera oder Christian Bockelmann gab es hingegen kein Lebenszeichen. Ein Arm ragte bewegungslos aus dem Fenster der Fahrerseite.

Mit den Augen suchte Malbec nach einem gangbaren Weg, um zu dem Wrack zu gelangen und Hilfe zu leisten. Beim Hinunterklettern musste er sich teilweise mit den Händen abstützen. Als er über einen kleinen Felsen stieg, verharrte er. Christian hatte sich aus dem Auto geschält und kauerte hinter der Kühlerhaube des Volvos. Die Pistole hielt er auf Malbec gerichtet.

Malbec warf sich hinter den Felsen. Nahezu zeitgleich schlugen neben ihm drei Kugeln ein. Ein hoher Ton signalisierte, dass eine Kugel den Felsblock vor ihm getroffen hatte.

»Merde«, fluchte Malbec, der nun seinerseits mit der Dienstwaffe im Anschlag auf dem Boden kauerte. Ein Schusswechsel in der Wildnis nach Cowboymanier hatte ihm gerade noch gefehlt.

Er beschloss, die angeforderte Verstärkung abzuwarten und bis dahin die Stellung zu halten. Die Zeit spielte für ihn. Nach Trouvac würde niemand durchkommen, da sein demoliertes

Auto die Straße versperrte. Und der Volvo war nicht zu übersehen.

Noch während er darüber nachdachte, wurde ihm die Entscheidung abgenommen: Christian Bockelmann wagte sich vorsichtig aus der Deckung. Den Pistolengriff mit beiden Händen fest umklammernd, bewegte er sich hangaufwärts in Malbecs Richtung, indem er Büsche und Felsen als Schutz nutzte.

»Bleiben Sie stehen und geben Sie auf! Sie haben keine Chance!«, rief ihm Malbec auf Englisch zu.

Die Antwort kam postwendend: Eine Kugel traf die Spitze des Felsens, hinter dem sich Malbec versteckt hatte. Steinsplitter regneten auf ihn herab. Er duckte sich vorsichtig weg, behielt Christian Bockelmann, der sich ihm unaufhaltsam näherte, aber weiterhin im Auge. Als er an einer steilen Stelle das Gleichgewicht verlor und mit einer Hand zu rudern anfing, rollte sich Malbec blitzschnell um die eigene Achse und feuerte auf dem Bauch liegend den Hang hinunter.

Sekundenbruchteile später sackte Christian Bockelmann zusammen und rutschte drei Meter abwärts. Schon an der Art und Weise, wie er zu Boden fiel, erahnte Malbec, dass er ihn schwer getroffen hatte.

Eine lähmende Stille breitete sich aus. Sogar die Vögel waren verstummt.

Malbec wartete einen Moment ab, ehe er den Hang hinabstieg und sich mit der Beretta in der rechten Hand vorsichtig dem auf der Seite ruhenden Christian Bockelmann näherte. Er bewegte sich nicht und röchelte schwer. Ein großer Blutfleck hatte sich auf seinem Hemd ausgebreitet.

Malbecs Anspannung löste sich erst, als er Bockelmanns Pistole zwei Meter entfernt unter einem Busch sah. Sein Schuss hatte den seitlichen Brustkorb und womöglich das Herz getroffen; es sah nicht gut aus für Christian Bockelmann.

Malbec schloss die Augen und atmete tief durch. Langsam, mit schlingernden Schritten, lief er zum Volvo, um Vera zu versorgen. Das Auto war stark beschädigt, das Dach eingedrückt.

Malbec kniete sich nieder, um Veras Puls zu fühlen. Sie war nur bewusstlos und hatte von dem Unfall eine Platzwunde an der Stirn – ansonsten wirkte sie körperlich unversehrt. Es ließ sich nicht beurteilen, ob sie innere Quetschungen oder Knochenbrüche davongetragen hatte.

Während er noch unentschlossen war, um wen er sich zuerst kümmern sollte, näherten sich bereits zwei Streifenwagen mit Blaulicht und Sirene.

ELF

Das Feuer im Kamin prasselte und verbreitete eine angenehme Wärme im Raum. Malbec lehnte sich entspannt zurück und verschränkte die Arme hinter dem Kopf.

Hektische Stunden lagen hinter ihm. Erst spät am Abend war er mit einem Ersatzfahrzeug nach Trouvac gefahren, da sein eigenes Auto fahruntüchtig gewesen war und abgeschleppt werden musste. Jetzt war seine Müdigkeit wie weggewischt, die Dusche im Wellnesstempel hatte Wunder bewirkt. Er strich sich durch die leicht feuchten Haare.

»Ich habe mir schon Sorgen gemacht, als ich hörte, dass du in einen Schusswechsel verwickelt warst.« Cloé schenkte ihm ein Glas Wasser ein.

»Halb so schlimm«, sagte Malbec beschwichtigend und trank mit großen Schlucken.

»Das hörte sich in den Berichten, die im Dorf kursieren, anders an.« Cloé legte die Stirn in Falten, während sie ihm sanft über den Unterarm streichelte.

Malbec gefiel die Geste, er lächelte dankbar zurück. Er dachte an Catherine und versuchte, in sich hineinzuhören, aber da meldete sich kein schlechtes Gewissen, kein Schuldgefühl. Er wusste, sie mussten über ihre Beziehung reden, aber jetzt wollte er nur den Augenblick genießen.

»Ich kann es nicht fassen. Dédé war ein steckbrieflich gesuchter Terrorist?« Cloé pustete die Backen auf. »Unvorstellbar. Ich dachte immer, er würde nur für die Kunst und für Trouvac leben.«

»Manchmal täuscht so manche Fassade.«

»Und Vera und Christian sind zwei seltsame Vögel – aber haben sie Dédé tatsächlich ermordet?«

»Noch gibt es kein Geständnis, aber viele Indizien sprechen dafür, auch wenn der genaue Tathergang noch unklar ist.«

»Wo sind die beiden jetzt?«

Malbec berichtete, dass Annemarie Velber alias Vera Bockelmann medizinisch versorgt worden war und in Untersuchungshaft saß, während Christian Bockelmann, der in Wirklichkeit Gerhard Hintermaier hieß, auf der Intensivstation des Krankenhauses um sein Leben rang.

Cloé sah ihn entsetzt an. »Hast du auf ihn …?«

Malbec nickte vielsagend.

Sie kniff die Lippen betroffen zusammen und wechselte abrupt das Thema. »Du musst doch Hunger haben?«

»Ja, sogar großen Hunger. Wie du dir denken kannst, habe ich heute keine Zeit zum Essen gehabt.«

»Das trifft sich gut. Ich habe noch frische Eier von den Hühnern aus Trouvac, zudem hat George heute in den Wäldern unterhalb des Dorfes kleine Sommertrüffel gefunden und mir einen vorbeigebracht. Gib mir Zeit. Ich zaubere uns schnell eine Trüffelomelette.«

»Oh, Trüffel … Ich werde verwöhnt.« Malbec dachte begeistert an die Trüffelnudeln, die er in Carpentras bei »Chez Serge« gegessen hatte und die zu Recht als kulinarisches Highlight des Restaurants galten.

Cloé stand auf und machte sich in der provisorischen Küche an die Arbeit. Malbec sah zu, wie sie die Eier aufschlug, dann schloss er die Augen und ließ den ereignisreichen Tag Revue passieren.

Stück für Stück hatten sich die fehlenden Puzzleteile zusammengefügt, um Stegers Geheimnis zu lüften. Malbecs Kollegen hatten herausgefunden, dass sich Dieter Steger beziehungsweise Wolfgang Szabo vor Jahrzehnten vom Terrorismus abgewandt hatte und mit der Beute aus dem letzten gemeinsamen Banküberfall abgetaucht war. Er hatte deshalb in der Terroristenszene als Verräter gegolten. Trotz internationaler Fahndung war es ihm erfolgreich gelungen, seine Spuren zu verwischen. Unbehelligt hatte »Dédé« über Jahrzehnte ein Aussteigerleben in den provenzalischen Bergen geführt, Schafe gezüchtet, ein

Dorf restauriert. Man konnte von einer gelungenen Resozialisierung sprechen. Letztendlich hatten ihn die Schatten seiner Vergangenheit doch noch eingeholt.

Malbec hörte, wie Cloé den Trüffel vorsichtig hobelte. Er verfolgte, wie sie die hauchdünnen Scheiben unter die Eier rührte und ein paar Tropfen Olivenöl in die Pfanne gab. Langsam ließ sie die flüssige Eiermasse in die heiße Pfanne laufen.

Während Cloé zusah, wie die Omelette stockte, fragte sie Malbec, woher die Bockelmanns von Stegers Wohnort erfahren hatten. Er erzählte, dass es einem Zufall zu verdanken gewesen sei. Die Bockelmanns hätten in einem Zeitungsbericht von Trouvac gelesen und ihren alten Mitstreiter Szabo auf einem Foto erkannt, das Gäste in einer Facebook-Gruppe veröffentlicht hatten – der Fluch der sozialen Medien.

Cloé strich sanft mit dem hölzernen Kochlöffel am Pfannenrand entlang und hob den Boden der Omelette vorsichtig an, um sich zu vergewissern, dass sie nicht anbrannte.

»Vera und Christian haben Dédé erpresst?«

»Es spricht vieles dafür.«

»Warum ist es zum Streit gekommen? Er hat das Geld doch von der Bank geholt. Hat es sich Steger letztlich anders überlegt? Wollte er nicht bezahlen? Nach so vielen Jahren musste er doch keine Anklage mehr befürchten.«

»Es sind noch viele Fragen offen«, bekannte Malbec. »Zum Tathergang hat Vera bisher die Aussage verweigert. Wenn die Hinweise in den Akten stimmen, ist bei der Flucht nach dem Banküberfall bei einem Schusswechsel ein Polizeibeamter ums Leben gekommen. Keine Ahnung, wer geschossen hat, aber dadurch war Dédé erpressbar. Mord verjährt bekanntlich nicht.«

»Warum sind die Bockelmanns nicht sofort mit dem Geld geflohen?«

»Ich denke, sie haben befürchtet, bei einer schnellen Abreise den Verdacht auf sich zu lenken. Stattdessen haben sie in Ruhe abgewartet und sich als ahnungslose Touristen ausgegeben. Heute Morgen ist ihnen das Pflaster dann zu heiß geworden.«

Um sich nützlich zu machen, erhob sich Malbec und öffnete eine Flasche Rotwein – eine klassische Cuvée aus Grenache, Syrah und Mourvèdre –, überzeugte sich, dass der Wein nicht korkte, und schenkte die auf dem Tisch stehenden Gläser halb voll.

»Gibt es auch einen Zusammenhang mit dem Toten in den Bergen?«, fragte Cloé.

»Bisher nicht. Die Ermittlungen werden voraussichtlich wieder aufgenommen. Es gibt neue Verdachtsmomente. Momentan will ich nicht ausschließen, dass es auch in diesem Fall um eine alte Rechnung mit Steger gegangen ist.«

Cloé stellte die Pfanne mit der Trüffelomelette auf den Tisch. Es duftete verführerisch. Sie streute *fleur de sel* aus der Camargue darüber und verteilte die Omelette geschickt auf die Teller.

»*Bon appétit!* Fang bitte sofort an, es schmeckt am besten, solange es heiß ist«, sagte sie. »Und bediene dich beim Brot. Wenn du willst, salze nach.« Sie reichte ihm die Meersalzflocken.

»Lass uns erst anstoßen.« Malbec hob sein Glas.

Er probierte die Omelette und verdrehte die Augen, so intensiv entfaltete der Trüffel in der fluffigen Eiermasse seinen erdig-nussigen Geschmack und ließ seinen Gaumen jubilieren.

»Köstlich!«, lobte er und griff nach einer Scheibe Baguette.

»Das freut mich.«

Minutenlang wechselten sie nur Blicke, bis Cloé die Stille durchbrach.

»Am Nachmittag habe ich Sarah getroffen. Sie war angesichts der Nachrichten vollkommen von der Rolle. Zwar war sie erleichtert, dass die Mörder ihres Vaters verhaftet wurden, aber von Dédés terroristischer Vergangenheit hat sie nicht das Geringste geahnt. Und Nathan?«

»Die Anzeichen verdichten sich, dass Nathan schon länger einen Verdacht gegen seinen Vater gehegt hat. Weil er alles abgestritten hat, haben sich die beiden endgültig entzweit. Weitere ungeklärte Vater-Sohn-Konflikte will ich nicht ausschließen.«

Cloé fasste sich grinsend an die Stirn. »Ein Dorf, gekauft mit der Beute aus einem Banküberfall – das klingt nach einem Kinodrehbuch.«

»Ja, da die Straftat längst verjährt ist, drohen keine Rückforderungen. Letztlich ist das ein Fall für die Juristen.«

»Was ist mit dem Geld?«

»Das wurde im Volvo gefunden und sichergestellt. Es war in der Seitenverkleidung versteckt.«

»Gehört also auch zur Erbmasse?«

»Richtig! Da dürften sich Sarah und Nathan freuen«, erwiderte Malbec und stockte. »Was werden die beiden mit Trouvac machen?«

»Keine Ahnung. Ich hoffe, sie führen das Dorf in Dédés Sinne weiter.«

Malbec nickte zustimmend. Dann wischte er die letzten Reste der Omelette mit dem Brot auf und legte sein Besteck auf den Teller. »Das war ausgesprochen lecker.«

»Danke.«

Als Cloé aufstand, um den Tisch abzuräumen, bremste Malbec ihren Aktivismus und zog sie sanft auf seinen Schoß. Ihre Augen glänzten, als sie sich im flackernden Licht des Kaminfeuers küssten.

Ralf Nestmeyer
ROTER LAVENDEL
Broschur, 224 Seiten
ISBN 978-3-95451-533-2

»*Poetisch, tiefgründig, vielschichtig – das Krimidebüt von Ralf Nestmeyer: ›Roter Lavendel‹ ist eine wunderbar anregende, unterhaltsame, kriminalistische Reise durch die Provence.*« stadt-land-fürth.de

Ralf Nestmeyer
DIE TOTEN VOM MONT VENTOUX
Broschur, 272 Seiten
ISBN 978-3-7408-0299-8

»*Ralf Nestmeyer gehört zu den profiliertesten Reisebuchautoren Frankreichs. Und dieses Wissen zu Land und Leuten, zur Region und zum Tatort heben diesen Provence-Krimi aus der Masse der boomenden Lokalkrimiszene heraus.*«
Mein Frankreich – Land, Leute & Genuss

www.emons-verlag.de

Ralf Nestmeyer
**111 ORTE IN DER PROVENCE,
DIE MAN GESEHEN HABEN MUSS**
Broschur, 240 Seiten
ISBN 978-3-95451-094-8

Wussten Sie, dass eine der größten und schönsten Buchhandlungen Frankreichs in einem 1.000-Seelen-Dorf steht? Wer kennt das Haus, in dem Max Ernst vor seinem Exil gelebt hat? Wer weiß, wo es meterlange Salamis zu kaufen gibt und wo der tiefste Quelltopf der Welt zu finden ist? Jenseits der typischen Klischees zeigt dieses Buch die unbekannten Winkel der Provence. 111 große und kleine Überraschungen, die Geschichte erzählen und Ungewöhnliches entdecken lassen.

Ralf Nestmeyer
**111 ORTE AN DER CÔTE D'AZUR,
DIE MAN GESEHEN HABEN MUSS**
Broschur, 240 Seiten
ISBN 978-3-95451-563-9

Welche Villa wurde von Jean Cocteau tätowiert? Wo stehen buddhistische Pagoden, tibetanische Dörfer und mittelalterliche Klosterburgen? Und wo kann man in Nizza Regenschirme kaufen? Das Buch weist den Weg zu 111 verborgenen Plätzen und sonderbaren Orten an der Côte d'Azur.

www.emons-verlag.de

Ralf Nestmeyer
**111 ORTE IN DER NORMANDIE,
DIE MAN GESEHEN HABEN MUSS**
Broschur, 240 Seiten
ISBN 978-3-95451-839-5

Die Normandie ist das Land des Camemberts und des Calvados. Aber wer weiß, wo der Pavillon von Gustave Flaubert steht oder das Grab von Madame Bovary zu finden ist? Wer kennt das futuristische Schwimmbad von Le Havre und die als Quarantänestation genutzte Île de Tahitou? Zwischen Apfelbäumen, Kuhweiden und den berühmten Stränden der alliierten Landung gibt es so manch verstecktes Kleinod wie einen Betonkirchturm oder einen Gedenkpark für im Krieg gestorbene Journalisten zu entdecken. Das Buch weist den Weg zu 111 unbekannten und faszinierenden Orten in der Provinz im Norden Frankreichs.

www.emons-verlag.de